U0091617

夫人請保持距離

1

風文創 1232

拾全酒美 著

目錄

序文

拾全酒美

習慣了在晚上寫文章，因此我總是在凌晨才睡下，時常剛躺下就聽見飛機轟隆隆飛過的聲音，就忍不住想這個航班飛往的是哪個城市，在那個城市又有誰在等著他們。

飛機可以讓人到達世界的每一處，那麼飛機到不了的地方呢？譬如過去，譬如未來。飛機到不了的地方，文字可以。於是便有了這本書，一個穿越加重生，為愛奔赴的故事。

女主秦汐本是古代女子，穿越到了現代，學習了大量的知識後又重生回到了古代。秦家富可敵國，滔天的富貴引來了某些人的覬覦，女主重生回來後，誓要揪出前世誣衊秦家通敵叛國，害秦家被抄家滅族之人。

為此她嫁給了身患奇疾，避女子如蛇蠍的男主，開始了兩人相愛相殺的故事……

沒想到，今晚正巧又在轟隆隆的飛機聲中敲下了這段文字，希望這個另一世界、另一時空的故事，能給同一世界、同一時空的您帶來一抹笑。

第一章

「姑娘，姑娘您醒醒！姑娘，您沒事吧？姑娘……」一個丫鬟艱難地扶著一個暈倒在她身上的女子，著急地叫喚著。「誰好心幫我請大夫，我家姑娘暈倒了！」

四周的人忍不住嗤笑，個個一臉不齒。「別裝了！這京城誰還不知道她三天兩頭就在三爺面前裝暈？請什麼大夫啊！」

「可笑至極！裝暈還請大夫？不怕穿幫嗎？」

「怕什麼，都撲到三爺懷裡了，這是想自毀清白賴上三爺啊！毫不知恥！勾欄院的姑娘也沒她會。」

「勾欄院的姑娘也不好意思在大街上就做出勾引男人的勾當。果真是商賈出身，才會教出如此下作的女兒。」

將一個清白女子和青樓女子相比是何等的羞辱？丫鬟怒了，生氣道：「我家姑娘才不是這樣的人，她才沒有勾引三爺！頤和樓沒有玉牌不能進去，是表小姐讓她跟著三爺進頤和樓的雅間等她。我家姑娘身體弱，在寒風裡等了表小姐半天，才暈倒的。她才沒有故意勾引三爺，你們不要侮辱人！」

「侮辱的就是她！人必先自辱，然後人辱之。光天化日，大庭廣眾之下就對男人投懷送抱，不侮辱她侮辱誰？」

「別不承認了，這又不是第一次了。嘖嘖……這秦家到底是如何教女的？簡直比醉花樓的姑娘還不要臉！不知廉恥！」

「商戶之家，能有多少禮義廉恥？為了銀子，為了榮華富貴什麼事做不出來？三爺是誰？他們當然想勾搭上了。」

「還說不是裝暈？大家看，她眼睛動了，裝不下去了吧！真是不要臉！」

飛機上怎麼會有人吵架？秦汐睜開眼，便看見了一群穿著古裝的人吵來吵去。看著這似曾相識的情景，她一怔。

難道她又夢回了古代？所以她又作夢，夢見上輩子的情景了？

她記得她接連做完兩個長達十幾個小時的手術後，又接到了研發基地急召的電話，於是她便匆匆地坐包機趕回基地，因為太累了，她便在飛機上睡著了。

突然下巴被人捏住了。

秦汐一怔。這回作夢的感覺也太真實了一些。

蕭暻桓捏住秦汐的下巴，看著這張塗滿脂粉，五顏六色的大花臉，只覺反胃，可是他想到秦家那滔天的財富，而他需要秦家的銀子幫助。

他忍下噁心，一臉諷刺地道：「這就是商戶之家的教養，一個女子當街對男人投懷送抱？可惜秦家的身分太低了，妳給我做妾的資格都不夠。倒是勉強可以做通房，既然妳都投懷送抱了，這名聲算是毀了，為了如玉，那我就勉強將妳收了，今晚……」

「啪！啪！啪！」一聲聲清脆的巴掌聲，打斷了他未完的話語。

秦汐甩了甩發麻發疼的手掌，心中止不住的激動。

根據作用力和反作用力，她確認自己不是在作夢，她回來了，她真的又從現代穿越回來了！回到了秦家還沒被抄家流放，爹娘還沒有死的時候；回到了她還沒被眼前的渣男和渣女算計，成為他有名無實的侍妾，專門給他們夫妻當搖錢樹的時候；回到了她還沒有揹上謀害太子罪名的時候……

回到了一切都未開始，她還是秦首富捧在掌心裡千嬌百寵的獨生女的時候！

四周的人都瞪大著眼不可思議的看看秦汐，又看看蕭暻桓。

蕭暻桓的臉迅速紅腫了起來，看這紅腫的速度就知道這一連串的巴掌有多厲害。

這商戶女的巴掌簡直比用板子打還要厲害。

她這手掌是鐵砂掌嗎？還有，她不要命了嗎？三爺也敢打？三爺可是皇孫！

蕭暻桓的臉上傳來一陣火辣辣的疼，臉色青紅交加，原本俊美的臉龐直接腫成豬頭。

「找死！」

他眼神陰鷙，揚手便向秦汐揮去。

「桓哥哥，不要！」這時一道粉色的身影急急地衝過來，一把擋在秦汐面前，那重重的巴掌便落在她臉上，粉衣女子整個人被打飛了出去，摔倒在地上。

「如玉！」蕭暻桓緊張地跑過去將她扶了起來。

林如玉努力對他笑了笑。「桓哥哥，我沒事。」

蕭暻桓看著林如玉那張如花似玉的臉上冒出一個清晰的掌印，心疼極了。剛剛他收勢不及，那一巴掌可是用了全力的。

「妳就知道護著她。」他既心疼、又氣惱地道：「這次我饒不了她！」

林如玉臉上火辣辣的痛，痛得她無須用泡了辣椒水的帕子擦眼睛，眼淚便像斷線的珍珠般奪眶而出。

她揪住他的衣袖，一雙小鹿般的眼睛，眼淚汪汪的看著他，哀求地搖著頭。「她是我表姊啊，我不護著她護著誰？桓哥哥，我真的沒事。你不要怪罪我表姊，都是我的錯。是我遲到了，讓表姊等久了。她身體虛弱，暈倒是常有的事，她不是故意的。我替我表姊向你道歉，你不要懲罰她好不好？你要罰就罰我，好不好？」

林如玉本就長得美，是京城四大美人之一，那梨花帶雨的模樣，更是說不出的惹人憐愛。蕭暻桓心疼地抹去她的眼淚，一臉無奈的點了點頭，他抬頭用眼刀子刮著秦汐。「這次看在如玉的分上，爺就饒過妳。滾！永遠不要出現在我面前，不然定不輕饒！」

如果不是看在她還有利用之處，今日他絕對饒不了她。

四周的人見三爺竟然這就饒了她，忍不住義憤填膺。「如玉姑娘，妳太善良了。這個商戶女剛剛故意暈倒在三爺面前，勾引三爺，妳還幫她求情，三爺教訓她是應該的。」

「可不是?她自己犯賤勾引三爺，又以下犯上打了三爺，砍頭也是應該的。如玉姑娘，妳別再被她騙了，妳總是護著她，她可是想搶妳未婚夫呢！」

「如玉姑娘，這商戶女花樣百出，小心她搶了妳的未婚夫。」

林如玉搖頭。「不是的，我表姊不是這樣的人。」說完她轉頭看向秦汐，安撫道：「表姊，沒事了，桓哥哥不會怪妳的，都是我的錯，讓妳久等了。我知道妳不是故意暈倒的，妳只是身體弱。」

秦汐冷笑，上上輩子，自己就是被林如玉這一副總是護著自己的嘴臉騙了，以為她真的是處處護著自己，事實是這些都是她的算計。

秦汐的視線落在蕭暻桓身上的香囊上，勾唇。「表妹說得對，我當然不是故意暈倒的，我只不過是……」

秦汐上前一把扯掉了蕭暻桓腰間的香囊和自己腰間的香囊，扯開，隨手一甩，兩只香囊的香料同時潑了面前兩人一臉。

「啊！」林如玉尖叫一聲，使勁地用帕子擦掉臉上的香料。

「咳咳……」蕭暻桓口鼻都吸入了香料，他一邊咳，一邊手忙腳亂地拍掉臉上、身上的香料，這兩包香料混在一起可是有毒的，空氣中頓時瀰漫著一股濃郁的香氣。

這時有懂醫術的人聞到了空氣中的香氣，喊了一聲。「三爺，快拍掉身上的香料，這兩種香料混在一起有毒，會讓人頭暈目眩。」

四周的人怒了。「簡直欺人太甚！三爺不要放過這個心腸歹毒、目中無人的商戶女，拖出去午門斬首示眾吧！」

「簡直瘋了，竟然敢下毒！這種人以下犯上，心腸歹毒就該賜死！」

「三爺可是龍子鳳孫，秦汐妳死定了！」

秦汐彷彿沒有聽見大家辱罵她的話一樣，她表情淡漠的將兩只香囊丟到手忙腳亂的兩人身上，拍了拍手。「不就是看上了我秦家的銀子，想毀我名聲，算計我成為蕭暻桓的妾，好當你們的搖錢樹？不用在香囊上做手腳，表妹只要出聲，銀子方面我什麼時候拒絕過妳？就當施捨乞丐了，何須妳費盡心思算計我和妳共事一夫？就算妳不嫌髒……」

秦汐說到這裡頓了一下，不屑地上下打量了蕭暻桓一眼。「一個只能靠算計女人上位的廢物，給我提鞋都不配！」

秦汐說完就直接轉身離開。

林如玉震驚地看著秦汐，她怎麼知道的？

四周的人瞪大了雙眼，那個商戶女是什麼意思？

三爺和如玉姑娘看上了秦家的銀子，想算計那個商戶女成為三爺的侍妾，當他們的搖錢樹？所以是如玉姑娘和三爺在算計那個商戶女嗎，這怎麼可能？

只是，眾人低頭看著地上兩個繡工一模一樣的香囊，這兩個香囊角落還繡了一個玉字，這是林如玉的習慣。

有人嘴快脫口而出。「這是如玉姑娘繡的香囊。」

話一出口，她便捂住自己的嘴巴，恨不得咬掉自己的舌頭。「我好像認錯了。」

林如玉的繡工曾經在乞巧節得到了太后和皇后娘娘的讚美，因此許多人都認出了這兩只香囊出自林如玉之手。

一個香囊戴在秦汐身上，一個戴在蕭暻桓身上，很明顯都是林如玉送的。不然蕭暻桓身上的香囊總不會是那商戶女送的吧？可是兩個香囊的香料混在一起卻有毒，聞了會讓人頭暈目眩？這就有意思了。

再想到秦汐剛剛的話。

天啊，他們好像聽見了什麼了不得的秘密！不過，剛剛那個商戶女好大膽，三爺都敢打，不怕被弄死嗎？不過真的好英勇霸氣啊，要是自己一定不敢這樣做。有機靈又膽小的人想到這裡立刻悄悄地離開了。

林如玉回過神來，看見大家一臉發現天大秘密的表情時急了，她哭著道：「表姊今天一定是對我太生氣了，才會誤會我，這都是我遲到的錯，大家不要誤會我表姊，她真的不是故意暈倒的。桓哥哥，你也不要怪罪我表姊，好不好？」

四周的人聽了連忙呵呵笑著附和。「是啊，那個商戶女一定是氣瘋了。如玉姑娘善良，三爺身分尊貴，怎麼可能會因為銀子算計她？哎喲，我有點頭暈，一定是聞多了這有毒的香料，我得去找大夫。」

「那個商戶女奸詐狡猾，說的話怎麼能夠相信？我半個字都不信。不行，頭越來越暈了，我也得去找大夫了。」

「無奸不成商，那商戶女的話，我半點也不信……」才怪！沒想到如玉姑娘竟然是這樣的人。

這人說到一半便跑了，四周的人也都一哄而散。

此時不走，是想留下來被三爺惦記嗎？他們可沒有秦汐的勇氣。

只不過，對於林如玉的話，許多人都開始懷疑了，畢竟那兩只香囊就是鐵證。

林如玉臉色頓時發白。

完了，大家似乎不信她，她塑造了那麼久的人美心善的形象豈不是都毀了？謀劃了那麼久的一切都泡湯了！也不知道這些人會怎麼傳，不會影響她和桓哥哥的親事吧？

她揪住蕭暻桓的衣袖，一臉無措地道：「桓哥哥，怎麼辦？」

蕭暻桓吸入的香料有些多，剛剛一陣頭暈，這下才緩過勁來，他表情陰鬱地抽回自己的衣服，一臉難以置信地看著她。「這香囊怎麼回事？不會是妳做的吧？妳太令我失望了！」

丟下這話，他一甩衣袖大步離開，讓林如玉直接傻眼。

桓哥哥……他什麼意思？這是想將所有事都推到她身上嗎？不，桓哥哥沒有錯，這個時候他的確需要明哲保身……都怪秦汐那個賤人，她怎麼可以這麼做？自己是她表妹啊！枉費自己還處處維護她，還替她挨了一巴掌。

這事沒完！她一定要讓秦汐成為自己手底下的妾，永遠匍匐在自己腳下！

大街上，秦汐大步地往秦府走去。

她迫切地想回去見自己的爹娘，上上輩子他們死得太慘了。

上上輩子商隊在邊疆關口被檢出了通敵叛國的信函，秦家被扣上了通敵叛國的罪名，甚至株連了外祖一家。

秦、傅兩家均被抄家，萬貫家財均被充公，爹娘和外祖一家都被發配邊疆，出嫁的表姊也被休棄。娘親在抄家時被禁衛軍踢了一腳，因而小產大出血，在獄中便去世了；爹在流放的路上逃跑找晉王求救，卻被押送的將領發現，直接被士兵圍著射殺，萬箭穿心而死；而外祖一家也在流放的路上陸續去世，都是在路上被押送的士兵活活打死的。

秦、傅兩家徹底的家破人亡，除了她以外一個不留。

上上輩子是她蠢，秦家被抄家，家產充公，沒有了利用價值，她被他們夫妻送到了太子床上才知道真相。

那時的她還在晉王府天真的當著蕭暻桓有名無實的妾，因為表姊被休，蕭暻桓卻沒休棄她，她天真的相信林如玉和蕭暻桓會救自己的爹娘和外祖一家，會還自己家一個清白。

於是她將秦家秘密藏銀子的地方都告訴了林如玉，那可是她爹以防萬一給秦家，給她留的後路……

可林如玉和蕭暻桓拿到銀子後，她在兩人眼中，便沒有了利用價值，這時太子無意中在晉王府看見了自己，這兩夫妻為了討好太子，直接將自己送到了太子的床上。

而她剛掏出匕首還沒來得及刺出去，太子卻莫名其妙的一頭栽在床上死去，她也因此揹上了謀害太子的罪名，被皇后用一杯毒酒賜死。

再後來她穿越到了二十二世紀，成了一名父母雙亡的孤兒，由外祖帶著在基地裡長大。因為帶著前世的記憶，那時代的小說裡又有穿越、重生的故事，因此她在現代拚命學習各種各樣的知識，想著有一天若能穿越回來必有大用。

沒想到，真的穿回來了！

這一世，有怨報怨，有仇報仇，她一個都不會放過！

秦家巨富，富可敵國。那滔天的巨富灼紅了多少人的眼？多少人想分一杯羹？就因為他們是商戶，商戶身分低下，什麼皇親貴冑、達官貴人，人人便都可以踩一腳嗎？那她便搭一條天梯，將他們那些所謂的貴人一個個踩在腳下！

秦汐大步地往前走，眼神冰冷，渾身散發著懾人的氣勢，大街上的人都忍不住離她遠遠的。

丫鬟玉桃小跑著才能跟上，腳下一個踉蹌，差點跌倒，她氣喘吁吁地道：「姑娘，您別走那麼快！石榴回去駕馬車了，我們等等吧。」

秦汐正想放慢腳步，突然瞳孔一縮，拔腿便往前跑，那速度快如閃電，玉桃只能眼睜睜地看著她跑遠。

暻郡王蕭暻玹剛從軍營回城，他騎著馬走在大街上，突然看見一道小小的身影從一間茶館的窗緣滑落，他立刻在馬背上施展輕功，飛了過去。

於是兩個人，四隻手，穩穩地托住了一個從樓上掉下來的孩子。

同一時間兩個成年人的手，緊緊地握住了對方的手。

四目相對，兩人同時縮手，孩子瞬間往下掉，兩人一驚又同時伸手去接。

兩顆腦袋不可避免地磕在一起，兩雙手交叉著圈住了孩子。

落地後，兩人和孩子皆是靜默無語。

秦汐最先反應過來鬆手迅速後退。

蕭暻玹抱緊孩子也迅速退後一步。他自七歲開始便得了怪病，不能和異性有任何接觸，哪怕是指尖不小心碰到，身體立刻就泛起紅疹，皮膚開始發癢。現在，他的手和額頭已經開始癢了，一會兒渾身都會長滿紅疹，奇癢難耐。

他看著秦汐冷聲道：「這孩子是定王府的公子，煩勞姑娘將他送上樓。」

說完，他將孩子放在地上，躍上馬背，揚長而去。

第二章

秦汐拉起孩子的手，抬起另一隻手揉了揉磕疼的額頭，看了一眼遠去的身影。

她知道他是誰。暻郡王，天元國赫赫有名的小戰神，皇孫中的第一人。

上輩子她被皇后賜毒酒，差點腸穿肚爛而亡，是他救了自己，給自己解毒，並且幫她安葬了爹娘和外祖一家，甚至還尋找證據為他們秦家平反，還了他們秦家清白。只可惜她中毒已深，還沒來得及給爹娘和外祖一家上香，告訴他們秦家冤屈已經平反一事，她就在去上香的路上死了。

她記得她靈魂消失的那一瞬間，似乎看見他一臉驚慌的衝進了馬車。

「睿兒！」這時，一個雍容華貴的婦人和丫鬟匆匆地從鋪子裡跑出來。

婦人一把抱過孩子，緊緊摟著，嚇得眼淚都飆出來了。

「哇！」回到親娘懷中，孩子這才敢放聲大哭。

秦汐見孩子的娘親來了，便放心的離開了。待到婦人從驚嚇中回過神來想起要道謝時，秦汐已經不見身影了。

秦汐拐了個彎便遇到了石榴駕著馬車姍姍來遲。

石榴大嗓門地喊道：「姑娘，婢子來了！」

說完，馬車便穩穩地停在秦汐面前。

玉桃忍不住責怪道：「怎麼這麼遲？姑娘都受傷了！」

姑娘受傷了？石榴一驚，直接跳下馬車，高大的身子一把扛起秦汐轉身便塞進了馬車。

秦汐兩眼發直。很好，這感覺久違了！

她身邊有四個丫鬟，玉桃溫柔，細心可人；石榴憨厚，大剌剌，孔武有力；秋菊擅廚藝，愛八卦；白梅琴棋書畫樣樣精通，還略懂醫術。

四人各有所長，但都很忠心。

「姑娘，您沒事吧？」玉桃跟著爬上了馬車，看見自家姑娘臉色有點蒼白，不由緊張了，然後她瞪了石榴一眼。「都說了多少次，讓妳不要那麼粗魯！姑娘身嬌肉貴，哪裡禁得起妳扛？」

石榴摸了摸腦袋，一臉無措。「我忘了。」

「下次用抱的，打橫抱！」

秦汐搖搖頭。「沒事，回府吧。」

兩人立刻噤口，石榴跳上馬車，一甩馬鞭，馬車便動了。

馬車很快便到了秦府門外。

秦汐直接跳下了馬車，提起裙襬便衝了進去。

這舉動將兩個丫鬟和門房都嚇了一跳。

姑娘怎麼了？

秦汐穿過九曲十八彎的長廊，一路跑到了錦華堂，直接撲到了傅氏身上。「爹，娘！」

傅氏和秦庭韞正在看秦老爺子六十大壽的禮單，見女兒這樣，均嚇了一跳。

傅氏緊張地問道：「怎麼了？發生什麼事了？在外面受欺負了？」

秦庭韞立刻道：「誰敢欺負妳，爹去教訓他！」

秦汐知道自己失態了，她壓下心中的激動，離開了傅氏的懷抱，搖了搖頭。「沒有，我是太高興了。」

她是真的高興。沒人知道，揹著家破人亡的記憶，她在現代活得有多痛苦，現在能再次見到自己的父母她就有多高興！

傅氏聞言鬆了口氣，溫柔地笑了笑。「那汐兒告訴娘，何事如此高興？」

秦汐笑道：「是因為看見爹回來了。」

傅氏失笑。「妳爹也不是今天才回來的啊！」

秦庭韞一眼就看出女兒的異常，他知道頤和樓的規矩，沒有玉牌便進不去。難道汐兒在頤和樓門外受委屈了？

他正想問問，這時丫鬟迎春來報。「老爺，夫人，姑娘，表姑娘來了。」

來得可真快！秦汐眼底浮上一抹戾色。

傅氏笑道：「請表姑娘進來。」

林如玉笑著進來，給秦庭韞和傅氏行了一禮，然後怯怯地看著秦汐。「表姊，我們去花園走走如何？我有話和妳說。」

有些話不好當著秦庭韞和傅氏的面說，秦汐好騙，自己這個首富舅舅可不一樣。

秦汐沒有說話。

傅氏見林如玉臉有些紅腫，關心道：「如玉妳的臉怎麼了？」

林如玉搖頭，笑道：「沒事，是我自己不小心撞的。」

傅氏搖頭。「下次小心點，女孩子的臉可重要了。汐兒，妳和如玉去花園玩吧！」

秦汐正好也要給林如玉作死的機會，她直接站了起來。「走吧。」

林如玉鬆了一口氣，兩人往花園裡走去。

秦汐想到七歲的時候她曾經失足落湖，林如玉小小的一個人兒便跳到湖裡救自己。然後她大病了一場，高燒不退，差點命都沒了。從此以後，她就特別信任林如玉，而林如玉從小到大處處護著她、讓著她，自己對她也越來越毫無保留。她的爹娘也因為她救過自己，將她當成第二個女兒般疼愛。

後來知道了一切的真相，她才想起，自己當年也是因為聞到了一股花香，然後頭暈失足落湖，才會被林如玉救……也就是說秦霞這兩母女可是從她七歲開始，便處心積慮地算計他們家的銀子了。

秦汐走進了暖亭坐了下來，她靠在美人靠上，看著湖對岸的一片梅花，並不搭理她。

林如玉太瞭解她了，這個蠢包雖然小氣，但是心軟，非常容易哄。

她低頭，一臉愧疚不安地道：「表姊，對不起，我不知道那兩種香料是有毒的，桓哥哥喜歡那種香，妳喜歡這種香，我才會給你們各做了一個香囊，我也不知道混在一起會有毒。妳要相信我，我怎麼會害妳？」

秦汐懶得和林如玉虛與委蛇，回頭看了她一眼。「妳真的不知道香囊有毒？」

林如玉忙道：「我發誓，香料的事我真的不知道啊！不然我天打雷劈，不得好死！再說我怎麼可能會算計表姊妳？妳對我這麼好，我缺銀子問妳，妳什麼時候不給的？而且我那麼喜歡桓哥哥，我恨不得桓哥哥是我一個人的，表姊比我長得好看，桓哥哥看了妳的真容，一定會更喜歡妳，我還怕桓哥哥被妳搶了……幸好表姊每次都將自己畫醜才和我出去。我相信表姊絕對不會勾引桓哥哥，可表姊不信我！」

一番話既說出了她對蕭暻桓的占有慾，不會與人分享，所以怎麼會算計她做妾？然後又恭維了秦汐貌美，表達了對秦汐的信任和自己的委屈，還證明了自己的清白。

再加上發毒誓，畢竟這個時候大家都比較迷信，不敢亂發誓。

說得那麼動聽，秦汐總算笑了。「好了，我信妳便是。那明日表妹妳要來接我。」

明日那場可是鴻門宴，她當然要去。

上輩子，她在頤和樓玩投壺，輸光了身上的首飾，因為輸了要罰酒，她喝醉了，不小心失足落湖，被蕭暻桓救起，還抱著蕭暻桓發酒瘋，名聲盡毀，不得已成了蕭暻桓的妾。

她那時候不知道事情真相，心裡愧疚，覺得對不起林如玉，在晉王府總是躲著蕭暻桓，每天將自己打扮得醜醜的。幸好蕭暻桓也厭惡她，連手指都沒有碰過她一下，不然能噁心死她。

林如玉心中得意，甜甜地笑道：「好，那我明日親自來接表姊去頤和樓吃飯，我請！」她就知道秦汐心軟又蠢！以前她不喜秦汐比自己漂亮，就故意委屈兮兮地說自己比她醜，擔心桓哥哥見了她會喜歡她，不喜歡自己，她就蠢得每次出門都將自己弄得醜醜的，蠢死了！

「嗯。」秦汐應了一聲。

林如玉又問道：「不過，表姊妳是怎麼發現那兩個香囊有問題的？我都不知道。幸好妳發現了，不然妳要是出什麼事，我得愧疚死了。」

秦汐看了她一眼。「聞得多，每次一聞到就暈，自然就覺得有問題了。妳佩戴的香囊和我的不是同一種香嗎？為何妳沒事？」

林如玉一慌，立刻拿出自己的香囊給秦汐看。「是啊，是一樣的，可是我佩戴就沒事，可能我身體比表姊好吧。以後我也不敢再戴了。表姊明天我一早就過來接妳嗎？」

「嗯。」

她趕緊轉移話題。

「那我巳時過來。」

「好。」

和秦汐約好了時間，林如玉便高高興興地回去準備明日的盛宴。

秦汐在林如玉離開後，回到了自己的院子。

玉桃捧著一盆鮮花露進來。「姑娘，奴婢伺候您淨面。」

她叫來了玉桃。「玉桃，我想見見馮管事和妳大哥。讓馮管事帶上商隊的名冊過來。」

玉桃聞言馬上道：「是，奴婢這就去叫爹和大哥來見姑娘。」

秦汐趁著這個時間清洗乾淨，露出一張風華絕代的臉。

這一世，她不會再為林如玉刻意隱藏自己。

馮管事馮博和馮毅就住在外院，不到一刻鐘就到了。

兩人進來對秦汐行禮後，馮博將手中一個冊子呈上。「姑娘，這是商隊的花名冊。」

玉桃將花名冊接過來，遞給秦汐。

「馮伯，馮大哥請坐。」兩人是秦家的家生子，非常忠心。

上上輩子，馮大哥為了找到證據還秦家清白和保護被送給太子的她，淨身入宮當了太監。而馮伯在流放的路上為了護住自己的爹也被活活打死了。

秦汐想到這裡深吸一口氣。這一世，她一定要守護好秦家，守護好他們。

秦汐翻看商隊的花名冊，秦家一共有十支商隊，其中走西北的就有五支。

「馮伯，最近我們有幾支商隊前往了西北？」

函。

秦家被抄家是因為秦家的商隊，在西北的關口被查出賣往西戎國的貨物裡藏有通敵的信函。

「回姑娘，現在一共有四支商隊在西北，有兩支是一個月前出發的。有兩支已經在回來的路上，還有一支商隊正準備這兩天出發前往西北。」馮博是大管事，商隊也是他管的，他對商隊的事一清二楚。

「這兩天出發的商隊是哪位管事帶隊？富貴叔嗎？」她知道貨物出事時，富貴叔第一個被殺人滅口。

馮博搖了搖頭。「不是，富貴一個月前就帶隊出發了。」

一個月前?!

秦汐捏緊了手中的花名冊，指尖泛白。

一個月前就出發了，現在派人去追還來得及嗎？不，來不及也要來得及！

「馮伯，馮大哥，今天我在頤和樓，無意中聽見了兩個人對話，我不知道他們是誰，但是我聽見了他們說什麼將通敵的信函藏到秦家賣往西戎的貨物裡。」

馮博和馮毅聞言瞪大了雙眼，眼裡翻滾著驚濤駭浪。

通敵信函?!那可是抄家滅族的大罪！

「我不知道他們口中的秦家是不是我們家，但萬一是呢？我們賭不起！所以馮伯，馮大哥，我有事拜託你們……」

馮博和馮毅從汐顏院離開後，馮博立刻便去將事情告訴了秦庭韞。

秦庭韞聽後也震驚了。「這事是汐兒和你說的？可是她剛才為何沒告訴我？」

難怪汐兒回來後有點反常。

「姑娘大概是不知道是不是真的，又怕老爺擔心吧！小的見姑娘安排得很周到，姑娘真的是長大了，懂得為老爺分憂了。」說真的，剛剛他聽姑娘竟然將事情安排得如此周全都震驚了。

秦庭韞聽完了馮博的敘述，也覺得女兒安排得非常周到，心裡忍不住有點得意，果然虎父無犬女！

不過，想到這事要是真的，他又皺起眉頭。「這件事，事關重大，後果太嚴重了。不管汐兒聽到的是真是假，切記不可大意，就按她說的去做。」

「是！我這便去安排。」

馮博離開後，秦庭韞右手輕輕敲著書桌。

這些年，生意越做越大，自己家的富貴礙著了某些人的路，他是知道的，就是不知道這次是誰對他們出手。看來汐兒和暻郡王的親事拖不得了。

哪怕以後秦家出事，汐兒只要嫁入了晉王府就是皇家媳，至少不會被株連。

第二天，秦汐迷迷糊糊中聽見一陣陣海浪聲。

她心中一驚，睜眼，入目是古色古香的拔步床，才鬆了口氣。

她還以為她又回到了現代的海島。

這麼一想，眼前的景象竟突然就變了，熟悉的大海又出現在她面前。什麼情況？她怎麼又回到自己的私人海島？不，海是那個海，但島不是那個島了。島上的別墅不見了，所有的現代建築都沒有了，整個海島只剩下了原來種植的一些果樹、花草和農作物，還有一個山洞。而其他地方都變成了一片平整的黑土地，大概十幾畝的樣子。

像是本來的小島變成了迷你版。

這時，秦汐眼角餘光捕捉到一群小魚跳出海面。

她轉頭看過去，只見沙灘上有一隻帝王蟹和一隻大龍蝦，揮舞著彼此的大螯在打架。

秦汐正想跑去抓蝦，外面卻傳來了敲門聲。「姑娘，該起床了。」

眼前景象便自動消失不見。

玉桃在外面敲了敲門，心中擔憂。「姑娘。」

昨晚姑娘叮囑自己早點叫她起來。可是昨晚姑娘察看商隊的名單和帳本，忙到了深夜才睡，也不知道現在能不能起來。

平日姑娘可是睡到日上三竿也不起的。

秦汐應了一聲。「進。」

玉桃這才推開了門，帶著好幾個丫鬟捧著梳洗用的一應物品，魚貫而入。

秦汐梳洗完後，穿上一身輕便的衣服，便去錦華堂給爹娘請安。得知自己的爹一早就出去了，她也不意外，昨晚馮伯絕對會將事情告訴他。

昨晚她之所以沒有在爹娘面前說這事，一是怕娘親胡思亂想，二是想讓馮伯和自己的爹看見自己的處事能力。

接下來她有許多事需要家裡的管事們去辦。要想讓人辦事，就得讓人信服！只有自己有能力，那些管事才會老老實實地按自己吩咐的去做，而不是看著爹的面子。

秦汐陪傅氏吃完早膳，這時門房傳來了消息，說表小姐來了。

秦汐挑眉。

竟然提早了一個半時辰？還真是誠意十足，迫不及待。

「讓她等著吧！」

然後秦汐便帶著石榴騎馬出了府，去城外找了一座山頭開始鍛鍊身體和身手。因為她現在的身體容易低血糖，所以她吃完早餐才去鍛鍊。

待秦汐回到秦府的時候，林如玉已經等了很久了。

林如玉等了半天，覺得不對，讓人去找秦汐，才從她的丫鬟那裡打聽到秦汐竟然是在自己來了後才出去的，她直接氣成了鼓鼓的河豚，整個人都要炸了。

好！真是好極了！

「表姊，妳去哪裡了？我已經等妳兩個時辰了。走吧！我已經在頤和樓訂了雅間，我們現在就過去。」林如玉一看見秦汐，便上前去拉她。

秦汐俐落地避開。「稍等，我去換身衣裳。」

林如玉想說不用，可是她見秦汐打扮得如此素雅，又一件首飾都沒戴，還沒掩飾容貌，她忍了又忍，再等等。

秦汐不疾不徐地回屋裡泡了個鮮花浴，換了身華麗衣裙，重新梳了個髮髻，戴上首飾匣子裡最貴的一套首飾，將自己打扮得珠光寶氣的。

林如玉又等了快半個時辰，很是不耐煩，可是秦汐出來後，她所有不耐煩都不見了。

秦汐竟然戴了這一套頭面！她一直都想弄到手，可是這是秦汐及笄時的生辰禮，她不好開口，這下機會總算來了。只是她為何不畫那個醜妝了？

雖想叫秦汐再扮醜，但時間太遲，也不便再多說什麼，反正今日就要完成大事。

她只得笑道：「表姊我們出發吧！」

秦汐和林如玉到達頤和樓時，林如玉約的幾個官家千金已經等在頤和樓外面大半個時辰了。

沒有玉牌，她們又不能進去。

工部尚書的女兒郭紫瑩忍不住埋怨道：「怎麼這麼遲？」

林如玉笑道：「抱歉，我去接我表姊了，耽誤了一會兒。」

一個商戶女竟然也要人去接，還要她們等？真是好大的架子！

幾人聽了均不悅地看了秦汐一眼，然後便被驚豔到了。

這商戶女原先長得這麼漂亮嗎？簡直比林如玉還美！

林如玉心裡不舒服，趕緊開口道：「好了，我們快進去。」

幾人進了頤和樓，林如玉也沒有玉牌，雅間是蕭暻桓幫她訂的，她只需要報上一句詩句就可以。

店小二便將她們帶到了雲霓雅間。

秦汐進雅間的時候，正好對面雅間一個婦人抱著一個小團子出來。

小團子眼尖看見秦汐。「母妃，是救我的姊姊。」

雖然姊姊變漂亮了，可是他還是一眼就認出來了。

第三章

雲霓雅間中，林如玉笑著招呼眾人。「大家快請坐。」

秦汐心裡想著事，習慣性地走到一個位置坐了下去。

一屋子的人突然靜了下來，看著她。

郭紫瑩的臉瞬間便黑下來，忍不住陰陽怪氣地道：「秦姑娘，身分真尊貴！」

她到底知不知道自己是什麼身分？一來就坐主位，她配嗎？

她作為堂堂二品大員工部尚書府的千金都沒有一進來就坐在主位，她一個身分低下的商戶女竟然敢！

秦汐回過神。「抱歉，習慣了。」

眾人一聽心中嗤笑。

習慣了？習慣了什麼，習慣了坐主位？她一個商戶女習慣了坐主位，簡直笑死人！她怎麼不說她習慣了坐鳳椅？

工部侍郎的女兒何韻也忍不住陰陽怪氣道：「秦姑娘一定是商戶女裡面的頭一份了，所以才養成了那樣的習慣吧？」

郭紫瑩冷笑。「可惜這裡可不是那些什麼商戶女的聚會，我好心提醒秦姑娘一句，那樣的習慣可別帶到頤和樓這種只有身分尊貴的人才能來的地方，畢竟人要是認不清自己的位置，那可是會招來殺身之禍的。」

秦汐站了起來，淡淡地道：「是嗎？可是坐其他位置我吃不下飯，又怕招來殺身之禍。今天這一頓飯我就不吃了，諸位請慢用。」

說完她抬腳便往外走。

本來坐哪裡都行，但是她不高興了，那就不行！

林如玉哪能讓她走？她走了這一頓飯誰付銀子？她的計劃如何進行下去？

林如玉忙道：「表姊坐著便是，這裡又沒有外人，大家都是好姊妹，不在乎這些虛禮。一會兒吃完飯，我們還要玩投壺的遊戲。表姊若是走了，就不夠人了。」說著她還對吏部郎中的女兒朱倩使了個眼色。

朱倩想到上次投壺，她從秦汐身上贏到了不少好東西，忙幫著和稀泥。「好啦！這裡又沒有外人，秦姑娘愛坐哪兒便坐哪兒。大家都是好姊妹，沒那麼講究。」

聽見投壺遊戲，幾人的目光都不自覺地落在秦汐頭上的珠釵上，這些珠釵隨便一件拿出來，都比她們全身行頭都貴重。上次和她玩投壺，她就輸光了身上所有的首飾。

何韻也笑道：「秦姑娘不要見怪，剛才我們也是好心提醒。現在既然都來了，何不嚐嚐頤和樓的菜再走？快坐下吧！」

郭紫瑩抿嘴倒也沒有再說什麼。

秦汐這才重新坐了下來。

正好這時，酒樓的小二上來點餐。

林如玉笑問：「大家想吃什麼？」

幾人看著菜牌上的菜名，只覺樣樣都想吃。

何韻一臉糾結。「聽說頤和樓的菜，道道都美味至極，真難選擇。」

朱倩點頭。「看菜名就樣樣都想吃，怎麼辦？好難挑哦！」

「我也是想全部都嚐嚐，可是吃不完啊！」林如玉一臉苦惱地問秦汐。「表姊想吃什麼？」

依著她對秦汐的瞭解，她一定會說全部都點。

秦汐嘴角微揚，漫不經心地道：「既然大家全部都想吃，那便全部都點。」

林如玉笑了，其他人也是眼睛一亮。

秦汐又道：「不過，全部都點，我們幾人吃不完，要不我們只點幾樣，然後給在座每一位姑娘府中都送去一桌頤和樓菜牌上的菜和一罈西域葡萄酒。家裡人多，定能吃完，如此大家回府就能嚐到，也不會浪費。表妹覺得如何？畢竟是表妹請客，表妹作主。」

幾人的眼睛更亮了。

林如玉笑道：「表姊這主意好！小二，就這麼辦吧！」

反正又不用她出銀子，她今天沒帶荷包，以往每次和秦汐吃飯她都藉口忘記帶荷包或者荷包掉了，最後秦汐都會主動結帳。

店小二驚得瞪大了眼。「菜牌上所有的菜有六十六種，全部都送？」頤和樓的菜非常貴，最便宜的青菜也要半兩銀子一道，最貴的上百兩一道都有，那西域葡萄酒更貴。

秦汐點了點頭。「對。在座每位姑娘的府邸都送，別漏了。」

林如玉心裡高興，她要幫桓哥哥拉攏工部的人，正所謂吃人嘴軟，拿人手短，一桌頤和樓的全菜宴送到工部尚書府，以後還怕不能走動起來？

要知道郭紫瑩是工部尚書之女，以前向來不搭理自己的，這次還是來頤和樓吃飯，她才來。

「小的知道了，小的這就去安排。」店小二恭敬地應下，便跑下去安排了。

朱倩笑道：「還是秦姑娘設想周到。」

郭紫瑩打從心底看不起秦汐這種自以為家裡有幾個錢就了不起，又愛炫富的蠢包。她陰陽怪氣地道：「能不設想周到嗎？畢竟以秦姑娘的出身，恐怕沒有機會得到頤和樓的玉牌，錯過了這次機會，這輩子都不知道還有沒有機會進來頤和樓，當然是乘機將所有菜都嚐嚐！」

秦汐笑問：「所以郭姑娘手中有頤和樓的玉牌，可以隨時出入頤和樓？也不知頤和樓的玉牌長成什麼樣子？可否拿出來讓我見識一下？」

郭紫瑩表情一僵，她哪有頤和樓的玉牌？就連她爹都沒有。

秦汐笑。「看來郭姑娘是沒有了。不知在座哪位姑娘有？我真想看一眼。」

她笑著巡視了眾人一眼，個個對上她的視線都迅速躲開。

沒有人說話，室內一片靜默。

秦汐恍然大悟。「原來大家都沒有啊！既是如此，那大家還是快吃吧！畢竟錯過了這次機會，這輩子都不知道還有沒有機會再來。」

幾句話，說得在座的人臉色一會兒青，一會兒紅，難看至極。尤其是郭紫瑩，被秦汐用自己的話打了臉，氣得氣都不順了。

林如玉不明白秦汐今天吃錯了什麼藥了，以前她在這些官家小姐面前不是連話都不敢說，頭也不敢抬的嗎？這些人都是她想拉攏的，得罪不起啊！她在發什麼瘋？

正好這時上菜了，她忙道：「菜來了，我們還是快嚐嚐吧，吃完飯還要投壺呢！」

被秦汐這麼打臉，郭紫瑩可嚥不下這口氣。「對，秦姑娘快嚐嚐，我爹是工部尚書，這頤和樓的玉牌我想要就沒有拿不到的，之後我想來就可以隨意出入，秦姑娘就不一定了。」

這時，一個小團子衝了進來，一把抱住秦汐。「姊姊，抱抱！」

在座的姑娘看清小團子的模樣，嚇得紛紛站了起來。「小世子？」

接著，定王妃跟著走了進來。

林如玉看見定王妃，心中一喜，立刻上前行禮。「臣女見過定王妃。」

郭紫瑩等人也忙行禮。「臣女見過定王妃。」

定王妃眼神也沒有給她們一個，她直接來到秦汐面前笑道：「秦姑娘，昨日真是謝謝妳。」

秦汐扶著小團子站起來，福了一福。「民女見過定王妃。」

「不必多禮。」定王妃忙伸手攔住她行禮，然後拿出一塊玉珮放到了秦汐的手中。「大恩不言謝，以後秦姑娘有什麼事，就拿著玉珮來頤和樓找掌櫃。這頤和樓，秦姑娘以後可以隨意出入，至於其他人想隨意出入頤和樓，哪怕他是六部尚書也不行。」

郭紫瑩的臉一下就白了，其他人的表情也極其豐富多彩。

定王妃離開後，林如玉笑著問道：「表姊，原來妳和定王妃這麼熟？」

朱倩也附和道：「定王妃說大恩不言謝，秦姑娘，不知妳幫了定王妃什麼忙？」要是知道她幫了定王妃什麼忙，自己以後也可以幫。

郭紫瑩抿嘴，臉色依然蒼白，剛剛定王妃擺明就是故意打她的臉。都怪這個商戶女，認識定王妃竟然也不說，還裝什麼進不來頤和樓，昨日果然是想勾引三爺。

秦汐淡淡地道：「不熟，只是昨日碰巧救了小世子。」

幾人心中驚訝。

她竟然救了小世子？誰都知道小世子是定王老年得子，寶貝得不行。難怪定王妃說什麼大恩了，這個商戶女運氣倒好……
「昨日？昨日什麼時候？」林如玉忍不住追問。
秦汐睨了她一眼，似笑非笑。「就是從頤和樓回去的路上。」
林如玉忍不住酸了。
早知道昨日她就不要故意遲到，如此，說不定就是自己救了小世子。同時她也怪秦汐，竟然沒有等她，不然她哪能這麼好運救了小世子？
「秦姑娘是怎麼救了小世子的？」何韻忍不住又問道。
郭紫瑩受不了她們一個個都圍著秦汐轉，她冷冷地道：「這飯還吃不吃？」
林如玉見她不高興了，馬上道：「吃飯！吃完飯我們玩投壺遊戲。」
其他人也不敢再問什麼。
郭紫瑩看了秦汐一眼，一會兒投壺，有她好看的！
一頓飯，在秦汐心滿意足，其他人各懷心思或食不下咽中結束。
林如玉笑道：「既然大家都吃飽了，我們動一動，玩投壺遊戲如何？這裡太悶了，頤和樓的景色極美，我們到外面玩？」
秦汐輕笑，笑意不達眼眸。「好啊。」
其他人都等著呢，自然沒有不應的。
一行人來到湖邊的亭子。

頤和樓沿湖建了幾個亭子，方便男女分開活動，對面是男子的活動處。

秦汐看了一眼對面的亭子，果然看見了蕭暻桓帶著幾個公子哥兒在那裡。

對面亭子的人也正好看過來。

永昌侯府的韓傑遠遠地打量著秦汐，眼裡閃過驚豔，他眼神放肆，將秦汐從頭到腳的打量，邪笑道：「那姑娘是誰？如此絕色！」

禁衛軍衛揚道：「好像是那個商戶女？我聽見林姑娘喚她表姊。」

蕭暻桓也被秦汐驚豔了，但沒表現出來，一臉厭惡地道：「她還不配！」可他還是忍不住多看了幾眼。

韓傑嘻嘻笑。「也對，三爺看不上，那我便不客氣了！」

亭子裡的男子都笑了，紛紛慫恿他上前。

商戶女嘛！出身低下，還不由著他們隨便來？

蕭暻桓沒說話。

這人今天就是他的囊中之物，與他們無關。不過這容顏倒是讓他多了幾分驚喜……

頤和園是供達官貴人消遣娛樂的地方，像是投壺這種姑娘們喜歡玩的遊戲，自然是有準備的。

只要吩咐一聲，便有酒樓的小二將投壺要用的用具都準備好了。

林如玉見東西都準備好了便道：「大家準備如何玩？輸了的罰酒嗎？」

朱倩從髮間拔下一根珠釵放在托盤上。「只是罰酒，沒有彩頭有何意思？不如我們都拿出一樣東西做彩頭。輸了的人要罰酒，贏了的人托盤上的彩頭就是她的，大家覺得如何？」

林如玉笑著摘下一根赤金的蝴蝶珠釵。「行，那我便拿我這蝴蝶珠釵做彩頭。」

其他人有人捋下自己手上的手鐲，有人摘下手指上的寶石指環，都紛紛拿出身上的首飾來做彩頭。

秦汐笑了笑，也摘下頭上的紅寶石纏枝海棠花珠釵放到托盤上。

她這珠釵一放到托盤上，瞬間便讓眾人拿出來的首飾變得黯淡無光。

倒不是說其他人的珠釵不好，只是秦汐的實在太好了。剛剛戴在各自的頭上還沒這麼明顯，現在放一起特別明顯，幾人都忍不住多看了一眼。

秦汐不想浪費時間陪她們玩太久，她又取下了腰間的白色玉珮放在托盤上。

郭紫瑩一看她這塊玉珮，眼神閃了閃。「這是……荊玉？」

林如玉笑道：「是呢！」

荊玉，天下奇寶，價值連城，世間罕見，聽說傳國玉璽也是用這種玉做的。

這就是她討厭秦汐的原因。明明出身低下，擁有的東西卻都比自己好。

何韻愛玉，她暗暗攥拳，對這玉珮志在必得。

接著秦汐又將身上所有的珠釵和手鐲都摘了下來，然後看向她們。「一件彩頭，有什麼意思？要玩就玩大一點，將身上全部的首飾都拿出來。諸位敢玩嗎？」

幾人聞言，相互看了一眼。

郭紫瑩笑了，玩投壺她可從未輸過。不過，她道：「這有什麼不敢的？只是秦姑娘說是全部的財物，但是定王妃給妳的玉珮，妳可沒拿出來。」

她最想要的是定王妃的玉珮。

秦汐淡淡地道：「那玉珮是別人贈予的，不算。妳要是願意就這麼比，不願意就算了，反正我也累了。」

她從不會將別人送給自己的東西拿來做彩頭或者轉贈。

林如玉還等著贏走秦汐的首飾，順便灌醉她，她忙道：「定王妃贈的玉珮的確不適合拿出來，就這樣比吧！」說完，她也將身上的首飾都摘下來。

何韻和朱倩沒有不應的，反正她們幾人私下早就說好了，到時候不管誰贏了秦汐的東西，大家都平分了。

於是幾人紛紛將身上的首飾都摘下來。

幾人今天佩戴的首飾，有些還是以前從秦汐身上贏過來的。

林如玉問道：「誰先來？」

大家均看向秦汐。

秦汐手中拿著八枝箭，隨意把玩著，漫不經心地道：「我很少玩，諸位姑娘先吧。」

林如玉便道：「紫瑩先吧！」

郭紫瑩當仁不讓，拿著八枝箭上前，來到紅線外。

她右手拈了一枝箭，身形站得極穩，眼神專注，瞄了一會兒，才投了出去。

正中中間的壺口！

這個壺一共有三個壺口，中間的壺口最高，也最窄，最難投中。

「好！」這時，對面的亭子，一個男聲響起。

韓傑笑道：「郭兄，令妹這投壺玩得不錯。」

其他人也附和道：「林姑娘和郭姑娘的投壺是出了名的好。」

一旁的郭驊笑了笑。

這邊林如玉也笑著讚美。「紫瑩姊姊就隨意一投，而且是第一箭便投中中間的壺口，實在太厲害了！」

郭紫瑩看了對面的亭子一眼，笑了笑，沒說話，只是接下來也越發認真了。

一刻鐘過後，八箭投完，全中。而且有五枝箭投中了中間的壺口，剩下三枝分別投中兩邊的壺口。這已經可說是女子投壺的極限！

因為中間的壺口窄，最多只能投入六、七枝箭，再投都塞不進去。

從來沒有人能將八枝箭全都投入中間壺口，哪怕男子來投，最多也只試過投入七枝箭；而女子最高紀錄是五枝。

何韻等人非常高興，覺得這次贏定了。
郭紫瑩對這個結果很滿意，她下意識地看向秦汐。
秦汐等得犯睏，忍不住打了個呵欠。「下一個。」
郭紫瑩咬了咬唇，看向托盤上的東西，又笑了。
何韻笑著上前，沒什麼壓力的她一共中了六枝箭，只有兩枝在中間的壺口。
然後是朱倩，她身分最低，不好冒尖，便隨意投，一共只中了五枝箭。
輪到林如玉了，林如玉性子好強，又因為蕭暻桓在對面看著，在心上人面前，她不能輸，必須要將郭紫瑩比下去，因此投得非常認真。
第一枝，正中中間壺口！
「好！」因為林如玉是蕭暻桓的未婚妻，對面的喝彩聲更大了。
林如玉心中高興，但很快就收斂心神，接下來繼續投出第二枝、第三枝……最後她也八枝箭全中，而且有六枝在中間壺口，比郭紫瑩還多出一枝。
對面讚美聲和喝彩聲，簡直此起彼伏。
「林姑娘越來越厲害了，三爺上次也是全投中，有六枝箭在中間壺口，怕不是三爺教的吧？」
「三爺，玉姑娘真是才貌雙全，她和三爺簡直是天造地設的一對啊！」
蕭暻桓端起酒杯笑了笑，沒有說話，但看他表情就知道他此刻很高興。

朱倩也笑道：「天啊，如玉妳好厲害！」

郭紫瑩臉色有些難看。

林如玉嬌羞得笑了笑。「運氣好而已。」然後她笑著看向秦汐。「表姊，輪到妳了。」

第四章

幾人目光灼灼地看著秦汐，眼裡泛光，有期待，有興奮，還隱有挑釁。

秦汐來到紅線外，接過石榴遞過來的箭，也沒怎麼瞄，便將手中的一枝箭丟了出去，挺漫不經心的。

衛揚見她這姿勢忍不住嗤笑。「這個商戶女是來湊數的嗎？這若能中，我吞了那枝箭！」

然後眾人只見那箭投入了左邊的壺口，又彈了起來，正巧進入了中間的壺口。

衛揚一下子傻了，其他人的臉色也有些精彩。這都行？

石榴高興得跳起來。「啊！中了、中了，姑娘您太厲害了！」

朱倩笑了笑。「秦姑娘厲害！」

這麼巧？

雖有些驚訝，但林如玉仍笑著，並不在意。「表姊太厲害了！」

其他幾人抿嘴，碰巧而已，她們就不信她的運氣次次都這麼好。

秦汐沒有理會眾人，接著她又投出了第二枝箭，這一枝直接投入中間的壺口。

眾人心中一驚，又見它跳了起來，正鬆了一口氣，卻見它又掉回中間壺口。

這都已經彈出來了，還能掉回去？

「啊！姑娘又中了，又中了！」石榴激動得又叫了起來。

大嗓門的她震得眾人耳膜都痛。

大家嘴角抽了抽，心中安慰自己，運氣而已、運氣而已，有本事八枝箭全都靠運氣！

郭紫瑩抿嘴。「運氣真好。希望秦姑娘的運氣一直這麼好，八枝箭全都投中中間壺口。」

眾人抿嘴笑，這怎麼可能呢？

然後郭紫瑩話音剛落，第三枝箭就投入了中間壺口。

然後第四枝、第五枝……眨眼間，眾人只見一枝枝箭「嗖嗖嗖」的飛出去，眼花繚亂。

回過神來，大家下意識地看向地面和四周，皆是乾乾淨淨的。

又看向壺，只見那八枝箭緊緊的擠在中間的壺口。

寂靜，四周詭異的寂靜。

只有寒風吹過，樹葉發出沙沙的響聲。

「玉桃。」一個清脆又空靈的聲音響起，打破了這一片寂靜。

眾人如夢初醒，眼裡的難以置信依然沒有褪去。

石榴高大的身軀蹦得半天高，聲音更是驚天動地。「啊！啊！啊！姑娘，您太厲害了！啊啊啊……」

秦汐揉了揉嗡嗡作響的耳朵，無奈道：「石榴，我耳朵痛。玉桃，將托盤裡的彩頭都收起來。」

珠釵精細，禁不住石榴的力氣，要是讓石榴收拾，她激動之下會將珠釵都捏變形。

石榴趕緊捂住自己的嘴巴，怎麼辦？她還是好想尖叫啊，啊啊啊……

「是！」玉桃脆生生的應了一聲，聲音都發抖了。

天啊！姑娘怎麼可以這麼厲害？

她匆匆走過去，步子都是斜的，整個人都飄了。

「慢著！」郭紫瑩喊了一聲。

秦汐挑眉看向她。

郭紫瑩板著臉道：「中間的壺口根本不可能容納八枝箭，最多只能塞進七枝，我要數一數中了多少枝。」

其他人眼睛一亮，均忍不住心存僥倖。

秦汐沒有說話，只做了一個請的手勢。

郭紫瑩看了自己的丫鬟一眼，那丫鬟馬上上前去數。

其他人都忍不住走近幾步，目不轉睛的看著。

對面亭子的人也回過神來了，衛揚道：「沒錯，那壺口根本容納不了八枝箭，一定是有箭飛去其他地方，我們沒有看見。」

他都投不中八枝箭，那商戶女怎麼能行？

可沒有人接話，他們大多都有武功在身，離得遠，視野廣，看得清清楚楚，方才沒有箭亂飛，都投入了壺口。

丫鬟很快就數完了，她一臉惴惴不安地道：「正好……八枝箭。」

「怎麼可能？」林如玉脫口而出。

對面的衛揚也脫口而出。「不可能！」

郭紫瑩直接大步上前，其他人也紛紛走近。

她們想看看到底這八枝箭，是怎麼塞進這小小的壺口的？這不實際！

幾人看完，表情變幻莫測，豐富又多彩。

第八枝箭是怎麼投入壺口的？

仔細一瞧，第八枝箭是直接劃破其他箭矢的箭身進去的，而且從被劃破箭身的破口來看，破口像是刀削一樣乾淨俐落，足以見得那箭射入壺口時力道有多大，簡直勢如破竹。

這讓她們怎麼敢相信？這是直接用手能投出來的力道？不知道的還以為她是拉滿弓放出的箭，射出了百步穿楊的氣勢……可她明明就是隨意的，漫不經心的一拋。

眾人一個個看著壺口裡的箭，懷疑人生。

林如玉心裡震驚極了，下意識地看向對面的亭子，只見蕭暻桓此刻眼也不眨地看著秦汐，神色晦暗不明。

她忍不住心慌了！怎麼會這樣？

秦汐見她們已經確認過，指了指托盤。「玉桃。」

「是！」玉桃已經鎮靜下來，脆生生的應了一聲，然後掏出出發前姑娘提醒她帶的包袱布，直接打包。

幾人見她竟然連包袱布都準備好了，還有什麼不明白的？

故意的！她一定是提前練過了，故意贏光她們身上的首飾。

難怪一開始就提出拿出所有的首飾做彩頭，簡直欺人太甚！太過分了！

幾人氣得臉都綠了。這次她們不僅將之前從秦汐身上贏到的首飾輸了回去，還輸了一些她們自己的首飾。

最重要的是這次因為是來頤和樓吃飯，她們還將最好的首飾都戴上。虧大了！

林如玉氣得渾身發抖，今天要是讓郭紫瑩她們就這麼素著頭走出頤和樓，她就將人得罪死了。最氣的是秦汐這個蠢包竟然讓桓哥哥注意到她了！賤人！

林如玉很想上前甩秦汐一巴掌，可是不行。

她攥緊拳頭，忍住了，笑道：「投壺玩完了，我們要不要玩飛花令？」

飛花令講的是詩詞的積累，二舅雖然請了一個大儒教秦汐，可是她這蠢包只學了幾年便將大儒都氣走了。

林如玉看向郭紫瑩等人。

幾人相互看了一眼，都覺得今天要是輸給一個商戶女，就這麼不戴一件珠釵，素著頭走出頤和樓，她們面子、裡子都丟盡了，明天可能會成為全京城的笑柄。

再者，飛花令是雅令，沒有深厚的詩詞基礎的人根本玩不起。

秦汐一個商戶女，滿身銅臭有，詩詞歌賦絕無可能比得上她們這些世代書香的權貴女眷，那家裡藏書閣估計也沒有幾本書。

郭紫瑩點頭。「行啊！」

朱倩讚道：「飛花令好！」

幾人都應下。

林如玉看向秦汐。「表姊覺得呢？」

秦汐看著她們光禿禿的髮髻、耳垂、脖子、手腕、腰間，視線忍不住落在她們的華服上。彩頭都沒了，玩什麼啊？脫衣秀嗎？

幾人被她看得渾身不適。

這什麼眼神？感覺被侮辱了，她們會贏回來的。

秦汐漫不經心地道：「妳們喜歡就玩，我先失陪了。」

林如玉忙問道：「表姊要去哪裡？」

秦汐笑。「如廁。」

林如玉立刻道：「我陪表姊去吧！」

秦汐擺了擺手。「不用，玉桃和石榴陪我去便行。今日這飯花銷挺大的吧？表妹……」

林如玉心中一動，以為她又像以前一樣，藉口去如廁，實則去結帳，便沒再堅持，笑著打斷她。「那表姊快去快回。」

秦汐笑了笑，然後提醒一句。「輸了的人記得將酒喝了。」

然後她便抬腳離開，徒留幾人相對無語。

秦汐離開頤和樓後，來到了一家茶館門前。

她對玉桃和石榴道：「妳們留在外面等我。」然後便自己一個人進去了。

現在是大中午吃飯的時間，茶館裡沒什麼人，秦汐走進去後，店鋪掌櫃熱情地道：「歡迎光臨！不知姑娘是想要雅間還是在大堂？」

「我找雲岫。」

掌櫃笑道：「姑娘找雲岫姑娘是想聽曲嗎？」

「不，我找的是雲岫先生，談生意。」

許多人知道這家茶館有一個負責彈琴的雲岫姑娘，長得花容月貌，而且琴技高超，可是很少人知道，這茶館還有一個雲岫先生。

而雲岫先生這個名字背後代表的是一個專門幫人解決各種難題的神秘組織，而且口碑很好，沒有完成不了的任務，也從不洩漏客人的身分。現在還很少人知道，但是再過兩年便有許多人聽說了，但卻沒有人知道雲岫先生真正的身分。

掌櫃一聽，激動了。有生意，公子再也不用打蒼蠅了。

他不著痕跡地打量了秦汐一眼，嗯，這位姑娘長得真美，關鍵是有眼光。他們組織才成立一個月，消息剛在江湖上放出去，還被人當成騙子組織。這可是第一單生意，一定要好好做。

掌櫃熱情地道：「姑娘請隨老夫到雅間。」

秦汐在雅間裡看見了一個戴著銀質面具的白衣男子。

一般人聽見雲岫先生，都會以為是一位上了年紀的長者，但是秦汐看見是一名年輕的公子卻沒有意外。

白衣男子眼神閃了閃，心裡閃過詫異，他淡淡地道：「姑娘想和本公子談什麼生意？」

秦汐拿出昨晚抄下來的商隊名單，放在桌上，推到桌子中間。「我想知道名單上面的人未來半年接觸過的人和做過的事，事無鉅細。」

白衣公子視線落在紙上，心底忍不住讚了一聲：好字！

不過這名單上的人名也太多了吧？大生意，絕對是大生意！

名單上密密麻麻的名字在他眼裡，瞬間變成了一錠錠金元寶。

他輕笑。「這上面的名字有些多啊！」

秦汐將一個木匣子打開，露出裡面厚厚一疊銀票。「這裡有十萬兩。」

白衣公子伸手「啪」一聲，合上木匣子。「成交！」

他一個用力，想將木匣子扒拉到自己面前，卻發現拉不動。

秦汐的手按在匣子上面。「我還想請雲岫先生保護我爹娘。」

白衣公子笑了笑。「江淮首富秦庭韞？」

秦汐不意外他知道，點了點頭。

「十萬兩！不議價！」

「可以，十萬兩一年。不過剩下的十萬兩須等任務完成後再付。」她已經將她從小到大的積蓄差不多都拿出來了，所剩無幾，以後要用銀子的地方還有很多，她還是得想辦法賺銀子。

「一言為定！」白衣公子總算成功將木匣子扒拉過來，抱住。

總算賺到銀子了！

秦汐微笑著看了一眼那木匣子。她還知道這個神秘組織，除了幫人辦事和賣情報，還會高價收購有用的情報。

正好，她有不少情報，只是還不到時候。

林如玉等人等了半天，也不見秦汐回來，都不耐煩了。

林如玉便派丫鬟去找找。

那丫鬟去茅廁找了一圈沒看見人，才從店小二那裡得知秦汐已經走了。

她慌慌張張地跑回亭子告訴林如玉。「小姐，表姑娘已經走了。」

亭子裡的人聽見秦汐已經離開，臉瞬間黑了下來。

郭紫瑩咬牙。「那個賤人一定是故意的，贏光我們身上的首飾就跑。」

她們這頭上光禿禿的樣子，出去被人見了，面子何在？

何韻也生氣道：「果然是商戶出身，奸詐狡猾！」

想到那些首飾她的心就一陣又一陣的抽痛。

朱倩更是心疼，她那些首飾有些可是新買的，花了上百兩呢！

林如玉也不明白秦汐怎麼突然離開了，她忙道：「我表姊估計是有什麼事突然離開了，諸位莫氣。妳們輸掉的東西我會要回來的，剛剛只是玩玩而已，當不得真。」

幾人聞言臉色才好看一些。

何韻這才笑道：「也對，剛剛只是玩玩而已，當不得真。」

郭紫瑩聽了才不那麼生氣，但她不耐煩了。「行，就這樣吧！今天就到這裡吧！我累了。」

說完她便黑著臉離開。

何韻和朱倩也沒有心情了。「我們也該回府了。」

然後何韻和朱倩也跟著往外走。

林如玉僵笑道：「好，我也該回了，我送送大家。」

幾人走到頤和樓的大門時，掌櫃笑著上前攔住林如玉等人。「不知哪位姑娘結帳？誠惠六千六百六十六兩！」

郭紫瑩和何韻等人均看向林如玉。

一聽結帳，林如玉只覺得世界都要崩塌了。「秦姑娘她……沒結帳嗎？」

「林姑娘，雅間是您訂的。」掌櫃面帶疑惑，言下之意是關別人何事？

林如玉急了，她哪有那麼多銀子結帳？她今天一文錢都沒帶。

她忍不住吼道：「你怎麼不找她結帳？我今天忘了帶銀子出門了。」

郭紫瑩聞言竟有點幸災樂禍，想到秦汐點的那些菜，看來林如玉又被她那表姊擺了一道，損失更慘重。

只是她高興得太早，便聽見店鋪的掌櫃不客氣地道：「沒帶銀子？那姑娘還說什麼請客？今天幾位不將銀子付了，就別想出這門！」

其實之前王妃特意交代以後秦姑娘來頤和樓吃飯免單，剛剛他見秦姑娘離開，上前示好，乘機和秦姑娘提起這事。秦姑娘卻非常鄭重地說，今天不是她請客，讓他務必不要免單。

他瞬間就明白了，看來雅間裡的人得罪了秦姑娘了。如此，他也不介意給秦姑娘出氣。畢竟秦姑娘救了小世子，她就是定王府的大恩人，豈容別人在頤和樓欺負了她？

郭紫瑩幾人怒了。「這關我們什麼事？」

掌櫃冷淡地道：「妳們是一起來的，可以幫忙墊付。」

郭紫瑩幾人不樂意了，要麼退縮，要麼道：「我也沒帶銀子啊！」

四周的人紛紛看過來，而且這些人不是皇親國戚便是世家公子、夫人或小姐，反正大多都認識她們。

京城的權貴關係錯綜複雜，裡面自然也有看林如玉不順眼的，甚至妒忌她找了一門這麼好親事的，便故意大聲道：「不是吧，林姑娘妳請客不帶銀子？這是誠心請客的嗎？」

「哈哈，請客不帶銀子？果真誠意十足啊！」

「這林姑娘出門不帶銀子，我也不是第一次看見了。以前在布莊和銀樓就碰過兩次，那時也聽她結帳的時候說忘帶荷包了，是她表姊幫她付了銀子。」

「妳也碰巧看見過？我也見過她說荷包掉了，然後她表姊替她出了一千多兩首飾的銀子。」

「嘖嘖，原來出門不帶銀子還成習慣了？今天這幾個人都不帶銀子出來吃飯，還吃了六千多兩，哈哈！大家細品……」

郭紫瑩幾人恨不得找地洞鑽，太丟臉了！她們恨恨地看著林如玉，示意她趕緊解決。

林如玉聽了眾人的話，眼前陣陣發黑，完了，她的名聲都掃地了！

更慘的是，這時正巧蕭暻桓走了出來。

蕭暻桓的死對頭看見他，立刻大聲喊道：「三爺，林姑娘請客沒帶荷包，你不是和她訂親了嗎？要不要幫她付銀子？不多，六千六百六十六兩而已。」

林如玉只覺得天崩地裂，五雷轟頂，然後兩眼一翻，直接暈了。

然後的然後，蕭暻桓也覺得自己這輩子沒有這麼丟臉過。

六千六百六十六兩?!他也拿不出來啊！她們是怎麼吃的，吞金嗎？

最後的最後，他簽下了此生最恥辱的欠條。

第五章

秦汐離開茶館後，又去當鋪將贏回來的首飾都當了，得了一千多兩。

雖然不多，但想到林如玉知道後的表情她就高興。為了分享快樂，她給了玉桃和石榴一人一百兩，將兩人樂得不行。

玉桃高興道：「姑娘，下次繼續贏！」

秦汐笑答。「好！走，我們去買東西。」

接著她去了雜貨鋪、藥材鋪和洋行買了各種各樣的種子，還有幾根釣魚竿。買完這些東西後，她才打道回府。

馬車裡，玉桃忍不住將心裡的詫異，問了出來。「姑娘買如此多種子有何用？」

昨晚姑娘就要她爹讓商隊多收一些關外的種子回來，不管什麼種子，蔬菜、藥材、鮮花、水果、香料都要，反正只要是種子就行。

秦汐笑了笑。「種啊！一會兒回府後，妳讓馮伯找牙行看看有沒有好的莊子和田地、荒地，我要買。」

只是現在她存款只剩下一萬兩銀子，還有負債十萬兩，她還是得盡快賺銀子。

商隊已經出發一個月了，也不知道能不能順利將貨物攔下，將那信函找出來，她必須多做準備。

玉桃一頭霧水，所以姑娘最近的喜好是種田、釣魚嗎？

秦汐買莊子和買地都是讓人秘密買的，目的是給秦家留一條後路。

至於收集各種各樣的種子，是因為小島裡種了許多這個朝代沒有的農作物，她是為了以後拿出來，做個鋪墊而已。

很快馬車就回到了秦府，正好，秦庭韞也在這時候回來。

「爹。」秦汐喊了一聲。

秦庭韞看見秦汐很高興。「汐兒吃飯回來了？玩得可高興？頤和樓的菜尚可？」

秦汐當然高興，估計林如玉此刻氣暈了吧！

她笑著福了福。「頤和樓的菜味道不錯，我還讓小二送了一份回府給爹娘嚐嚐。爹今天一早去哪兒了？」

秦庭韞看得出女兒是真的很高興，這讓他更高興了，今天他去見晉王也很順利。

既然事情已經談好，也該和女兒說了。

秦庭韞笑容燦爛地道：「爹今天去晉王府商議妳和暻郡王的親事。」

秦汐的臉頓時僵了。

她和暻郡王的親事是什麼鬼？前世沒這一齣啊！

晉王府中，晉王喝了一口茶，放下茶碗，才道：「十年前，我見秦家的小姑娘長得活潑可愛，靈氣逼人，便和秦老弟口頭定了個婚約。」

晉王妃聽了晉王的話有些疑惑。「不知道王爺說的是哪個秦家？」

京中世家裡面沒有姓秦的啊！

「剛進京的江淮秦家。」

「……江淮首富秦家？」晉王妃有些不確定地問道。

畢竟一個商戶之女就算嫁入王府做侍妾，身分怎麼也不太夠啊！

晉王點了點頭。「沒錯，秦老弟對本王有大恩。」

所以自家王爺是想報恩？晉王妃聞言在心底沈吟了一下便道：「那臣妾讓世子收她為妾室？」

一個商戶女給晉王府世子做妾室，這已經算是天大的恩賜。王爺要報恩的目的也達到了。

晉王妃這是想著秦家巨富，世子的正妃出自翰林大學士府，乃清貴之首。

再有個富有的妾室也是不錯。

晉王聞言皺眉，妾室？王妃怎麼會這麼想！這不是恩將仇報？簡直混帳！他是想讓她給老四去提親。

晉王正想說他定的是婚約不是納妾，這時一個聲音響起，是晉王世子。「父王，母妃，兒臣暫時不想納妾。」

納一個商戶女做妾？他才不要！他的妾，就算不從世家女中選，也可以從京城權貴裡選，他何須委屈自己納一個商戶女。

晉王皺眉。

晉王世子和蕭暻玹這時一起走了進來，兩人恭敬地行了一禮。「兒臣見過父王，母妃。」

晉王妃笑道：「免禮，快坐吧！」

晉王世子坐下來又強調一次。「父王，兒臣剛納了一名妾室，暫時不想再納妾。」

秦家雖然富有，可是以他的身分，多少富商想巴結討好他？他完全沒必要為了銀子娶一個商戶女。哪怕是妾，他也想娶一個有助力的妾。

晉王吹鬍子瞪眼。「混帳！你想得倒美！秦家姑娘給你做妾，那本王就是恩將仇報了！」

秦庭韞只有一個女兒，可是如珠如寶地寵著的，他真要敢讓他的寶貝女兒做妾，那絕對是結仇！秦庭韞當年救過他，甚至救過整支軍隊的士兵。而且這些年，秦庭韞也幫過他無數次。

他這些年擊敗西戎有功，裡面絕對有秦庭韞一份功勞。若沒有他好幾次於危難之際，及時送來大量糧草、棉衣和藥材，他帶領的大軍還沒戰死，就已經活活餓死、凍死、病死了。

人家雖然只是一介商人，可是比朝中某些只會說空話的文官要好太多了。
晉王妃和晉王世子聞言，兩雙長得一模一樣的眼裡均閃過詫異。王爺（父王），該不會是想給自己納妾吧？
晉王看著蕭暻玹，語不驚人死不休。「這親事當年便是給老四定的，說好了是正妻。」
晉王妃和晉王世子更加驚訝了，兩人均看向蕭暻玹。
蕭暻玹泡了一天一夜的藥浴，紅疹才褪去，聞言皺了皺眉。他這輩子就沒打算成親！
晉王妃不確定地道：「正妻，郡王妃？」
老四雖然是庶出，可是現在他可是皇上親封的郡王啊！娶一個商戶女做郡王妃？王爺沒搞錯吧？
更重要的是，這事不好辦，她已經給暻玹相看好了國子監的嫡長女，並且約好了相看的時間。那姑娘又是世子妃的表妹，出爾反爾的話世子妃恐怕會不高興。
晉王點頭。「沒錯，王妃妳找個日子，讓兩人相看一下。」
當年確實說好了是正妻，當年他提出兩家訂親時，秦庭韞也知道高攀不起，委婉地拒絕過，表示捨不得女兒做妾，他便說了是正妻，這門親事也不僅僅是報恩，而是他欣賞秦庭韞這人。
秦家雖然是商戶，可是在他眼裡不分士農工商，只分人品和能力。秦庭韞這人十分有能力，人品也好，老四有這麼一個岳丈大人，以後絕對不會像自己一樣，時刻擔心軍餉不夠，士兵吃不飽、穿不暖了！

哎呀，這樣他以後也能沾老四的光，可以心安理得地接受秦庭韞捐贈的軍餉了。

晉王世子同情地看了自己的四弟一眼，也暗暗慶幸自己娶妻早，不然娶個商戶女做正妻，他得吐血。

蕭暻玹皺眉道：「父王，兒臣不打算娶妻。」

他從七歲起便得了怪病，只要和女子接觸身上就會起紅疹，奇癢無比，難以忍耐，所以這輩子他都不打算成親。但是這個怪病是他的弱點，他是不會讓人知道的，要是洩漏出去，在戰場上，時時刻刻都可能會要了他的命。

晉王擺了擺手。「那姑娘本王見過，小時候便長得國色天香，你先別拒絕，相看過再說。好了，沒什麼事，你們退下吧！」

他沒說的是，人家秦庭韞也沒有一口答應親事，只說讓兩個孩子相看過後，要是喜歡才正式過明路。

蕭暻玹便沒再說什麼了，父王決定的事是不會改變的，他到時候找女方說清楚便是。

兩人退了出去後，晉王世子拍了拍蕭暻玹的肩膀，安慰道：「四弟，委屈你了。父王也是，就算秦家對他有恩，也不能讓你娶一個商戶女啊！」

這時蕭暻桓黑著臉從外面回來，正好聽見這話，詫異道：「什麼商戶女？」

晉王世子立刻道：「父王讓四弟娶江淮首富秦家的獨生女，你說父王怎麼想的？一個商戶女也配成為老四的郡王妃？」

蕭暻桓聞言瞳孔一縮，想到什麼，他一臉不屑地道：「她一個商戶女自是給四弟提鞋都不配！」

蕭暻玹想到女子奮不顧身地跑去接孩子的身影，便不喜兩人的話。他不想娶，是他的問題，他不想因此壞了一個好女子的名聲，於是便道：「她很好，只是我配不上她而已。」

兩人震驚，這說的是什麼鬼話?!

晉王世子只覺得父王今天腦子進水了，而四弟的腦子則是進了漿糊！

秦汐怎麼也想不到自己和蕭暻玹竟然自小便有婚約在身，上輩子這件事，至死她也不知道。

不過上輩子的今天，她從頤和樓回來時名聲已經毀掉了，只能成為蕭暻桓的妾。所以這婚約那時候才沒有提起吧……

而這一世這親事會被說起，估計是她爹擔心秦家以後出事，想著她要是嫁入晉王府，以後就算秦家出事，也株連不到她，所以今天一早便主動去找了晉王提起親事。

不過這親事不會成的。

因為她知道蕭暻玹這人不近女色，上輩子皇上下旨給他賜婚他都敢抗旨不遵，並且揚言不喜女子，一輩子不會成親，因此後來還有傳言說他是斷袖。是不是真的斷袖，她也不知道，反正他的院子沒有一個丫鬟，不是太監就是小廝。
所以秦汐半點也不擔心，她只需等著蕭暻玹主動退親便是。
秦汐對玉桃道：「玉桃，我要午睡一會兒，妳將這份菜單和宴客名單送去松鶴院大夫人手中，就說祖父大壽就按上面的安排。」
松鶴院那邊住著大房一家。
重生回來，除了抄家一事和林如玉兩母女要解決，還有一件事要解決，就是她大伯母貪污受賄一事。
大伯秦一鳴現在是七品的工部員外郎，上上輩子，在祖父大壽過後不久，他就升為正六品工部郎中。又因為林如玉嫁給了蕭暻桓後，大伯母和秦霞向來親近，膽子便肥了起來，開始收受賄賂，短短半年所收數額高達二十萬兩。
上輩子抄家的時候，這事也被揭發了。
秦家早在二十年前，祖父為了大伯能走科舉之路，已經分家，甚至彼此的戶籍都不一樣了。
他們二房繼承了祖籍，是商戶，一直在江淮府發展，一個月前才搬到京城。
而大房轉商為農，走耕讀傳家的路線，大伯也不負祖父所望，高中進士，然後靠她爹經商賺的銀子幫補，在京城過著富貴雙全的生活。
本來大房是有一個小院的，可是她爹去年在京城買了大府邸，打算搬到京城定居。然後祖父說什麼幫他們家看房子，又說兄弟住一起，相互有照應，於是大房一家便搬到他們家的新府邸住。可是照應沒有得到，催命符倒是得到一張又一張。

大伯母貪婪成性，必成禍根，他們家和大房必須分開。畢竟早在二十年前就分家了，沒道理二十年後又一起過。讓大房一家搬出他們家，是她下一步要做的事。

「是！」玉桃脆生生的應了一聲，立刻去大房那邊辦事了。

玉桃非常不喜大房那邊的人，平時端著官家夫人、小姐的架子，自詡身分高貴，不喜歡和他們二房來往，平日一副高高在上的模樣，可是卻吃著二房的，住著二房的。憑什麼啊？

秦汐在玉桃出去後，便關好門，吩咐石榴守在門外，不讓任何人進來，然後她才進了海島看看那兩隻大東西還在不在。

秦汐一進海島，便出現在海灘上——她今天早上離開的位置。

然後她便看見大龍蝦和帝王蟹正在海水裡繼續一邊打、一邊游，甚至還爭先恐後地都想游向大海深處，可是海水中好像有一道無形的屏障，將牠們攔住，牠們就像被困在魚缸裡一樣，怎麼游都游不出去。

秦汐還看見一條小的比目魚游了進來，想游出去卻游不出了，不禁陷入思索。

所以這海灘的魚類只能進、不能出？那她以後不就可以在這裡養海鮮，開海鮮酒樓？

古代沒有冷凍技術，交通又落後，內陸的人想吃到海鮮很難，海味乾貨也都很貴。要是能開海鮮酒樓，絕對大賺！

秦汐確認帝王蟹和大龍蝦跑不掉後，也不急了。她爹喜歡吃龍蝦，娘親喜歡吃蟹，這兩隻大東西留到冬至她爹生辰拿出去吃正好。

她決定先將今天買的種子種了。買種子的時候，她特意多買了一些，如此，她拿一些進小島試種，玉桃她們也察覺不出來。

秦汐從沙灘回到島上，發現島上本來種的一些熱帶水果、芒果、香蕉、枇杷、荔枝、椰子等水果都開花了。小小的草莓地此刻掛滿了紅紅綠綠、大大小小的草莓。另外那小一片辣椒樹上也掛滿了紅通通的小尖椒。

今天早上，明明不是這個樣子的。

秦汐忍不住有點激動。

這證明海島的時間和外面不一樣，至少快幾十倍。在這看天吃飯的古代，實在太有保障了。明年天元國可是會經歷百年難遇的大旱災，波及大半個天元國，餓殍遍野，直到她死的時候還沒結束。

秦汐看著紅豔欲滴的草莓，想摘來吃，這念頭一起，一顆又大又紅的草莓便出現在她手心。

秦汐一愣，勾起嘴角。

很好，竟然還可以用意念來控制。

她咬了一口草莓，香甜多汁，草莓獨特的果香縈繞在齒舌間，滿嘴生香，比小時候嚐過的味道都還要好，也完全不像現代某些一夜催熟的草莓，食之無味，棄之可惜。

秦汐一連吃了好幾個，然後才開始規劃海島上除了海灘和種了果樹的地方，剩下的幾畝地種什麼。這麼好的空間，糧食和藥材都要多種才是。

松鶴院內，李氏看見玉桃送來的菜單懷疑玉桃拿錯了。「妳是不是拿錯了菜單？」這是這丫鬟她爹大壽宴請的菜單吧？寒酸得不行！

玉桃答道：「沒有，這是姑娘親手給我的。姑娘還說老太爺大壽就按這一份菜單和宴客名單來安排。如果大夫人和二姑娘沒有吩咐，婢子退下了。」

李氏皺眉擺了擺手。「退下吧。」

玉桃離開後，秦妙兒看了一眼菜單上的菜式，高冷的臉上閃過一抹嫌棄。「虧娘親還想盡辦法，請一些達官貴人來府中，乘機讓二叔結識，也好讓大堂姊說上一門好的親事，就這寒酸的勁兒？簡直不識好歹！」

這定的是什麼菜式？雞，鵝，鴨，魚，蝦？打發叫花子嗎？用這些菜式宴客，怎麼請客？秦汐不嫌棄丟人，她還嫌丟了自己的身分。

不愧是商戶女，小家子氣，上不得檯面！

李氏搖了搖頭。「菜單還好解決，妳祖母絕不會同意的，重要的是這份名單。」

秦妙兒看了一眼名單上劃去的名字，一雙秀眉緊緊皺在一起。「她瘋了不成？名單上劃掉的人名她知道是誰嗎？竟然請的全是商戶，官員一個不請？太不識好歹了！這樣的壽宴我不參加，有失身分，丟人！」

如果不是如玉表妹和晉王府三爺訂親，她娘才能求著姑母幫忙請晉王府三爺、伯府公子、工部幾位大人還有禁衛軍。平日這些世家公子或者權貴，就算是她爹也和這些人搭不上話，秦汐倒好，竟然敢將這些人劃去。

李氏覺得秦汐純粹是不懂事，她站了起來。「我去找妳祖父、祖母說說。」

李氏氣沖沖地前往松鶴院，正好碰見氣沖沖的秦霞和林如玉。

李氏愣了一下，忙收斂情緒，笑道：「小妹和如玉怎麼這個時候來了？」

秦霞按捺住滿腹的火氣道：「來找秦汐的，問問她為什麼丟下玉兒自己回來了。玉兒忘記帶荷包，結帳的銀子都沒有，還是三爺幫忙結帳的。」

李氏一聽就明白了，她看了一眼眼睛微紅的林如玉，想笑卻是不敢，只道：「正巧，我也找汐兒呢，這份宴客的菜單和名單是她定的。」

秦霞接了過來，看見菜單和宴客名單上被劃掉的名字，瞪大了眼，滿腹怒火更盛了。

「她瘋了不成？」

兩人一對眼，簡直一拍即合！

第六章

聽聞松鶴院找人，秦汐一家三口走進了松鶴院，一屋子氣氛有些嚴肅。

這倒是難得！

秦汐看見秦霞母女來了，半點也不意外，她看了一眼坐在自己祖母古氏身邊的林如玉。

林如玉笑容甜美，看上去很高興，只是眼梢隱隱泛紅，有哭過的痕跡。不過她畫了眼妝，不細看也看不出來。

林如玉對秦汐笑了笑。「汐兒表姊。」

果然是偽裝的高手，秦汐面上笑得更甜。「哎，如玉表妹。」

林如玉一下子差點綳不住表情。

一家人打過招呼後，便落坐。

秦庭韞有些詫異秦霞怎麼來了，便問道：「爹娘找我們過來有何事？小妹也來了？」

秦霞已經收起自己的情緒了，臉上半點怒意不顯，笑道：「嗯，如玉說來找汐兒和妙兒玩。」

秦老爺子這時道：「你大嫂將菜單和宴客的名單給我看了，聽說是汐兒定的？」

秦汐點頭。「是，祖父六十大壽就按上面的菜式和名單準備。」

古氏被秦汐這理直氣壯的態度氣到了。「妳一個只知道吃喝玩樂的姑娘家懂什麼菜式和宴客名單？還按上面的辦？就那寒酸的菜式，能拿得出手嗎？我們秦家的臉都丟盡了！還有晉王府三爺、永昌侯府公子、工部尚書……這些人是能劃掉不請的嗎？」

古氏一口氣噼哩啪啦道：「妳知不知道能請到這些人，都是靠妳姑母和如玉的面子？這都是不容易攀扯上的關係，妳竟然還敢劃去？這事要是傳出去，豈不得罪人？妳沒事找事摻和這壽宴菜單和名單幹啥？這是妳能決定的事？」

聽見古氏罵秦汐，秦霞低頭喝茶，遮住了嘴角的冷笑。

沒錯，能和晉王府結交上，還不是靠她們兩母女。

這下林如玉心情也好了點。

「娘，汐兒做事非常周全。我也覺得這菜單和名單沒有問題，名單上的那些人的確不適合宴請。」聽見老娘說自家女兒只知道吃喝玩樂，秦庭韞不高興了，秦汐還沒說話，他便護上了。

秦庭韞雖然沒看過菜單和名單，但是一聽劃掉的人就知道女兒的用意；再加上在他心裡，女兒說的、做的本就都是對的，女兒不會有錯，有錯也是他這個爹的錯。

古氏聞言瞪大眼。「不適合請？你可知為何會請這些世家公子和權貴，還不是為了給你女兒找門好親事？這是你小妹和大嫂的好意，你們別不知好歹！不然以她的出身，想嫁入高門，也只配為妾或者繼室。」

秦庭韞這回怒了，他冷淡地道：「汐兒的親事有我和她娘作主，不須其他人操心。」

古氏被噎了一下，氣得口不擇言了。「行，她的親事你作主！以後在這京城找不到一門好的親事，你別求我，也別麻煩你大哥和小妹。我就等著你給她找一個商戶，以後子子孫孫都是商戶，看你能的！」

秦庭韞臉色陰沈了下來，忍不住大喊了一聲。「娘！」

傅氏氣得渾身發抖，他們家為什麼是商戶？當年還不是兩老分家的安排？

老爺子覺得古氏說得過了，呵斥道：「妳胡說八道個啥！」

秦霞這才開口勸道：「二哥，你別生氣，娘也是一番好意，想給汐兒找一門好親事而已。不管如何，我一定替汐兒好好的找一門好親事。」

林如玉心裡又高興了一點，偷偷看秦汐。

沒錯，秦汐一個商戶女，想嫁得好，還不得指望自己和她娘幫忙，竟然敢在頤和樓擺她一道，她不好好賠償自己，這事都過不去！

察覺到林如玉的視線，秦汐似笑非笑地看著她，林如玉頓時感到一陣不適。

秦庭韞正想說不必，這時傅氏身邊的迎春走了進來，福身道：「老爺，晉王府端儀郡主下帖子，說是約姑娘去賞梅。」

秦霞以為帖子是給自己女兒的，忙道：「還不快將人請進來！」

林如玉也顧不上秦汐的眼神古怪了，她心裡甜得不行，看來桓哥哥並沒有生自己的氣，這麼快就讓端儀郡主給自己下帖子，約自己去賞梅了。只是這丫鬟怎麼和平日來送信的丫鬟不是同一個人？

很快晉王府的丫鬟便進來了，她態度端莊地給屋裡的人行了一禮。「婢子見過老太爺，老夫人，幾位老爺、夫人和小姐。」

秦霞喧賓奪主親切地道：「快請起。」

晉王妃身邊的丫鬟這才站直了身體，她見過林如玉，因此視線落在屋裡另一個年輕姑娘身上，第一眼便被她的美驚豔了。

不過她很快就回神笑道：「我家端儀郡主約秦姑娘後日去西山賞梅，不知道姑娘可否有空？」

秦汐還沒說話，林如玉已經搶先道：「有的。麻煩妳回去告訴郡主一聲，後天不見不散。」

秦霞也看了一眼林如玉身後的丫鬟。「珍珠，還不去將帖子接過來。」

珍珠馬上走過去。

晉王妃身邊的丫鬟表情一僵，接著笑了笑。「這帖子是給秦汐姑娘的。」

她特意咬重秦汐兩個字。

秦霞和林如玉這下子聽明白了，眼神頓時茫然。

傅氏剛剛還以為自己聽錯了，聞言差點笑出來，她輕輕喚了一聲。「迎春。」

迎春馬上上前接過帖子，然後拿出一個荷包給了晉王妃的丫鬟。「煩勞姊姊走一趟了。」

晉王妃的丫鬟接過荷包，輕飄飄的，顯然裡面裝的是銀票，她笑容親切了一些。「應該的，那婢子回去覆命了。」

傅氏笑道：「迎春，送一送這位姑娘。」

「是！」迎春應了一聲，然後做了一個手勢。「這位姊姊請。」

待到晉王妃的丫鬟走遠後，屋裡依然保持著詭異般的寂靜，還是傅氏將帖子遞給秦汐才打破了這寂靜。「汐兒，拿著吧！」

她的女兒何須給人做妾、做繼室？她的女兒是郡王妃的命。

秦汐將帖子接過來，隨意地放在一旁的案桌上。除了秦庭韞夫妻之外，一屋子人的視線都隨著秦汐的動作移動，最後落在案桌那份帖子上。

林如玉眼神炯炯地盯著那份精美的帖子，恨不得盯出一個洞好看看裡面的名字，怎麼可能會是秦汐的帖子?!

秦霞心中也震驚，她僵笑道：「汐兒，妳什麼時候和端儀郡主認識了？」

李氏也笑著問道：「對啊，汐兒，怎麼晉王府的端儀郡主會約妳賞梅？妳快看看帖子，看看什麼時候去，有沒有提帶上姊妹一起之類的。」

屋裡眾人的目光從帖子移到了秦汐的臉上。

林如玉擰緊了手帕，不會是桓哥哥讓端儀郡主約的吧？若秦汐敢勾引桓哥哥，肯定撕了她！

秦汐淡淡地回了句。「不認識，不知道。」連半點去看帖子的意思都沒有。

大家都被秦汐這副藏著掖著的態度噎著了，秦霞也沒再追問。

有什麼了不起的？如玉是端儀郡主未來正經的嫂子，不知道收過多少次端儀郡主的帖子，現在說不定府裡就有一份端儀郡主的帖子。到時候秦汐別求著如玉帶她一起去。

而李氏心裡卻想著讓自己的女兒這兩天多和秦汐走動，哄得秦汐帶她一起去賞梅。

秦老爺子想著到時候私下問問兒子，便將話題拉回。「汐兒，菜單和名單妳是有何顧慮？」

這語氣和態度比平時好了不少，是問有何考慮，而不是怎麼回事了。

秦汐淡淡地道：「我這是為了大伯考慮，才定下的。」

李氏傻眼，一時不察，脫口而出。「妳開什麼玩笑？」

這寒酸的菜單和全是商戶的宴客名單，是為她相公考慮過後才定下的？現在的工部郎中因為丁憂回了老家，工部郎中這職位有了空缺。她本想趁老爺子大壽宴請工部尚書和晉王府三爺等人，好好的拉攏，讓自己相公升官。秦汐將上面的官員都劃掉，這不是斷了相公的官路？還說為自己相公考慮？考慮個屁！

古氏認為傅氏一直沒生兒子，斷了二房的後，因此非常不喜歡秦汐和傅氏，她沒好氣地道：「妳為妳大伯考慮什麼？妳懂什麼？」

這個孫女完全被她娘寵壞了，明知自己是商戶出身，也不努力上進，學啥都不長久，琴棋書畫樣樣不通。除了一副皮囊，一無是處！

李氏回過神來，笑著問道：「汐兒說這是為妳大伯考慮，是何意？」

秦汐溫聲解釋。「大伯為官向來清廉，可是大伯母定的菜式，是大伯的俸祿支付得起的嗎？鮑參翅肚、熊掌、佛跳牆、魚唇、猴腦……恐怕大伯一年的俸祿也辦不起一桌那樣的壽宴吧？」

李氏迷惑了。

什麼意思？這銀子不是由他們二房出嗎？關相公俸祿什麼事？兩老壽宴的銀子向來都是他們二房出的。二房那麼多銀子，花幾輩子都花不完還差這麼一點嗎？

秦汐又看向秦老爺子淡淡地道：「這樣的菜式傳出去，御史說不定會以為大伯貪污受賄。」

秦老爺子臉色微微變了變，點了點頭。「還是汐兒考慮周全，不過這宴客的名單，汐兒何故劃去了那些貴人？」

這次語氣又溫和了一些。

秦汐輕笑。「祖父覺得朝廷最怕什麼？官商勾結，結黨營私。」

秦老爺子臉色大變。

李氏皺眉。「這哪能啊？不至於這麼嚴重。大家都知道咱們秦家二房是商戶，而咱們姑奶奶嫁入了長春伯府，表姑娘又和晉王府訂親，再說那官員大多數都是妳大伯的上官，親屬間在壽宴上來往一下無可厚非。」

秦霞也想著在壽宴的時候，讓蕭暻桓看看秦家有多富有，能給他多大的助力，便道：「只是姻親和上官、下屬走動，算不得官商勾結，結黨營私。」

秦汐淡淡地道：「聽說工部郎中那職位有了空缺？這時候，大伯宴請那麼多上峰，真好？」

此話一出，秦老爺子臉色巨變，神色肅然。

秦汐說得對，現在宴請上峰目的太明顯，要是被御史彈劾，反而得不償失。要知道工部郎中雖然只有六品，但許多世家子弟都盯著，但老大現在是工部員外郎，順理成章升上去是理所當然的事。

秦老爺子一錘定音。「宴客名單就這麼定了，壽宴一切從簡。」

李氏想插話都沒找著地方張嘴。

秦汐又道：「這次的壽宴到時候一切花銷三房人分了。」

這麼少銀子都需要分？她好意思？

李氏傻眼地看向秦庭韞。

秦庭韞和傅氏向來唯女兒是從，更不會在外人面前反駁女兒，再說秦汐這麼做也沒錯，因此由著女兒作主，兩個人都沒說話。

秦汐看著李氏，淡淡地補了一句。「免得御史彈劾大伯不孝，大伯母覺得呢？」

李氏氣得想罵人。

她覺得什麼？她不覺得！她覺得就該二房出，可這能說嗎？

她總算感受到了秦霞剛才的憋屈了。

秦老爺子拍板。「三房人分。」

在這緊要關頭，老大絕對不能有一絲一毫的差錯。七品到六品可是一個分水嶺，七品只是芝麻官，六品可不是。老大能升上六品，以後就能升上五品、四品，甚至更高。

李氏肉都疼了，僵笑道：「是應該的。」

按秦汐定的那菜單上的菜，每桌至少要一百多兩，辦十桌，得上千兩吧？三戶人分，每戶至少也要出五百兩。

這麼一想李氏肉更疼了。

那菜單上的菜是不是太豐盛了一些？秦汐這死丫頭定的那魚是鱖魚，那可是貢品。是不是可以換成便宜一點、普通的鯉魚？

既然菜單已解決，秦汐便站了起來，福了一福。「要是菜單和名單沒有問題，那祖父、祖母，我先回汐顏院了。」

說完抬腳便走，看也沒看秦霞母女一眼。

秦霞沒想到她說走就走，忙道：「等等，汐兒！今天中午……」

秦汐似笑非笑地回頭。「今天中午我有事先走了，不會是如玉表妹又忘記帶荷包，沒銀子結帳吧？需要我出銀子嗎？」

秦霞一噎。

哪有人說話如此直白，不給人留半分顏面的？她這麼問，自己還好意思要她出銀子嗎？

林如玉羞紅了臉。「怎麼可能！表姊怎麼如此想我？」

秦汐笑了笑。「放心，我沒想，那要我付銀子嗎？」妳就是這樣的人，何須我想？

林如玉看著那張笑臉不禁咬緊牙關。

秦霞氣得笑容都差點維持不住，她僵笑道：「不用，說好如玉請，哪能要妳出銀子？姑母來是為了玩投壺時，妳贏的那些首飾……」

秦汐又打斷了她。「首飾？首飾我拿去當了。」

秦霞聞言一口氣差點喘不上來。

當了?!她怎麼敢？

林如玉更是失聲尖叫。「表姊，妳怎麼可以將那些首飾當了？郭姑娘她們想要拿回去。」

當了，她拿什麼賠給別人？

秦汐一臉理所當然。「我嫌髒啊！」

林如玉袖子下的拳頭都捏緊了。

嫌髒？她竟然說嫌髒？那裡面也有她的首飾呢！還有自己之前從她這裡得到的首飾可是直接就佩戴，也沒嫌她髒，太過分了！她感覺受到了深深的侮辱，氣死她了！

林如玉感覺她肺都要氣炸了。

秦霞深吸了一口氣，笑道：「沒關係，汐兒將當票給我吧，我去贖回來。」

秦汐搖頭。「沒有當票，死當。她們這是輸不起嗎？沒想到世家女竟如此不要臉！那需要我出銀子去買回來嗎？」

又是這一句！

秦霞氣得差點吐血了，她第一次有點招架不住的感覺，哪有人說話如此直白，半點顏面也不給人留的？

林如玉氣得想呸她一臉。

以前她明明不是這樣的，以前她明明會直接吩咐丫鬟去買回來，讓她們賠給人的，怎麼突然就變了？

秦霞咬牙切齒地笑道：「汐兒說笑了。她們是想向妳買回去，因為有些簪子是她們及笄時的禮物，才會想著要回去，不必汐兒出銀子，姑母派人幫她們去贖就行了。」

很好，今天是一文錢都別想討回了。

秦汐敢這麼問，自己卻不敢這麼答，她還要臉。

想到六千多兩沒了，還要損失一大筆去買首飾，秦霞都有點後悔今天過來提起這事。太急切了，這簡直是自取其辱！

秦汐這個死丫頭，怎麼變了個人似的？

最後兩母女毛都沒有撈到一根，只帶著一肚子氣，被玉桃熱情地送離秦府。

第七章

秦霞心口都痛了，既是被氣的，也是因為損失慘重，一旁的林如玉也是心肝脾肺胃都在疼。

六千多兩她要是還給桓哥哥，自己的嫁妝豈不是又少了好幾千兩？要是不還，她以後如何在桓哥哥面前抬起頭？只要這麼一想，她就感覺活不下去了，無顏面再見桓哥哥。

「娘，怎麼辦？就這麼算了嗎？」一上馬車林如玉的眼淚又落下來了。

秦霞搖了搖頭。「這次娘也是氣急了。今天不該過來的，太迫切了，哪怕暗示一句讓妳二舅出銀子，都顯得我們意圖不軌，虛情假意，這次的虧是吃定了。」

「那六千多兩我們還給桓哥哥嗎？」

「當然得還。不過不是還給三爺，是去頤和樓還了，拿回欠單，豈能讓三爺去還銀子？」

「那我的嫁妝怎麼辦？」

「不急，來日方長，咱們徐徐圖之便是。」

林如玉聞言便放心了。

秦霞嘆了口氣。「只是秦汐那死丫頭好像轉了個性子一樣，娘在想要不要繼續讓她當三爺的妾。」

她隱隱有種感覺，以後秦汐怕是不好拿捏了，若是她和自己的女兒鬥，自己的女兒怕是鬥不過她，畢竟連自己今天都在她面前吃了個大虧。

林如玉想到蕭暻桓看她的眼神，下意識便拒絕。「我不要！」

這時，馬車突然停了下來，車伕的聲音傳了進來。「夫人，是三爺。」

林如玉心中一喜，忙抹了抹眼淚，整理了一下身上的衣服，撩起馬車簾子，笑道：「桓哥哥！」

秦霞也笑著行禮。「臣婦見過三爺。」

蕭暻桓點了點頭。「秦伯母不必多禮。」

然後他又道：「我想和如玉妹妹說說話。」

秦霞笑道：「如玉妳和三爺說說話，娘先回府了。」

反正這裡離長春伯府也不遠了。

一刻鐘過後，林如玉腳步凌亂地跑進了秦霞的屋子。「娘！我一定要秦汐成為三爺的妾。」

見她臉色陰狠，語氣斬釘截鐵，秦霞嚇了一跳。

「發生什麼事了？」

「原來秦汐和暻郡王從小便有婚約。等他們相看過後，晉王府馬上就會去提親了，難怪端儀郡主會下帖子給她。」

她不要，她不要秦汐成為郡王妃，壓她一頭！

她一個商戶女天天過著炊金饌玉的日子，日子比自己這個伯府貴女還要好，這便算了，以後的身分居然還比自己高？這絕對不行！

她情願秦汐成為自己手底下的一名妾室，永遠被自己踩在腳下，隨意拿捏。

秦霞傻眼了。「這怎麼可能？這絕不可能，她憑什麼啊！」

第二天，秦汐又是在一陣海浪聲中醒來，這時天還沒亮，她下意識地便進了海島。

正好看見潮水退去，海灘上留下了幾十隻半個手臂那般大的生蠔和一些碧綠碧綠的海帶，海水裡還多了一小群秋刀魚拚命地想跟著退潮的海水游回去，卻頻頻碰壁。

秦汐兩眼一亮。

這海島每天竟然還會送來不同的海鮮？所以她這是實現了討海自由嗎？

秦汐立刻便想到了開海鮮酒樓賺銀子。

天元國的太祖聽說是漁民出身，非常愛吃魚，每年冬天皇家甚至會舉辦捕魚、釣魚比試。有這風氣在，天元國的百姓大多數都愛吃魚，皇上也不例外，因此開海鮮酒樓一定好賺。

她迫不及待地走到了海島的陸地上。

經過一晚上，那些水果都熟了，昨日種下去的水稻和小麥都開始抽穗了，蔬菜也都長大了。

魚有，菜也有，不開酒樓都對不起這個海島。回頭再買些雞、鵝、鴨、牛、羊進來試著養，看看能不能行。

秦汐意念一動，將成熟的水果和蔬菜都收成，收到的東西自動存放在山洞裡。

忙完這一切，外面天還沒亮，秦汐又在海灘上跑步、練武，做完這一切，她才出了海島梳洗。待她梳洗完後，便讓玉桃告訴馮管事，若是有酒樓鋪子轉讓就盤下來。

接著她去陪傅氏和秦庭韞吃早膳，並且告訴他們一聲她要去逛街。

傅氏想著秦汐快訂親了，不好天天外出。可是秦庭韞覺得女兒將來成親後，想出門就難了，就同意了。

秦汐便收拾好了釣魚和烤魚的工具，只帶上石榴一個，在玉桃哀怨的目光下出門了。

沒辦法，今天秦汐打算找機會將海島裡的魚拿出來。玉桃心細，容易察覺不對，不像石榴讓她做什麼便做什麼，不帶疑惑的，所以不能帶玉桃。

石榴駕著馬車出城後，又走了一個多時辰左右，來到了西山附近一個峽口。

這裡是京江出海的一處峽口，地勢險隘，罕見人煙。但是這個峽口與大海相連，偶爾也會有漁民從這個峽口出海去捕魚。

秦汐找了個稍微寬闊平坦的地方，拿出魚竿和木桶，將魚竿抛到水裡開始釣魚。

她對石榴道：「石榴，妳去上面生火，我一會兒釣到魚，我們烤魚吃。」

「是，姑娘！」

石榴對秦汐的話，是當成聖旨般執行的，從不會疑惑也不會反駁。要是玉桃或者秋菊她們定然會擔心留秦汐一個人在這邊釣魚不安全，不會同意。

秦汐回頭看了一眼，見石榴去馬車上取炭和土陶爐，她便迅速用意念往木桶裡注入了半桶海水和十幾條秋刀魚，然後又往海裡的石頭上丟了十幾隻生蠔。

一刻鐘過後，石榴生好火，走回來，秦汐已經撩起袖子在冰冷的海水裡撿生蠔了。

石榴看著桶裡十幾條肥美的、不知道什麼名字的魚和半條手臂那般大像河蚌的東西，眼裡閃過迷惘。原來魚這麼好釣的嗎？

不過石榴也就迷惑了一下，轉眼就忘了，她立刻挽起袖子去撈水裡的「河蚌」。

秦汐攔住了。「有魚上鉤了，妳去將魚收了。」

「是！」石榴便去將魚竿拔起，將魚從水裡拉了上來，又是一條肥美的秋刀魚。

這魚果然好釣！

石榴一笑，動作麻利地將魚鉤取出，將魚丟到木桶裡，然後又將魚鉤拋到水裡。

秦汐忙道：「夠了，不用釣了，時間不早了，我們烤魚吃。」

「好。」她也餓了。

石榴殺魚，秦汐則烤生蠔，配調味料。

這生蠔非常大，兩隻便占滿了土陶爐。不過她早有準備，多帶了幾只土陶爐。兩人分工合作，很快燒烤的香氣就傳出很遠了。

不遠處，皇上今天忙裡偷閒，便帶上戶部尚書這個釣友一起出來釣魚。

突然皇上吸了吸鼻子。「林愛卿可聞到烤魚的香味？」

戶部尚書吸了吸鼻子，然後點頭。「回皇上，有人在烤魚。」

皇上笑道：「看來有其他人發現這個釣魚聖地了。」

這裡地勢比較險峻，人跡罕至，但是這裡的魚兒肥美，皇上尤其愛吃魚也愛釣魚，每年都會來這裡釣一、兩次魚。

香氣越來越濃郁了，聞之便讓人生津。

戶部尚書吞了吞口水。「也不知道釣了什麼魚，烤起來竟如此香。」

皇上也覺得太香了，竟比御膳房大總管特意配製的調料，烤出來的魚都要香。

「走，帶上我們的魚去借火。」皇上站了起來，交代自己的小太監。「小魚兒，帶上魚竿走。」

「是，皇上！」

皇上和戶部尚書循著香味尋了過來的時候，秦汐和石榴正在吃生蠔和魚。

石榴第一次吃烤秋刀魚，沒想到竟然如此好吃！最重要這魚魚刺少，吃著非常方便，她三兩口就能解決掉一條。

皇上和戶部尚書看著土陶爐上面的大生蠔，眼裡閃過一抹驚訝。

這京江什麼時候有這種東西了？

皇上笑道：「沒想到竟是兩位小姑娘在此烤魚，打擾了！不知是否介意我們兩個老頭借火？」

皇上曾經去過晉王府，秦汐一眼便認出了他是皇上。但經歷過現代教育的洗禮，她對皇帝這種生物已經沒有了古人那種敬畏之心了，點了點頭。「兩位老先生隨意。」

「多謝姑娘！」然後皇上和戶部尚書便坐了下來。

離得這麼近，香氣更加濃郁了。

哪怕皇上吃過了各種各樣御廚烤的魚，都沒這香。

秦汐遞給兩人一人一條秋刀魚。「兩位老先生不介意的話，便一起嚐嚐。」

戶部尚書口水早就氾濫了，立刻接了過來，笑呵呵地道：「不介意、不介意，這烤魚真香啊！多謝姑娘！」

一旁小魚兒剛想掏出銀針試毒，被皇上一個眼神阻止了，他笑著接過秦汐遞過來的魚。

「多謝姑娘！」

皇上又對小魚兒道：「你去將我們的魚也處理一下，一會兒烤了大家一起嚐嚐。」

「是！」

皇上又對自己的禁衛軍首領趙飛剛道：「小剛子，你去多釣點魚。」

「是！」

秦汐道：「可以用我們處理出來的魚內臟來釣魚，我加了點東西在上面。」

海島裡有靈氣，這魚吃起來都特別好吃，想來用那些魚內臟釣魚，能吸引一些魚過來。

小魚兒嘴角抽了抽，用魚內臟釣魚？簡直聞所未聞。要知道他們的魚餌，可是御膳房的大總管親自配製的，不比她的魚內臟好？

他笑著拒絕道：「我們的魚餌也是加了點料的，魚很愛吃。」

秦汐笑了笑。「也行。」

皇上卻道：「小剛子，就按姑娘說的去釣。」

小魚兒滿頭霧水。

怎麼皇上也跟著胡鬧？有人拿魚內臟釣魚的嗎？這要是有魚上鈎，他便活吞了！

「是。」趙飛剛應了一聲便提著木桶和魚缸去秦汐剛才的地方釣魚。

皇上咬了一口魚肉，魚肉外焦內嫩，鮮美多汁，半點也不腥，也不知道放了什麼調味料，紅紅的，辣辣的，實在美味至極，讓人停不下嘴。

戶部尚書也被這魚肉驚豔到了。「好吃！真好吃！姑娘，不知道這是什麼魚？」

為什麼他們在這裡釣了那麼久的魚從來沒有釣過？看著小姑娘釣的數量，這種魚在京江應該算是很常見的魚啊！

秦汐回答。「不知道。」

皇上皺眉觀察。「看著像刀魚，吃著又不像。」

戶部尚書道：「估計是變種了吧。」

皇上點頭。

秦汐指了指蒜蓉炭燒生蠔。「先生可以嚐嚐這個。剛烤好，小心燙！」

戶部尚書便不客氣了。「先生這稱呼太生疏了，姑娘妳叫老夫林爺爺即可。」

秦汐從善如流。「林爺爺。」

一邊殺魚、一邊流口水的小魚兒差點被口水噎死。

竟然還真的敢叫！不知道她知道對方是戶部尚書時會什麼反應？

皇上不甘落後地道：「姑娘也可以稱呼老夫蕭爺爺。不知姑娘如何稱呼？」

「蕭爺爺！我姓秦，單名汐。」

小魚兒手一抖，手中的匕首差點將手指割了。

真是一個敢說，一個敢叫！

就連趙飛剛拿著魚竿的手都抖了抖，還以為有魚上鈎了。

不對，好像真的有魚上鈎了！這麼快？

趙飛剛感覺魚竿確實有拉扯力道，連忙小心翼翼地將魚拉上來。

好沈，竟然是一條五斤左右的鱖魚！

小魚兒懷疑人生了。魚雜怎麼可能釣到魚？趙首領一定是加了御廚的魚餌。

皇上與戶部尚書也微微一愣。

這麼快？應是巧合吧！

兩人看了一眼後，也沒有放在心上，繼續吃烤魚。

趙飛剛也是這麼認為的，他將魚放到桶裡，繼續用魚內臟釣魚。

「汐丫頭，這可是海蠣子？」戶部尚書不怕燙，小心地捧著燙手的生蠔殼問道。

「不知道。」別問她，問她就是一問三不知。

戶部尚書咬了一口，眼睛一亮。「鮮甜至極！肥美可口！和蒜蓉的香味混合在一起……簡直人間美味！」

皇上點頭。「人間極味！」

這東西他本不愛吃的，可眼前這個看著就忍不住想嚐嚐。

秦汐又指著沒有加任何調味的生蠔，道：「這個是原汁原味的。」

兩人立刻解決手中的炭燒蒜蓉生蠔去吃原汁原味的。

原汁原味的生蠔，沒有任何調料，還原了生蠔本來的鮮美，還帶著鹹鹹的海水的味道，更加鮮甜，好吃！

這邊皇上和戶部尚書剛解決了一隻生蠔，趙飛剛又釣出了一條近兩斤左右的江鯽。

小魚兒還在催眠自己是巧合，可戶部尚書、皇上卻不這麼想。

一次是意外，兩次怎麼可能是？

這下子皇上看向那堆魚雜不淡定了。

皇上道：「汐丫頭，妳這魚內臟有點不一般啊！」

看得他都手癢了！很想下去釣，可是又捨不得這美味的烤魚，真是左右為難。

戶部尚書沒說話，卻是加速使勁地吃，吃完了才能去釣魚。

皇上見他又拿了一個生蠔，毫不客氣，居然也不怕燙，直接狼吞虎嚥，在心裡罵了句無恥之徒，然後也迅速拿了個生蠔，吃了起來。

兩人加快了吃魚的速度，很快十幾條秋刀魚和十幾隻生蠔就消滅掉了。

石榴力氣大，食量也大，根本沒吃飽，眼見東西都沒了，不禁狠狠地瞪了兩人一眼。

皇上被瞪也不惱，哈哈大笑。「小丫頭，不生氣，繼續烤，我們還有魚。不夠吃，我們去給妳釣。」

說完皇上和戶部尚書便匆匆地跑去釣魚了。

接下來，皇上和戶部尚書釣魚釣到懷疑人生，懷疑他們以前釣的不是魚，而是寂寞。現在簡直是這邊才剛放下魚鈎，那邊魚便上鈎了，他們第一次看見魚竟然還搶著上鈎的。

石榴啃著烤魚，看著他們釣魚釣得手忙腳亂、此起彼伏的模樣，心想：魚果然容易釣！

不到一刻鐘，兩個水桶都滿了。

小魚兒目瞪口呆。他回宮後得告訴御膳房大總管，他研製的魚餌太渣了，竟然還比不上一堆魚內臟。

皇上朗聲道：「小魚兒趕緊殺魚，烤魚！」

「是！」

一場釣魚、一頓烤魚下來，皇上只覺得酣暢淋漓，通體舒暢，痛快無比。

皇上第一次釣魚釣得這麼盡興，第一次吃烤魚吃得這麼意猶未盡，他已經很久沒有這麼快活了。只是快活的日子總是過得特別快，時間不早了，皇上得回宮了。

皇上忍不住問道：「丫頭，下次妳什麼時候來釣魚？」

戶部尚書直接問：「汐丫頭，明日妳可還來垂釣？」

明日休沐，他也可以來。

皇上一下子氣不順了。

羨慕！朕也想來。

秦汐搖了搖頭。「不知道，有空才來，明日應該沒空。」

戶部尚書卻直接道：「那明日見。」

一個小姑娘能有什麼事？明天一定有空。

秦汐傻眼了，也沒來得及回話。而戶部尚書單方面和秦汐約好後，便和皇上高高興興地帶著滿滿兩桶魚離開了。

秦汐手上也有滿滿兩桶魚，她想帶些海魚回去給爹娘吃，可是她察覺到暗處皇上有一名暗衛並沒有離開，便只能讓石榴收拾好東西直接離開。

她決定回到馬車裡再偷偷將魚換掉一部分。

反正石榴剛才只顧著吃，並沒有注意桶裡有什麼魚。

很快，馬車平穩地往京城方向駛去。

第八章

此刻的京城，秦汐和蕭暻玹的親事不知道怎麼傳了出去，引起全城熱議。

「什麼秦首富有恩於晉王，暻郡王和江淮首富秦家的獨生女已經訂親了？這絕無可能！她給暻郡王提鞋都不配！荒謬！絕對是謠傳！這謠傳也太離譜了一些。」

「就算要報恩，她一個身分低下的商戶女給暻郡王當妾，也是天大的恩賜了。當正妃？她也配？」

「我可是知道晉王妃已經看上了翰林府的許二姑娘，暻郡王和許二姑娘自小青梅竹馬，兩家已經約好相看的日子了。秦家女突然橫插一腳，豈不是橫刀奪愛？她一個商戶女連許二姑娘一根汗毛都比不上，竟然挾恩圖報，簡直不要臉！」

「果然是商人重利，別人都是施恩不圖報，他們竟然用來換親事。這生意穩賺了，不愧能成為首富，不過他作夢吧！暻郡王是她一個商戶女能算計，能染指的嗎？」

「秦家商戶女竟然挾恩圖報，肖想暻郡王？癩蝦蟆想吃天鵝肉，無恥至極！」

和之前勾引蕭暻桓的事不一樣，這一次，這事一傳開，京城那些世家夫人、貴女個個都義憤填膺。

蕭暻玹是誰？他是暻郡王。七歲便隨著晉王上戰場，十二歲獨自帶兵殺敵，便拿下了敵軍將領的頭顱，一戰成名，從此以後攻無不克、戰無不勝，只要他帶兵出戰，敵軍聞風喪膽。

如今被譽為天元國小戰神，是皇孫裡的頭一份！

皇上眾多皇孫裡，除了太子的長子被封為襄郡王，就只有他一個被封為郡王。而且襄郡王是因為祖蔭，蕭暻玹則是憑自己碩果累累的戰功被賜封為郡王，封號還是「暻」。

皇上為何給他一個「暻」封號？這是讓「暻」字輩的皇孫都以他為表率。

蕭暻玹從七歲離開京城，一直在邊疆生活了十五年，上個月才回京。

當他一身鎧甲，俊美無雙，威風凜凜的出現在城門外時，他除了是天元國百姓心中的小戰神外，就成了京城無數貴女們心中的神，成了無數世家的乘龍快婿。

現在一個商戶女竟然敢染指她們心中的神，搶她們眼中的東床快婿？這不是捅了馬蜂窩？因此家家戶戶都在冷嘲熱諷秦汐不配。

這麼大的動靜，晉王府的人也知道了。

晉王妃有點生氣。

這種事怎麼會傳出去?!這種相看的事，會影響女子的名聲，都是提得非常隱晦的。除了相看的兩家人心知肚明，一般不會有外人知道。現在竟然連翰林府的千金都被扯進來。

晉王妃立即讓世子妃安排人去查，到底是誰傳出去的，沒想到竟然查到了長春伯府的下人身上。

晉王妃皺眉。「長春伯夫人本就是秦家女，為何會將這事傳出去？」

世子妃出身清貴之首翰林大學士府，自詡高貴，說話做事都要自持修養，向來不言人是非，便道：「會不會是不小心說漏了嘴？」

雖然這麼說，但是她心裡已認定了是秦家人故意放出風聲。

她認為秦家人知道了那天晉王妃也安排了自己堂妹許陌言和蕭暻玹相看，秦家的人怕親事會被陌言搶了去，所以故意將婚約一事說了出去，如此就能將秦家女的名聲和蕭暻玹，還有父王的聲譽綁在一起。一旦王府要是悔婚，就是忘恩負義，不守信諾。

秦家這是挾恩圖報！

她本來很不高興突然冒出個秦家，壞了自己堂妹的好事，沒想到秦家竟然自己作死。晉王府是他們一個商戶能夠威脅的嗎？

晉王妃不懂。「這是為何？」

長春伯夫人如此做不怕壞自己娘家姪女的名聲，又惹她不滿？她的女兒馬上就要嫁入晉王府，這對她沒有好處。

世子妃遲疑了一下，心裡斟詞酌句。

旁邊何瑩瑩已搶先道：「還能因為什麼？大概是因為知道了我們那天也請了其他世家姑娘來賞梅，秦家有所擔心，才故意放出風聲。如此秦姑娘的名聲算是和四弟捆在一起了。父王重恩情，這親事不就十拿九穩了？商人嘛，大多唯利是圖，奸詐狡猾。」

何瑩瑩是二爺蕭暻頡的妻子，父親乃御史臺大夫，說話比較刻薄，世子妃向來是不喜這個妯娌的，但是今天的話，她卻說得深得世子妃的心。

有些話她身為世子妃不好明說，但是何瑩瑩可以。她爹是御史，御史不就需要敢於直言，見誰不對就罵？

晉王妃聞言心裡對秦家和秦汐都厭惡了幾分。「簡直豈有此理！」真是上不得檯面！

世子妃也看不上秦家的做派，便問道：「那明日的賞梅宴還辦嗎？」

晉王妃冷哼。「辦。」

她倒要看看秦家女到底有多不要臉！

秦府，松鶴院偏院，聲聲古琴，縹緲動聽。

李氏聽見外面的流言蜚語後，忍不住酸了。「難怪端儀郡主會給秦汐下帖子了。二房瞞得倒好，竟然救過晉王一命也不說。救命之恩大過天，要是妳二叔願意給咱們引薦晉王，妳爹這十幾年何至於還只是一個七品的員外郎？」

秦妙兒撥動琴弦的手一頓，淡道：「商者，唯利是圖，自私自利也。」

這只不過是商人天性罷了！只有自己娘親會想去討好二房。

李氏想到秦汐明天就要去參加賞梅宴，忍不住道：「我讓妳今天一早去找秦汐玩，妳不去。現在妳不和她多親近，以後她成了暻郡王妃，妳再想和她親近就更難了。」

看看林如玉多會做人，從秦汐那丫頭身上都不知道撈了多少好處。

秦妙兒輕撫古琴，清冷的臉上閃過不悅。「話不投機半句多，相處不來。」

她是官家小姐，才不要自降身分去討好巴結一個商戶女，秦汐要是識趣，就該主動來邀請自己。

李氏嘆了口氣。

林如玉那小妞賊勢利的，見秦汐有錢，總是帶她出去，並不怎麼理睬自己的女兒。自己的女兒又太清高了，看不起秦汐，不喜和她說話，整日只想和林如玉交好，可是林如玉又是個勢利的，見自己女兒無利可圖，都不怎麼搭理她，真是愁死她了！

「妳啊！說妳什麼好？妳看看，以後她要是成為郡王妃，那可是比林如玉還要厲害的身分。妳要是和她交好，等她嫁入晉王府，何愁不能結交一些世家公子？」

秦妙兒輕抿嘴角，眼底閃過不屑。「那也得她能成為郡王妃才說。要知道還有一個翰林府的姑娘和暻郡王青梅竹馬。就算有救命之恩，一個妾也算是她高攀了。」

秦妙兒想到那個龍章鳳姿，清俊挺拔，如天上皎月般清冷超凡脫俗的身形，他會看上滿身銅臭的秦汐做正妃？除非暻郡王眼瞎了。就連自己也是配不上他的，更何況秦汐？

李氏嘆了口氣。「我打聽到，晉王府舉辦的那場賞梅宴，就是給暻郡王選妃的。明日定會有許多世家夫人在，妳要是能一起去，以妳的才華，說不定就會被哪位夫人看上了。」

秦妙兒心中一動。「給暻郡王選妃？」

李氏見她有興趣了，馬上點頭。「當然，暻郡王是皇孫，貴不可言，婚事豈是一個恩情就能定下來的？秦汐能當上一個妾，也是天大的賞賜了。明日那場賞梅宴，晉王府可是請了不少人。妙兒妳這麼優秀，比秦汐不知道強多少倍，要是妳和秦汐一起去，那暻郡王說不定會看上誰呢！」

秦妙兒輕輕撫摸著琴弦，她自是比秦汐優秀多了。

秦妙兒雖然沒有說話，但是李氏知道女兒定然是想去了，她笑道：「娘去給妳準備幾套新衣裙，明天咱們得好好打扮。妳一會兒去找秦汐，讓她帶妳去，那丫頭很容易哄的。」

秦妙兒抿唇，心裡憋屈，還是輕輕的「嗯」了一聲。

她心裡輕嘆一口氣，什麼時候淪落到她一個官家小姐還得求一個商戶女了。

錦華堂內，傅氏聽見外面的流言都氣哭了。秦庭韞哄了半天，後來還是想到讓她給女兒挑選賞梅的衣裙，轉移了她的注意力，才將人哄好。

秦汐提著一籃子草莓和香蕉進來時，便看見傅氏和秦庭韞兩人在興致勃勃地給她挑選賞梅時要穿的衣服和首飾。

「爹，娘。」

氣。

兩夫妻看見秦汐回來，都仔細地觀察秦汐的臉色，看見她還挺高興的，心中鬆了一口氣。

傅氏忙收斂自己的情緒，笑道：「汐兒回來了？快來看看喜歡哪條裙子？」

秦庭韞本來還提著的心也放了下來，笑道：「今天去哪裡了？」

夫妻倆非常有默契地閉口不提外面流言的事，而且都佯裝得很高興的樣子。

秦汐將籃子放到桌子上。「去城外釣魚，我還買了一些新鮮的果子，爹娘嚐嚐。」

秦汐為了將海島裡的水果拿出來，回府前去了一趟雜貨鋪買了不少水果和雜七雜八的東西，她早已聽見那些流言了，她只是半點不在意。

秦庭韞聽秦汐說去了城外，更放心了，那一定是沒有聽見流言蜚語了，他不愛吃水果，可是為了給女兒面子，還是拿起一個鮮紅欲滴的草莓。「這什麼果子，挺好看的。」

他咬了一口，眼裡有驚豔。「夫人，快嚐嚐，這小果子很好吃。」

傅氏還以為秦庭韞是為了哄女兒高興才裝的，畢竟他就是一隻食肉獸，平日水果和蔬菜都不吃。

她也很有默契地拿起一個，咬了一口，滿嘴鮮甜，果香撲鼻，她眼睛一亮。「好吃！汐兒這是什麼水果？真好吃！在哪裡買的？娘派人去多買些回來，到時候裝在盒子裡送年禮也行。」

「娘親喜歡，我下次讓人去買就行。還有魚，我釣的，那魚也很好吃，我已經讓秋菊去處理了。」

秦庭韞笑道：「汐兒釣的魚，爹一定要嚐嚐。」

然後他又忍不住拿了一個草莓，吃了起來。

夫妻二人左一個草莓，右一個草莓，很快大半籃子草莓便被吃掉了。

當晚膳端上桌的時候，夫妻二人吃草莓都吃飽了，本以為再也吃不下飯菜，可是嚐了一口那秋刀魚和生蠔後，竟然也吃得停不下嘴，一發不可收拾，直接吃撐了。

這對於嚐慣山珍海味的二人來說，是很難得的事。

秦庭韞滿足地道：「汐兒，妳釣的魚和生蠔很鮮美。」

雖然吃撐了，但他怎麼感覺通體舒暢，渾身疲倦都消失了？一定是女兒心意的原因。

「第一次吃這麼好吃的果子和魚，而且吃了身體還很舒服。」傅氏也覺得整個人暖洋洋的，很舒服。

汐兒釣的魚就是不一樣。

「爹娘喜歡，以後我多弄些回來。」秦汐見爹娘吃完氣色都好了一些，更加確定海島裡的東西能調理身體，以後要多拿出來給他們吃。這輩子，一定要讓他們長命百歲。

秦汐又陪爹娘說了一會兒話，便回汐顏院了。

她還要回汐顏院試養一下秋刀魚，她發現剛才回來的路上，只是用海水養著那秋刀魚竟然沒死。

錦華堂離汐顏院很近，而且有回廊連通，秦汐走在回廊上的時候，遇到了秦妙兒。

秦妙兒福了一福。「汐兒姊姊。」

秦汐只是點了點頭，便越過她繼續往前走。

秦妙兒見她竟然這麼冷淡，抿了抿嘴，心中不悅。可是想到暻郡王，眼看著她就要走遠，她咬了咬牙，還是鼓起勇氣道：「汐兒姊姊明天是不是去賞梅？」

秦汐回頭。「是，有事？」將她欲言又止的心思看在眼裡。

秦妙兒張了張嘴，最後卻吐出一個字。「沒。」

然後秦汐便離開了。

秦妙兒站在回廊裡，直接氣紅了臉。

秦汐太不識趣了！她都這麼問了，竟然還不知道約自己一起去，難道她還要紆尊降貴求著她不成？她不配！

第二天，秦汐一聽見海浪聲，便醒了，第一念頭是：今天不知道有什麼海鮮？

然後腦海裡便出現了一群梭子蟹在沙灘上爬行，她剛想進海島，外面便傳來了傅氏的敲門聲音。「汐兒，醒了嗎？該起床梳妝，準備出發了。」

傅氏不知道什麼原因昨晚睡得特別好，結果一早便醒了，索性親自過來給女兒梳妝打扮。她喜歡將女兒打扮得漂漂亮亮的。

秦汐拿被子蒙住頭，悶悶地應了一聲。「醒了。」語氣挺無奈的。

她直接用意念先將海島裡成熟的作物收了，又種上新的一批。

「那娘進來啦。」傅氏便推開了門，帶著十幾個丫鬟，捧著一應的梳洗和物品，還有好幾套衣物和首飾魚貫而入。

秦汐在傅氏的監督下，不得不浪費了整整一個時辰來梳妝打扮。

傅氏看著身穿淡紫色襦裙，頭戴素雅又不失精緻的紫色寶石珍珠梅花髮釵的女兒越看越滿意。

這套頭面精緻素雅，但是一看就絕非凡品，又不會顯俗氣或者過於貴氣。最重要的是女兒絕美的容顏，本就耀眼奪目，要是再配戴貴氣的首飾，她怕將晉王府的女眷都比得黯然失色。

「好了，吃點早膳，然後便出發。」

一家三口吃過早膳，傅氏和秦庭韞便親自送秦汐出府門。

半路，遇到了匆匆趕過來攔人的古氏、李氏和秦妙兒。

古氏對秦汐道：「妳沒見過世面，沒和世家千金打過交道，晉王府不比那些商戶，一不小心可能禍及全家。妙兒自小在京城長大，知道如何和官家女眷打交道，妳帶上她一起去晉王府。」

李氏在旁邊笑著附和。「汐兒第一次去晉王府，和妙兒一起也有個照應。」

秦妙兒腰桿不自覺地挺直，端莊地站在那裡，端的是高貴不可侵犯。

秦庭韞皺眉，不喜自己的親娘如此踩低自己女兒，他直接拒絕道：「晉王府不比其他地方，規矩嚴明，帖子上只寫了汐兒一人，就只能一人去。」

李氏不死心又道：「世家大族講究體面，禮節周全，難道客人上門了，還不讓人進嗎？」

秦汐看了一眼打扮得珠光寶氣、明豔動人的秦妙兒，笑道：「大伯娘說得對，那便一起吧！」

秦庭韞正想說晉王府不是世家大族，那是皇家。晉王是三軍統帥，晉王府是軍機要地，只是女兒既然如此說了，他便沒再說什麼。妙兒是自己的姪女，要是能進去，結識貴人他也是樂見的，要是進不去，也讓自己的大嫂認清現實。

古氏這才滿意了，她一副長輩的架勢叮囑道：「汐兒，妳到了晉王府要聽妳妹妹的話，說話做事都別得罪了貴人，免得給家裡惹禍。」

傅氏性子溫柔，她本就有點不高興大房這個時候還添亂要跟，聽了這話，真受不了了。「娘……」

秦庭韞也皺眉。「娘！」

秦汐打斷了二人。「祖母，我明白的。時間不早了，我出發了。娘，你們快進去吧！」

古氏不喜秦汐的娘親，要是傅氏敢頂撞古氏一句，古氏能罵上半天，人生時間寶貴，沒必要將時間浪費在和無謂的人爭論之上。

傅氏聞言忙道：「那趕緊出發。」

兩人上了馬車，馬車緩緩而去。

秦庭韞看著遠去的馬車，突然有點欣慰也有點心酸。女兒是真的長大了，剛剛一句話就化解了一場婆媳危機。真是越來越像自己這般睿智聰明了！

第九章

大街的盡頭，趙飛剛騎著馬，遠遠便看見秦汐上了馬車揚長而去。

他對馬車裡的人道：「老爺，秦姑娘出門了。」

皇上和戶部尚書以為秦汐是去釣魚，兩人異口同聲地道：「快追上去！」

皇上發現昨天吃了秦汐烤的魚和海蠣子，他回宮後連續批閱了三個時辰的奏摺，竟然腰也不痠，手也不軟，頭也不痛，這要是平時，他早就累得腰都僵了。

最重要是批奏摺的效率還特別的高，一個晚上就將今天的奏摺都批完了。

晚上還睡得特別好。

直覺告訴他都是因為吃了秦汐那些魚的功勞。因此早朝過後，他便匆匆地換了衣服出宮，拉上戶部尚書去釣魚。

目的自然是想再嚐一嚐秦汐烤的魚。

趙飛剛聞言便甩了甩馬鞭，加快了速度。

晉王府前，秦汐和秦妙兒先後剛下了馬車，一名王府的婆子便迎了上來，行了一禮，笑道：「是秦姑娘嗎？郡主特意讓老奴在這裡等您，秦姑娘請進。」

秦汐知道這位是胡嬤嬤，晉王妃身邊的人，並不是端儀郡主身邊的人。

「有勞嬤嬤。」秦汐點頭應了一句，然後她將帖子遞給胡嬤嬤，看了一眼秦妙兒介紹道：「嬤嬤，這位是我大伯家的堂妹。」

秦妙兒端莊地行了一禮。「嬤嬤，妙兒這廂有禮了。」

胡嬤嬤接過帖子，趕緊避開。「秦家二姑娘使不得。」

哪有官家小姐對她一個奴才行禮的？

然後胡嬤嬤看也沒有看秦妙兒，笑著對秦汐道：「郡主不喜外人。」

秦汐便看向秦妙兒。「妙兒妹妹是送我過來的。」

秦汐知道晉王府宴請向來帖子上寫誰就只能誰來，要是允許帶家眷，也會寫上。剛剛不想和古氏、李氏浪費口舌，便將秦妙兒帶來，讓她親自見證一下。

秦妙兒瞬間羞紅了臉。「是的，我只是送汐兒姊姊過來的。」

說完，她便轉身跑回馬車，然後眼淚瞬間飆出來了。太丟臉了！

胡嬤嬤笑道：「秦姑娘請。」

秦汐便不疾不徐地直接往王府裡面走去，玉桃和石榴緊緊跟著她身後。

胡嬤嬤不著痕跡地打量著秦汐和她身邊的丫鬟，發現她行走間儀態端莊自如，落落大方，沒有半點故作婀娜多姿，行走間自然而然的散發一股讓人望而生畏的氣勢，高貴不可褻瀆，竟比世子妃的堂妹，翰林府出身的許二姑娘還要高不可攀。

而且她的容貌太美了，晨光打在她絕美的臉上，縹緲虛無，簡直美得不像凡人。
胡嬤嬤一看，竟生出一種仙子下凡的錯覺。
這等美貌，哪個男子不動心？四爺怕也不例外吧？
胡嬤嬤突然覺得許二姑娘從進門那一刻就輸了。
胡嬤嬤又打量了玉桃和石榴一眼，兩人一路目不斜視，同樣落落大方。
可見家裡規矩嚴明，教養得極好。
胡嬤嬤將她們帶到了梅林暖亭的不遠處，笑道：「秦姑娘，梅林到了，郡主在暖亭裡，林姑娘也來了。老奴先行告退了。」
秦汐微微頷首。「有勞嬤嬤。」
然後胡嬤嬤便退下了，她還得回去給王妃覆命。
暖亭裡，好幾個年輕的女子坐在那裡說說笑笑，秦汐的身影一出現，幾人聲音一頓，四周的聲音也消失了。
少女從梅樹間走過來，淺紫色的長裙曳地，腰若束素，明豔動人，娉娉婷婷，在晨光的掩映下肌膚賽雪，華容婀娜，簡直美得發光。
許陌言第一眼只覺梅花仙子降臨，心中閃過一抹慌亂。
林如玉捏緊了帕子，眼裡閃過妒忌。
端儀郡主眼神閃了閃，笑道：「可是秦姑娘來了？」

暖亭的四周擺放著幾架古琴、棋盤、畫架、舞劍之類的東西，以供聚會娛樂之用。嚴格來說，今日算是暻郡王的選妃宴，這些東西其實是給貴女們在暻郡王面前展示才藝準備用的。

暖亭裡除了端儀郡主、林如玉、郭紫瑩，還有翰林大學士府的許陌言、永昌侯府的韓語、長公主的孫女江漫等人。

秦汐只認識這幾個，其他都不認識。

大家的目光都落在秦汐身上。

秦汐不卑不亢地福了一下。「民女見過端儀郡主。」

端儀郡主是蕭暻桓的胞妹，林如玉正兒八經的小姑子，雖然是庶出，但是她是晉王的長女，頗為受寵，林如玉很怕她。而上上輩子的秦汐只是蕭暻桓一個上不得檯面的妾，自然沒少受她刁難。

端儀郡主笑道：「秦姑娘免禮，請坐。」

林如玉笑著招手，頗為熱情。「表姊，快來我身邊坐。」

說是這麼說，可是林如玉身邊已經坐滿了人，四周只留下最下首的位置。

雖然可以在林如玉身邊添一個位置，但端儀郡主沒發話，晉王府的丫鬟就不會動。

秦汐應該坐哪裡不言而喻，林如玉這麼說其實是有意提醒郭紫瑩。

經過上次投壺一事，郭紫瑩對秦汐可以說是恨極，她聽了林如玉的話，果然想起了，冷道：「上次和秦姑娘吃飯，秦姑娘還說習慣了坐主位，現在這裡恐怕沒有適合妳的位置啊！秦姑娘打算如何？」

她似笑非笑地看著秦汐。

習慣主位？江漫聽了直接翻了個白眼。

韓語拿帕子捂住了嘴角的輕蔑。

許陌言眼裡閃過詫異，隨後便心安了。

能說出這麼一句話的人，足以見其人徒有其表，狂妄自大，不足為懼也，郡王是不會看上這樣的女子。

秦汐淡淡地拿眼尾掃了一眼郭紫瑩，沒有說話，徑直往角落的位置走去。她就這麼泰然自若的，在角落的位置從容落坐，然後對著在座的人微微一笑。

高貴典雅，貴氣天成。明明是坐在最末端、最下等的位置，這麼淺淺一笑，卻讓她無端生出一股女王睥睨天下的架勢。

所有人的注意力都忍不住落在她身上，心中都不自覺地湧起一股卑微的感覺，頓時所有人都感覺自己成了她的陪襯，以她為尊一樣。

眾人忍不住不約而同地挪動了一下屁股，想驅走這種難堪的錯覺。

端儀郡主眸光閃了閃。

主位？這才是真正的主位！

沒想到一個商戶女竟然有如此強大的氣場，甚至碾壓自己。她明明什麼都沒有做，什麼都沒有說，就只是單純的落坐，可是卻讓在場的人都生出了一股低她一等的感覺。

她按捺住心中的不悅，揚聲打破這尷尬的氛圍。「坐在亭子裡挺悶的，不如我們玩點什麼？」

今天的目的是要給四哥選妃，自然是要讓她們都展示一下自己的才藝，讓四哥好好挑選一個。

林如玉立刻附和。「郡主這個主意好，不如我們以梅為題每人作一首詩？」

端儀郡主笑了笑。「如此也應景，只是作詩太單調了些，不如我們每人表演一樣才藝？諸位有沒有意見？」

在座的人心知肚明端儀郡主這麼說的目的是什麼，不由得打起了精神。

林如玉笑著拍馬屁。「還是郡主這個主意好，作詩太無趣啦！」

端儀郡主只是微笑著看向其他人，沒有搭理她。

許陌言溫婉一笑。「那我彈一曲梅花三弄應應景吧！」她的琴技一流，曾在宮宴上彈過一次，被皇上稱之為天籟之音。

江漫接著道：「我舞劍。」暻玹表哥是武將，一定喜歡。

郭紫瑩明朗一笑。「我跳一段霓裳羽衣給大家看好了。」這舞她練了很久，目的就是能夠一鳴驚人。

韓語也隨即道：「如此，我彈琵琶吧！」

大家爭先恐後地說才藝，只有秦汐沒有說話。

端儀郡主見此便問道：「秦姑娘妳擅長什麼？」

大家的目光又落在秦汐身上。

商戶之女不知道平日學的都是什麼才藝？

郭紫瑩笑道：「秦姑娘最擅長的應該是賺銀子。」

眾人忍不住掩嘴笑。

林如玉已經和蕭暻桓約好了，笑道：「我和表姊一起跳舞好了。」

端儀郡主笑了笑。「那秦姑娘便和……」

秦汐張口打斷。「郭姑娘說得對，我只擅長賺銀子，其他均不擅長，就不獻醜了。這梅花開得真好，端儀郡主，我可以四處去看看嗎？」

她來是退婚的，不是來賣藝給人待價而沽的，可沒興趣陪她們玩。

大家沒想到她竟然會提出獨自去賞梅。

誰都知道暻郡王一會兒一定會出現，她們都在這裡表演，而她獨自去賞梅，這是想和暻郡王在梅林裡來個偶遇，捷足先登嗎？果然是商戶出身，奸詐狡猾。

有人心中閃過不屑。

端儀郡主眸光閃了閃。「自是可以的。」

「謝郡主！那民女先去賞梅了。」秦汐站了起來福了一福，然後直接抬腳離開。
許陌言忍不住看了那美到極致的背影一眼，捏著帕子的手下意識地緊了緊。
背影都這麼美，還有她那張傾國傾城的臉……第一印象很重要的。
郭紫瑩沒想到秦汐竟然這麼不要臉，勾引男人的手段真是層出不窮，分外了得。
她急了，便道：「要不我們也先賞梅？賞完梅再回來作詩，豈不更有靈感？」
其他人心中一動。
在梅林和暻郡王偶遇，可比在這裡和這麼多人表演吸引對方注意要好多了。
端儀郡主笑了笑。「這樣也行。正好今年的梅花開得比往年都要好，所以才會約諸位過來欣賞。要是喜歡，還可以摘幾株來插瓶。不知大家意下如何？」
許陌言看了一眼已經消失在梅林的倩影，笑道：「客隨主便，我都可。」
江漫連忙勸道：「先賞梅吧！別辜負了開得如此燦爛的梅花。」
林如玉見秦汐走遠急了，忙笑著附和。「我也要採摘幾株回府插瓶。」
見大家急不可耐地同意，端儀郡主笑了。「那我們便先賞梅吧！」
在端儀郡主的帶頭下，大家紛紛站起來，迫不及待地往梅林走去。
一入梅林，眾人便以採摘一株開得最好的梅花回去插瓶為理由，分散開了。
其實都想碰碰運氣，獨自和暻郡王來個偶遇。

許陌言腳步略快地往某個方向走去。

晉王府世子妃是她堂姊，她經常來晉王府小住，因此知道蕭暻玹的院子在哪個方向。來到了某個路口，她才慢下來，閒庭信步般地開始賞梅。

她身後一個丫鬟對這次的安排非常不滿，忍不住低聲道：「晉王府這次辦的是什麼事呢，明明已經安排小姐和暻郡王相看，怎麼還安排一個商戶女和暻郡王相看？這是羞辱誰呢？咱們許家可是清貴之首，翰林世家，她一個商戶女能和小姐比嗎？」

許陌言折了一枝開得正好的梅花下來，低頭聞了聞才淡淡地道：「不要拿她和我相提並論。」

丫鬟聞言忙道：「對對對，是奴婢的錯。她一個商戶女給小姐提鞋都不配，更加不配成為郡王妃，暻郡王那樣龍章鳳姿的人只有小姐和他相配。」

想到暻郡王那俊美非凡的模樣，許陌言嘴角微揚。

「她配不配本郡王不知道，但本郡王知道妳不配。」一個冷若冰霜的聲音在兩人身後響起。

許陌言的嘴角才剛微揚，便被這道清冷的聲音毫不留情地打碎了。她回頭，便看見一道清俊挺拔的身影出現在身後。

她身形晃了晃，臉上瞬間失去了血色，忙福身行禮。「臣女見過暻郡王。」

丫鬟嚇得直接跪了下來。「王爺恕罪，奴婢不是故意的！」

蕭暻玹看也沒有看她一眼，徑直從兩人身邊走過。

許陌言臉色更白了，低下頭的瞬間，一滴清淚忍不住從她臉蛋滑落。

丫鬟嚇得打了自己的嘴巴一巴掌。「小姐對不起，都怪奴婢多嘴。」

許陌言沒有理會她，徑直離開，低聲呢喃。「完了……什麼都沒有了……」

早知道她就留在暖亭裡彈琴，自己的琴音一定能驚豔他的。

都怪那人，沒事說獨自去賞什麼梅！

丫鬟匆匆爬起來追上她，亡羊補牢。「小姐，要不小姐找老太爺請皇上賜婚？」

老太爺可是帝師，他願意向皇上請旨的話，皇上絕對會賜婚的。

皇上和戶部尚書此刻正由晉王陪著逛梅林。

兩人剛剛一直跟著秦汐的馬車，發現她竟然來了晉王府。

皇上詫異她怎麼會來晉王府，戶部尚書卻從自己夫人那裡聽到了一些流言蜚語，大概知道原因，便將秦汐和蕭暻玹婚約的事告訴了皇上，至於那些不好的流言半個字也沒提。

皇上沒想到汐丫頭和自己竟如此有緣，竟然是自己未來的孫媳婦，那這烤魚和魚餌的秘方就是嫁妝啊！

他立刻讓趙飛剛暗中通知晉王，然後悄悄地進了晉王府，想看看兩人是怎麼相看的。

皇上實在是擔心暻玹那木頭疙瘩會不會將可愛、漂亮又會烤魚、釣魚的汐丫頭嚇走，畢竟平日和這個孫子說話，問他半天話，他除了搖頭，便是「嗯」、「是」，屁都不會多放一個，整天就知道冷著一張臉，像誰欠他黃金百萬兩一般。

為了未來的烤魚自由，他這個當皇祖父的必須好好把關。

皇上走在梅林中，正好聽見郭紫瑩和丫鬟的對話。

郭紫瑩的丫鬟匆匆跑到她身邊，低聲道：「小姐，我向郡主身邊的丫鬟打聽到了暻郡王的院子在西北的方向，他要是來梅林，應該會從西北方向過來，我們快去那邊吧！」

郭紫瑩輕移蓮步，不慌不忙地轉了個方向。「慌慌張張的成何體統？本姑娘只是來賞梅的。」

丫鬟忙低聲回道：「是，小姐只是來賞梅的。小姐身分高貴，不像那商戶女一樣使那些下三濫的手段，迫不及待地闖入梅林。」

郭紫瑩冷哼一聲。「就算她使盡渾身解數又如何？她以為她配成為郡王妃嗎？」她從未將秦汐放在眼裡，就算有救命之恩又如何？她也只配為妾，不然就不會有今天的賞梅宴了。所以，她今日最大的對手是許陌言和江漫。

許陌言出身清貴，祖父是帝師，她自己又是出了名的大才女。

江漫是長公主的孫女，是暻郡王的表妹，兩人算是青梅竹馬，都是勁敵。

丫鬟附和。「小姐說得是，她一個商戶之女，自是給暻郡王提鞋都不配，不過是個以色事人的主罷了。」

兩人說話都刻意壓低了聲音，就是怕被人聽見。可是對於習武之人來說，遠遠的腳步聲都能聽見，更何況是她們說話的聲音。

皇上站在哪裡沒動，看了晉王一眼，不怒而威。「不是說汐丫頭和暻玹有婚約？怎麼還弄了一個選妃宴？」

什麼叫給暻玹那小子提鞋都不配？汐丫頭和暻玹，一個瑰姿秀雅，一個龍章鳳姿；一個會釣魚烤魚，一個會領兵打仗，怎麼就不配？哼，他倒覺得他們天造一雙，地設一對，配得很！

皇上也不聽晉王解釋，直接掉頭便走。

晉王覺得自己有點無辜。

這事都是晉王妃安排的，他也不知道啊！只是那小姑娘什麼時候和父皇那麼熟了？汐丫頭？父皇稱呼親孫女也沒這麼親切吧！

第十章

另一頭，秦汐對這個梅林並不熟悉，上上輩子她在晉王府卑微地活著，很少出門。但她知道蕭暻玹住在哪個院子，她大概辨認了一下方向，便往那個方向走去。

梅林很大，有湖，有亭子，有假山湖石，還有一條人工挖掘的河流環繞整個晉王府後花園。

她路過一座假山時，一道白影突然從裡面竄了出來，往她身上撲。

秦汐身影一閃，俐落地躲開。

小白狐撲了個空，直接四腳趴在地上，牠興奮地叫了一聲，又往秦汐身上撲，速度快如閃電。

秦汐臉色一變，迅速躲開，只是小白狐以為秦汐在和牠玩，繼續往她身上撲去。

秦汐左閃右躲，牠就左撲右撲。

秦汐避無可避，直接躍上假山。

小白狐見此也跳上了假山，速度比秦汐要快多了，直接在半空就將秦汐撲了下去。

蕭暻玹冷著臉，穿過假山走了出來，正好看見一道人影掉落，他下意識地接住了，反應過來是女的後，又迅速丟了出去。

秦汐被丟得直接整個人摔在地上，還撞到小白狐，小白狐被撞得「嗷嗷嗷」直叫。

秦汐本來已經調整了姿勢，在半空翻身準備落地，突然被人接住，又丟出去，毫無防備的她，直接摔了個狗吃屎。

秦汐站了起來一個冷眼飛了過去。小白狐直接爬起來，兩眼控訴地瞪著自己的主子。

面前一人一狐的眼神何等相似，身體已經開始冒紅疹的蕭暻玹愣了下。他認出了秦汐，也反應過來剛才對方好像正要翻身落地，他強忍著身上蝕骨的癢意拱手道：「抱歉，一時失手。」

秦汐翻了個白眼。「呵。」別以為她不知道他是故意的。

小白狐翻了個白眼。「嗷嗷！」騙子，明明是故意的！

「追日？」蕭暻玹心生疑惑。

這白眼狐是自己撿回來的那隻吧？牠和別人同仇敵愾是怎麼回事?!

秦汐懶得理他，冷冷地福了一下，淡淡地道：「民女見過暻郡王，民女和王爺的婚約……」

蕭暻玹打斷她。「秦姑娘，我們的婚約就此作罷。」

身上的紅疹來越多，越來越癢，來不及解釋了，丟下這話，他直接施展輕功離去。他決定遲點再親自上門解釋並道歉。

秦汐那句「門不當，戶不對，我們退婚吧」，就這麼卡在喉嚨裡還沒說出來，蕭暻玹的身影便消失無蹤。秦汐愣了下，沒放在心上，只覺倒是省下一番力氣。

林如玉著急得四處找秦汐，匆匆地趕了過來，正好聽見蕭暻玹這話，差點沒笑出聲。

她就知道，暻郡王怎麼可能會看上她。

她氣喘吁吁地跑到秦汐面前，一臉義憤填膺地大聲道：「表姊，剛剛那是暻郡王嗎？他這是退親嗎？他怎麼可以這樣？」語氣難掩興奮又大聲。

郭紫瑩和江漫等人都是遠遠看見了蕭暻玹的身影，便匆匆趕過來，沒想到正好聽見林如玉故意大聲喊出來的話。

暻郡王退婚了？

江漫勾唇，她就知道暻玹表哥看不上她。

郭紫瑩心裡樂得如開了花一般，她就知道她成不了郡王妃。

暻郡王除非眼瞎才會選她，她們就知道。

林如玉見大家都過來了，又大聲強調一次道：「怎麼可以突然取消婚約呢？表姊，啊！」

秦汐實在懶得給她留面子，「啪」一巴掌甩了過去，走過來的人腳步驀地停了下來。

四周瞬間安靜無聲。

林如玉臉上火辣辣的痛，她用手捂住了臉，一臉難以置信地看著秦汐。「表姊，妳怎麼打人了？」

秦汐拿手帕慢條斯理地擦掉手上的粉。「抱歉，太生氣了，我本想打的是人渣。」

林如玉腦內一陣混亂。

人渣？她嗎？不！所以她本來是想打暻郡王？然後暻郡王跑得快，自己就成了替罪羔羊？

「妳沒事吧？痛不痛？脂粉太厚我也看不出來。」

什麼脂粉太厚？她只塗了薄薄的一層。還問痛不痛？臉都麻了。

林如玉心裡氣個半死，可是為了接下來的計劃也只能自認倒楣，以後再算，她僵硬地笑了笑，語氣真誠。「我沒事，表姊不用擔心，能給表姊出氣，我很樂意，表姊不要氣壞自己便好。」

那一副受點委屈沒什麼大不了的模樣，讓眾人看著林如玉臉上的指痕嘴角抽了抽。

江漫乾脆翻了個白眼。

虛偽！她是越發看不上林如玉了，竟然對一個商戶女如此忍氣吞聲，低聲下氣，看來所圖不少。

秦汐點頭。「謝謝，打了妳一巴掌後，我氣順多了。」

林如玉氣得牙癢癢，卻只能表露欣慰。啊！氣死她了！

江漫挑眉，這個商戶女可比林如玉順眼多了。

四周的人差點笑出聲，莫名就有點爽。

長春伯府已經沒落，到了這一代爵位就沒有了，她們這些人本來就沒有將林如玉放在眼裡，最近她卻憑著和蕭暻桓訂親，在她們面前洋洋得意，上竄下跳，引人注意，大家早就厭煩她了。

郭紫瑩心裡高興，假惺惺地安慰道：「如玉妳也別怪秦姑娘，秦姑娘應該是傷心過度了。秦姑娘，暻郡王退婚妳也不用生氣和難過，我認識許多公子，可以介紹給妳。我有一個表哥長得一表人才，和秦姑娘簡直郎才女貌。」

她那表哥到處留戀花叢，得了花柳病，娶不上妻，不然也輪不到秦汐！

誰的家族沒有一、兩個紈袴娶不上好的媳婦的？其他姑娘也紛紛道：「對啊，我也認識一些官家公子，秦姑娘有需要可以給妳介紹，妳不用生氣和難過。」

「沒錯，我們介紹的公子身分雖比不上暻郡王，但是暻郡王身分太高了，做人還是實際一點好。」

秦汐勾唇似笑非笑地看著她們。「謝謝諸位好意，我心領了，妳們還是給自己留著吧！告辭。」

眾人一下子感覺受到侮辱了。呸！她們需要嫁那樣的人嗎？

秦汐說完轉身便走，沒有理會她們。

林如玉還有計劃未完成，怎麼能讓她走？她急急地追上去伸手去拉秦汐的胳膊。「表姊不用傷心，我娘一定會幫妳找一門好親事的。我帶妳去賞梅散心，晉王府的梅花很有名……」

「嗷嗷……」

小白狐見林如玉靠近秦汐，牠對著她凶狠地「嗷嗷」叫，一副撲上去要抓她臉的模樣。

林如玉被突然冒出來的「小白狗」嚇了一跳，不敢上前。

這小畜牲是秦汐養的狗嗎？怎麼有點像狐狸？不過好漂亮，想要！

小白狐察覺到林如玉的貪念，又對著她凶狠地「嗷嗷嗷」叫了兩聲，嚇得她連連後退。

就是有點凶。

秦汐駐足回頭似笑非笑地看著林如玉。「好親事？是給妳當妾，幫妳固寵嗎？上次是投壺，接著是將婚約散布出去，這次妳又布下了什麼局？」

林如玉瞪大了眼，眼裡閃過驚慌，臉上的指痕都顫抖了一下。她怎麼知道的？

四周的人聽得雙眼都直了。

給她當妾，幫她固寵？她們似乎聽見了什麼了不得的秘密？

小白狐成功嚇住了林如玉，轉身跑到秦汐腳邊，兩隻前爪搭在她的繡花鞋上，抬頭，眼睛骨碌碌地看著她。

牠聞到她身上有好好吃，好好吃的，想吃！

秦汐低頭看著牠這狐模狗樣，如果牠知道搖尾巴，估計此刻會搖得起勁。這是在邀功？

於是秦汐摸了摸牠的小腦袋，安撫了一下，然後便抬腳離開。

小白狐一下急了。

做得好怎麼不給吃的?!哪能這樣啊!

牠趕緊撒開小短腿追上。只是，一道黑影突然一閃而過，一把將牠抓住，消失在林子裡。

林如玉回過神來時，秦汐和小白狐都不見了，而四周的人都用怪異的目光打量著她。

這裡的都不是蠢人，都是生活在庭院深深的內宅裡，見慣了各種宅鬥的手段的。秦汐為什麼突然這麼說？她們聯繫一下最近的事，瞬間便想通了。

江漫向來討厭林如玉，就是因為覺得她表裡不一，她饒有興味地道：「秦姑娘的話是什麼意思？該不會之前有謠言說秦姑娘勾引暻桓表哥，都是林姑娘布的局吧？」

林如玉臉色變了變，她立刻揚起一張無辜和疑惑的臉。「江姑娘說什麼呢？我也不知道表姊在說什麼。」

這話在郭紫瑩眼裡就是此地無銀三百兩。

郭紫瑩想到上次投壺出醜的事，便知道自己估計是被林如玉利用了，她直接一巴掌甩過去。「賤人！」

然後，林如玉另一邊臉又添了一座五指山。

這下好了，對稱了。

林如玉氣死了，這是晉王府，是她未來的夫家，她在這裡被人一而再、再而三的欺負，下人怎麼看她？她以後嫁過來，還能抬起頭做人？

她氣得直接撲了過去，和郭紫瑩對打起來。

「哦！我的天！」

「快別打了！」

「妳們瘋了嗎？這是晉王府！」

於是，好好的一場賞梅選妃宴，就這麼被破壞了。

晉王妃得知消息後，直接黑了臉。

敬軒堂內，四周霧氣蒸騰，蕭暻玹整個人泡在滾燙的藥汁裡，渾身皮膚泡得發紅，熱辣辣的感覺才稍微緩解了那股蝕骨的搔癢。

長平抱著小白狐回到敬軒堂，將牠放在地上。

小白狐直接跳到了圈椅上趴著，閉上眼睛，生無可戀。

這小東西是怎麼回事？餓了嗎？

長平拿了一碟肉乾放到牠面前。

小白狐一下就扭開了頭。

野豬肉乾一股騷味，有什麼好吃的？

平時最愛吃肉乾的小東西竟然不吃了？

長平有些詫異，只是他現在也沒空理會牠，他還要去覆命。「好好待著，別到處亂跑知道嗎？不然不給你肉乾吃。」

長平叮囑了一句便離開了。

小白狐漂亮的狐狸眼轉了轉，然後，一道白影閃出窗外。

長平走到了淨房外，敲了敲門。「主子，追日抱回來了。您沒事吧？」

蕭暻玹淡淡地應了一聲。「沒事，如何了？」

「打起來了。」

蕭暻玹一驚直接站了起來，就要出去。

長平接著道：「秦姑娘打了長春伯府姑娘一巴掌，然後工部尚書之女又打了長春伯府姑娘一巴掌，接著工部尚書之女和長春伯府姑娘扭打起來了。」

這秦姑娘和他調查過的不一樣啊！不過打得真好。

婚約一事，就是長春伯府傳出去的。

蕭暻玹一聽，又坐回浴桶裡。

不是她被打，那其他女子打起來，與他又有何相干？

至於她，看在秦庭韞的面上，也不能讓她在晉王府受欺負。

秦庭韞不僅對父王有恩，對他有恩，對北疆無數士兵也有恩。

他七歲便隨著父王前往北疆，十二歲開始獨自帶兵殺敵，差點餓死，差點凍死，差點病死，差點失血過多而亡，都經歷過。好幾次朝廷的軍需遲遲沒送到，他們都要絕望了，是秦庭韞的商隊將糧食、棉衣、藥材及時送到才救了他們。

好幾次都是秦庭韞鋌而走險，借著商隊的掩護，從別國籌備了物資，無數次拯救他們的性命。

有一次他獨自前往西戎國境內打探敵情，被敵將發現，也是在秦庭韞的掩護下成功逃脫，所以這親事，如果他不是有怪疾，他不該退的。

只是他沒想到這事竟然鬧得沸沸揚揚。

現在退，那姑娘名聲會受損。不退，更不可能。

所幸蕭暻玹已經想到了解決辦法，他會向秦庭韞表明自己是斷袖，對女子沒有興趣，然後讓父王認她做乾女兒，再給她找一門更好的親事。

明日等紅疹褪了，他再上門。

皇上離開晉王府後，直接拉著戶部尚書回到了乾清宮。

「朕要親自擬旨，林愛卿，你幫朕想想這聖旨該如何寫好。」

哼，朕來親自賜婚，看這天下誰還敢說他們不配！

在皇上的眼裡，普天之下都是他的子民，不分士農工商，沒有高低貴賤。

官至丞相和倒夜香的在他眼裡並無差別，只不過是能力不同而位置不同而已。

民以食為天，朝廷重農輕商，天元國將商人的地位定在最末等，不過是吸取「服帛降魯梁」的教訓而已，那是治國之需，非商人生而低下也。

戶部尚書不確定地道：「皇上打算親自擬旨給暻郡王和汐丫頭賜婚？」

皇上瞪了他一眼。「怎麼，愛卿也覺得他們不配？」

戶部尚書挺直腰桿。「當然不是！微臣覺得暻郡王和暻郡王妃簡直是『日月如合璧，五星如連珠』。」

老太監嘴角抽了抽，論拍馬屁，林大人比自己簡直有過之而無不及。

皇上點頭。「朕就知道林愛卿和朕最是志趣相投。來吧，筆墨伺候。」

然後戶部尚書研墨，皇上親自提筆開始擬旨。

賜秦家長女為暻郡王妃詔。朕之皇孫暻玹，文韜武略，戰功赫赫。因守家衛國之故，已過及冠，未有婚配，朕甚憂之。今有秦家女婉順賢明，譽滿江淮，德光京城，風華絕代，秀外慧中，品貌端莊，溫良敦厚，宜家宜室……

皇上身後的老太監驚訝極了，戶部尚書研墨，皇上親筆擬旨，這賜婚聖旨簡直曠古絕倫，畢竟當年太子賜婚的聖旨都只是中書省擬的呢！

最重要的是，也不知道皇上口中那喊得親切的汐丫頭是誰家千金？看看皇上寫的這一連串的溢美之詞，暻郡王只占了一、兩句，其他滿滿的一頁，連宜家宜室都用上了。這秦家女到底是何方神聖？他搜刮了整個京城貴族圈都沒想到。

戶部尚書也覺得皇上太過了，差不多就夠了。

他趕緊攔著。「皇上，且慢，夠了。後面的內容沒地方寫了，再說，此乃聖旨，皇上是否該寫得簡明扼要一些？這是否太浮誇了些？」

聖旨不好太浮誇吧！這麼浮誇的聖旨，這聖旨宣讀的那一刻，讓眾人心裡怎麼想？

皇上筆一頓，瞪了一眼戶部尚書。「朕這還不簡明？朕不寫好一點，你還想不想要嫁妝了？」

朕的用心良苦，他竟然不知道，還想不想自己帶他去釣魚？

戶部尚書迷惑。「嫁妝？」

沒想到英明神武的皇上竟是這樣的人，不僅惦記女子嫁妝，還是孫媳婦的?!他鄙視他。

皇上點頭。「魚餌，調料。」

戶部尚書面色一變，立刻道：「皇上英明！汐丫頭優點確實多，皇上剛剛只寫了萬分之一，繼續。汐丫頭蕙質蘭心……椿萱並茂，蘭桂齊芳。」

只是賜婚聖旨而已，與治國無關，浮誇一些有什麼關係？得往死裡浮誇。

於是一連串溢美之詞從戶部尚書口中飆出，都不帶重複的。

身後的老太監嘆為觀止，不愧為兩榜進士出身，最後竟然連對方的爹娘和家庭都讚了一遍，連老太監看了都覺得，暻郡王要是不娶到這位秦姑娘，真是虧大了。

皇上親自擬好聖旨，蓋上印章，大手一揮。「佛跳牆，你去晉王府和秦家宣旨。」

吃貨皇上身邊的太監的小名，不是佛跳牆就是小魚兒，反正都是吃的，但也就只有皇上能這麼稱呼他們。

「是！」老太監應了一聲。

老太監已經六十多歲了，從小陪著皇上長大，情分不一般，除非非常重大的旨意，不然外出宣旨這件事已經不用他去了。皇上現在讓他親自傳旨，可見皇上對這親事多上心。

老太監叫來自己的徒弟小魚兒，先打探一下汐丫頭到底是何方神聖，一聽是首富之女，震驚了。

再聽是釣魚認識的那位姑娘，他就又明白皇上為何會喜歡她了。

只是暻郡王娶首富之女為妃？他還真想不到啊！不過塞翁失馬，焉知非福呢？

他拿著聖旨，匆匆去頒旨了。

第十一章

老太監林公公剛走到宮門，便看見帝師許燮遞牌子進宮求見，他忙恭敬地行禮。「奴才見過許大人。」然後他又對旁邊的小太監道：「快去請一頂軟轎過來。」

「是！」小太監應了一聲忙去安排。

許燮忙道：「林公公不必多禮，老夫走過去便行。」

林公公道：「皇上敬重許大人，他說過許大人進宮一定用軟轎。」

許燮忙對著乾清宮的方向拱手行禮。「皇上皇恩浩蕩。」

能得皇上特許在宮裡用軟轎的，也就兩、三位德高望重，年事已高的朝廷重臣而已。其中許燮是唯一一個既能用軟轎又能遞牌子就能進宮的人。

「林公公這是出宮去頒旨？」許燮看了一眼林公公身後的陣仗。

傳旨的陣仗還是有點大，有四名禁衛軍護送。

林公公笑道：「是的。」

許燮已經退任，而且向來非常守規矩，聖旨內容不好多問，反正聖旨是什麼內容，他遲早知道，正好小太監已經將軟轎抬來了，他便道：「那林公公趕緊去忙吧！老夫這就去見皇上。」

軟轎就在宮門附近備著，兩名小太監很快就抬過來了，林公公親自扶許燮上了軟轎，為表敬意，還送了一半路程。

在許燮的再三催促下，他才叮囑兩名太監好好地護送許老去乾清宮，他才重回宮門，上了馬車前往晉王府。

宮門外有許陌言派來守著的人，那人看見傳旨的隊伍，心中一喜。老太爺果然厲害，皇上這麼快就下旨了？

他悄悄地跟上，然後發現傳旨隊伍真的去了晉王府，他甚至聽見了傳旨的太監對晉王府的人說：「聖旨到！皇上給暻郡王賜婚，請暻郡王接旨！」

那人便匆匆跑回翰林府報喜。

秦汐向端儀郡主告辭後，便直接離開了晉王府，來了如意茶館。

雅間裡，一身白衣的雲岫先生坐在那裡姿態優雅的喝茶。

秦汐坐在他對面，一目十行的翻看著一本又一本的紀錄冊子。

每一個人這三天什麼時辰去過什麼地方、做過什麼事、見過什麼人、買了什麼東西、花了多少銀子，甚至吃了什麼，都記錄得清清楚楚。

秦汐看見關於秦霞母女某一段的記載，眼底閃過一抹冷意。

她就知道謠言的事，和她們脫不了關係！雖然她本就想退婚，卻也不願鬧得如此。

她合上簿子，又拿起另外一本看了起來。

幾十本記事簿，每本十幾頁，秦汐一刻鐘就看完了。看到最後一本，她看見商隊一個管事的媳婦去了一家周通打鐵鋪時，她翻頁的動作一頓。

周通？上上輩子她好像聽過周通這個名字。

如果是同一個人，那上上輩子到底是誰謀害秦家，她很快就可以確定了。

秦汐眼底閃過一抹戾意。

她鎮靜地看向對面的男子。「這周通打鐵鋪在哪裡？我怎麼不知道城裡有家周通打鐵鋪？」

雲岫先生有些意外，前面提到那麼多鋪子，她都沒有說什麼，這周通打鐵鋪怎麼會引起她注意？一個婦人去鐵鋪買農具也正常啊！是巧合？還是敏銳？

他放下茶碗。「在城西，是周家打鐵鋪，東家叫周通。城內有好幾家打鐵鋪，正好有兩家姓周，一家周家，一家周記，我便用東家的名字區分。」

雲岫先生看著秦汐，笑咪咪地道：「需要本公子派人幫妳盯著周通打鐵鋪嗎？老友價一萬兩！」

秦汐瞬間清醒，徹底鎮定下來，似笑非笑地看著他。「不必。雲岫先生只需要盯著我的人如何和他來往便是。」

她相信如果他發現周通有問題，不用她說，他都會派人去盯著的。因為她知道雲岫這個組織背後的主子應該是某位龍子鳳孫，具體是哪位她不清楚，但她確定不是太子。

重生回來，她為什麼第一時間就花十萬兩來找他本就會盯緊的那些人？找出幕後之人固然重要，但最重要的是她需要借雲岫組織背後的主子收拾那些人，甚至收集證據，確保自己一家清白。

被看穿了！雲岫有些訝異，這次他的確發現周通鐵鋪好像有點問題，他已經派人暗中盯著了。

本想乘機從她身上坑點銀子，沒想到她竟然如此敏銳。唉，這世道賺銀子真難。

雲岫先生繼續道：「本公子還發現有人故意敗壞姑娘的名聲，需要幫忙嗎？只需一萬兩。」

秦汐挑了挑眉。

她看起來很像冤大頭嗎？

「雲岫先生的好意，小女子心領了，可我的名聲實在不值錢。」

名聲都不值錢，還有什麼值錢？她就不怕她的名聲壞了，會毀掉了她和小郡王的婚約？

雲岫先生心裡忍不住懷疑，是不是開價太高了？真是越富有的人越吝嗇。

他索利地改口。「當然，一萬兩是給別人的價格，秦姑娘友情價五千兩。」

秦汐嘴角抽了抽。「不必了，雲岫先生這裡是不是收情報？」

雲岫挑眉，這是想從他身上賺銀子了？他右手輕輕地搧著摺扇。「不知秦姑娘有什麼情報？像是哪個臣子有外室，或者私生子這種情報只值一兩銀子。」
「關於西戎的情報，一條一萬兩。」
西戎探子？雲岫先生動作一頓。「哦？秦姑娘知道什麼？」
他收起摺扇，伸出一隻手指。「情報我們最高只給一百兩。」
秦汐表情不變。「一萬兩，不議價。」
雲岫嘴角抽了抽，一條情報一萬兩，這怕不是顛覆西戎的情報吧？她居然比自己還敢獅子大開口。
「一百五十兩，不能再高了。畢竟情報這東西不知道真假，我們還要人力、物力去確認……」
「有機會再合作，告辭。」秦汐直接抬腳離開，背影乾淨俐落。
雲岫先生有點慌了。
她是不是知道他很想要西戎國的情報，或者她知道自己是誰？
「一千兩，不能多了。」
秦汐頭也不回，眼看著人就要走出如意茶館。
「秦姑娘，且慢！妳回來說說。」
秦汐瞬間轉身，笑道：「好。」
這麼乾脆，雲岫先生差點沒被噎死。

很好，他輸了，總覺得虧大了。

秦汐回到秦府時，她被暻郡王退婚，林如玉被秦汐和郭紫瑩聯手打了一事，已經被加油添醋的傳開了。

秦家因為秦汐去了晉王府，秦老爺子分外重視，一直派人在外面守著，因此第一時間就知道了。因此秦汐一回府，便被古氏的丫鬟請到了松鶴院。

松鶴院裡，古氏、秦老爺子、李氏和秦妙兒都在。

古氏快氣死了。

她就知道秦汐成事不足、敗事有餘，好好的婚約都保不住也罷，竟然還敢在晉王府打了林如玉，故意挑撥離間，敗壞如玉的名聲。要是害如玉也被晉王府退婚，她饒不了她！

秦汐一踏進屋子，古氏便厲聲呵斥道：「跪下！」

秦汐站著沒動。「為何要跪？」

秦妙兒心裡忍不住有點高興，幸好她沒有進去晉王府，不然可真是丟人至極。

李氏一副替她著急的模樣道：「汐兒，聽大伯娘的話，妳快點認錯吧！家醜不可外揚，就算是如玉不對，妳都不該在晉王府言行有失的。快認個錯，別惹祖母生氣，這事就過了。」

秦老爺子坐在那裡沒說話。他很不高興，秦汐也太不懂事了，好好的親事竟然都能搞沒了。

秦汐淡淡地道：「我沒錯。」

古氏氣得一掌拍在黃花梨木案桌上。「沒錯？還不知錯，是吧？那妳好好地在這裡站著，面壁思過。什麼時候知道錯了，什麼時候才能離開！」

秦汐沒回話，掉頭便走，秦庭韞和傅氏這時匆匆趕了過來。

傅氏拉過秦汐的手上下打量。「汐兒沒事吧？沒被打吧？」

她聽說晉王府參加賞梅宴的姑娘打起來了，差點被嚇死。

秦庭韞打量了秦汐一眼，見她髮髻和衣裳都整潔，才放下心。「娘，有什麼事好好說，什麼面壁思過？事情的經過都沒弄清楚，汐兒不會犯錯的。」

然後他又對秦汐道：「好了，汐兒，今天妳受驚了，先回汐顏院好好休息一下。」

古氏拿著枴杖用力往地上一戳。「不許走！她這還沒錯？她不知廉恥地勾引三爺壞了名聲，保不住婚約便算了，還想害如玉丟了名聲，被晉王府退親，我們秦家怎麼養出她這等惡毒，不顧手足之人！今天不好好的罰她，以後豈不給家裡惹來大禍？就給我在這屋裡面壁思過一天一夜，不認錯，不能走！」

這時，馮管事匆匆地跑進來。「老爺，夫人，姑娘，聖旨！有聖旨！」

秦老爺子立刻站了起來。「什麼聖旨？」

秦妙兒心中一驚。「今日汐兒姊姊在晉王府鬧事，該不會是處罰的聖旨下來了吧？」

古氏臉色一白。「作孽啊！我就說這個死丫頭就是敗家的惹事精！」

秦庭韞皺眉。「什麼聖旨？」

皇上不至於為這等小事下旨吧？要真是降罪的聖旨，哪會提前通知對方去接旨的？

馮管事趕緊澄清。「是賜婚聖旨，皇上給姑娘賜婚了。」

李氏心中一喜。「賜婚聖旨？是不是給妙兒的賜婚聖旨？快！我們快去接旨！」

難道相公最近立了什麼功？李氏想都沒想過這聖旨是給秦汐的，畢竟皇上有什麼可能會認識她一個商戶女？

秦妙兒心中一喜，再也維持不了平日的高貴端莊，急急地道：「娘，咱們快去接旨啊！」

馮管事忙道：「不是二姑娘的，是汐兒姑娘。」

李氏脫口而出。「怎麼可能？」

古氏質疑。「你搞錯了吧？」

沒想到峰迴路轉，秦老爺子聲音難掩激動。「庭韞，汐兒，還不快去接旨！」說完，他率先激動地走出去。

傅氏心裡高興，她趕緊拉著秦汐出去。

秦汐傻眼了，她有點後悔那天請皇上吃烤魚了……

秦妙兒的眼淚忍不住流出來了。

李氏忙安撫道：「一定是馮管事搞錯了，皇上怎麼可能會給秦汐賜婚？走，我們快去接旨。」這聖旨一定是給自己女兒的。

秦府朱漆正門打開，一家人長幼有序，整整齊齊地跪著，外面有不少看熱鬧的百姓和打探消息的各家下人。

一名身穿紅色錦袍的老太監正站在香案前，大聲宣讀聖旨。「賜秦家長女為暻郡王妃詔，朕之皇孫暻玹，文韜武略……」

秦家長女！馮管事果然弄錯了。

秦妙兒跪在地上，激動得身體微微發抖，她就是秦家的長房長女。

她就知道，皇上怎麼可能認識秦汐這種身分低下的商戶女。

「今有秦家女婉順賢明，譽滿江淮，德光京城，風華絕代，秀外慧中，品貌端莊，溫良敦厚，宜家宜室，德才兼備……」

一連串溢美之詞從太監口中吐出，聽得秦妙兒羞紅了臉。

這些詞絕對不是讚美秦汐的，秦汐就是一個空有相貌的蠢包。

李氏聽得有點懷疑了，這不會是秦汐吧？這分明就是讚美自己女兒的詞啊！

所以果然是馮管事搞錯了吧！

「……秦姑娘和暻郡王二人堪稱才貌雙全，鸞鳳之配，珠聯璧合，金童玉女實乃天作之合，天生一對。故將秦家秦汐許配給暻郡王蕭暻玹為郡王妃，責司天擇良成吉日大婚。欽此。」

秦汐二字一出，秦妙兒身體一僵，不合禮節地抬起頭，一臉難以置信。不！不可能是秦汐，明明她才算是秦家長女！秦家長女，應該以長房為準啊！

林公公笑咪咪地看著秦汐道：「秦汐姑娘，接旨。」

作為一個有眼力的公公，在宮裡見過多少貴人，哪種人臉上有貴氣，他一眼就能看出個八九不離十。而這裡只有一位姑娘自帶貴氣，又美得驚人，不愧為皇上給暻郡王選的郡王妃。

不說別的，單從容貌上來說，足以稱得上天造地設的一對了。

秦汐雙手舉高至頭頂，接過聖旨，禮節性地回了一句。「謝皇上。」

語氣有些冷，然後便站了起來。

怎麼秦姑娘好像不太樂意的樣子？一定是錯覺。秦姑娘此刻心裡必然是樂開了花，卻故作鎮定。不愧為皇上選的郡王妃，小小年紀就喜怒不形於色。

林公公笑道：「恭喜秦姑娘！恭喜秦老爺，秦夫人！」

「多謝公公，辛苦了！這是喜錢，小小意思，沾沾喜氣！」傅氏看了一眼迎春，迎春立刻將一個荷包雙手遞給林公公。

「那咱家便恭敬不如從命了，也沾沾郡王妃的喜氣。」林公公笑著收下了。

嘖嘖，不愧為首富夫人，這嘴巴也太會說話了。沾沾喜氣，打賞算是喜錢，那這打賞大家就收得理所當然了，多體貼。

迎春又去給其他禁衛軍派荷包，每個荷包都輕飄飄的，裡面裝的都是銀票，禁衛軍收到後，心裡都忍不住高興。

秦庭韞拱手道：「多謝公公，公公辛苦了，請公公和幾位禁衛軍大人到府裡坐坐。」

林公公擺了擺手。「咱家還要回宮覆命，就不久留了。」

兩人又寒暄了兩句，然後秦庭韞便親自將林公公送出門。

秦老爺子看著秦汐手中的聖旨，目光熾熱，語氣溫和。「汐兒，皇上怎麼會給妳和暻郡王賜婚？妳在晉王府裡還遇到了皇上？」

那連篇累牘的溢美之詞，怎麼聽，怎麼讓人覺得皇上很喜歡秦汐。

皇上怎麼可能認識秦汐，那便只有在晉王府時見過了。

秦妙兒捏緊了手中的帕子，要是她能進去晉王府，以自己的才情，皇上定然會注意到自己，而不是秦汐。

秦汐淡淡地道：「不知，沒有。祖母，我還要面壁思過嗎？」

古氏面上一僵，這一齣結束，她哪敢讓她面壁。

秦老爺子一臉慈祥笑道：「今天去賞梅汐兒也累了，早點回去汐顏院好好休息吧！」

然後秦汐便走了。

秦老爺子又對秦妙兒道：「妙兒，下次接旨的時候不許抬頭，太不懂規矩了，幸好這次傳旨的公公不怪，不然給家裡招禍。回去抄一百篇女誡。」

秦妙兒眼淚差點飆出來，她迅速福了一福。「是，孫女這便回去抄。」

她低低應了一聲，在眼淚掉下來之前，便跑了。

上天真是不公平，怎麼什麼好事都讓秦汐占了？

第十二章

長春伯府中，秦霞看見林如玉頂著一張豬頭臉撲到自己懷裡，都驚呆了。

「這……發生什麼事了？誰打的？」

「嗚嗚，娘！秦汐那死丫頭太過分了……」

林如玉一五一十，加油添醋的將在晉王府發生的事說了出來。

「現在連郭紫瑩都覺得她之前勾引桓哥哥一事是我算計她，大家都以為是我妒忌她嫁入晉王府當郡王妃，才故意放出風聲，敗壞她的名聲，好讓她丟了親事。剛剛還有那麼多人在，這事傳出去，估計全世界都是這麼認為的。我的名聲都毀了！嗚嗚……回來的時候晉王妃都沒有給我好臉色。」

秦霞聽了，氣得腮幫子直顫，渾身發抖。好一個秦汐，自己還真是小看她了。

「妳剛才說妳聽見暻郡王親口和她說取消婚約？」

林如玉抹了抹眼淚，點了點頭，想到這事，她心裡才舒服一點。「我看見暻郡王直接丟下一句『我們的婚約就此作罷』然後就離開了，看也沒看秦汐一眼，我就知道暻郡王怎麼可能看上她。娘，既然她不會成為郡王妃，我也不要她當桓哥哥的妾。您給她找一門親事，將她嫁給一個七、八十歲的老頭做妾。」

秦霞看了自己的女兒一眼，有點恨鐵不成鋼。

她是確定了，自己的女兒鬥不過秦汐的，一個拿捏不住的妾就是禍根，讓秦汐做妾這條路走不通了。

也罷，秦汐只要不是嫁入晉王府，她就有辦法讓自己二哥源源不斷地給她們供應銀子。嫁得遠了，反而不好呢！

秦霞點頭保證，眼裡閃過陰鷙。「妳放心，娘一定替她找一門好的親事。」

林如玉咬牙切齒恨恨地道：「將她嫁出京城，嫁去邊疆，嫁得遠遠的，別礙著我的眼。」

這時丫鬟匆匆跑了進來。「夫人，小姐大事不好了！皇上將表小姐賜給了暻郡王為正妃。」

林如玉第一時間不相信。「妳說什麼？」

開什麼玩笑？秦汐不過是阿貓阿狗，皇上又不認識，怎麼可能給她賜婚？

「皇上給表小姐賜婚了，以後她就是暻郡王妃，外面都傳遍了。」

秦霞目瞪口呆，只覺皇上是瘋了吧？

林如玉氣得直接砸了茶碗。「不可能！她憑什麼！憑什麼？」

翰林大學士府，許家送走了來傳旨的隊伍。

許陌言拿著聖旨坐在軒窗前發呆。
許陌言身邊的丫鬟見她這樣，都心疼了。
皇上今日前後下了兩道聖旨，可是聖旨的內容也太氣人了。給暻郡王和那個商戶女賜婚的聖旨，對那個商戶女讚不絕口，連篇累牘都是溢美之詞。而自己小姐的賜婚聖旨，只有一句話，兩個詞，識禮知書，德藝雙馨，朕甚悅之。
連人家的零頭都不夠。既然朕甚悅之，倒是多讚美幾句啊！她家小姐是誰？是書香世家，翰林清貴，京城出了名的大才女啊！皇上的聖旨如此寫，不是打自家小姐的臉嗎？
她忍不住替自己小姐喊屈。「譽滿江淮，德光京城？這說的是那個商戶女嗎？她是靠什麼譽滿江淮，德光京城？萬貫家財嗎？小姐被譽為京城才女的時候，她都不知道在哪個角落數銅板。
「品貌端莊，溫良敦厚？勾引自己表妹夫的人還算品貌端莊，溫良敦厚？我呸！暻郡王和她，二人才貌雙全，鸞鳳之配，珠聯璧合，金童玉女實乃天作之合，天生一對？一個商戶女和龍子鳳孫的暻郡王天生一對？我看是一朵鮮花插在牛糞上才對，兩人根本半點也不相配。」
如果不是不可以罵皇上，丫鬟都想說皇上腦子進水了。
許陌言想到蕭暻玹那句，「她配不配本郡王不知道，但本郡王知道妳不配」。
所以這賜婚聖旨，是他自己去求的吧？不然皇上怎麼可能將一個商戶女賜婚給他？

許陌言忍不住笑了起來。「呵呵……」

她配，自己不配。他竟然如此有眼無珠，看來不過是個膚淺的好色之徒而已，她又何必心悅於他？一個商戶出身的女子，能和自己翰林大學士府出身相比嗎？她倒要看看一個商戶女將來能給他帶來什麼，她等著他後悔的一天。

許夫人見自己的女兒氣瘋了一樣，甚是心疼。「雷霆雨露，莫非皇恩。聖旨已下，已經無法改變了。楚王世子一表人才，將來繼承爵位後，乃是楚王。暻郡王只不過是庶出，再厲害也是一個郡王，以後的身分孰高孰低還未知呢，以後妳可別再犯傻了。」

她完全想不到自己女兒竟然會去求了老太爺進宮找皇上賜婚，結果還如此不如意。

許陌言眼裡閃過堅定。「當然！」

他還不配我惦記，一定要讓他後悔今天的有眼無珠！

皇上一連下了兩道聖旨，給楚王府世子和晉王府暻郡王賜婚一事很快就被各大世家知道了。

今日前去晉王府參加賞梅的人，一個個只覺得被狠狠打了臉。

那些世家夫人和小姐都覺得皇上腦子是不是進水了，怎麼會將一個商戶女賜婚給暻郡王？

許多人興致勃勃地討論兩份聖旨的內容，有人替許陌言抱不平，有人暗暗幸災樂禍，看熱鬧不嫌事大。

而臣子們知道了兩道聖旨的內容後，都覺得中書省的人腦子是不是被秦庭韞給灌了銅板，不然怎麼會寫出如此區別對待的聖旨？這讓許老，許帝師的面子往哪裡擱？

他們打定主意，明日必須彈劾一下。

秦汐並不知道這些，她拿著聖旨回到汐顏院，便隨手往桌子上一放，回想蕭暻玹對女子避如蛇蠍的模樣，她就放心了。

上上輩子皇上將許陌言賜婚給他，他立刻就進宮抗旨退婚。這輩子賜婚人不知為何換成了自己，但是她相信，他也會進宮退婚的。

玉桃見她對待聖旨這輕慢的態度，嚇得心尖都顫了。「姑娘，這是聖旨啊！」

秦汐不甚在意地道：「玉桃，去請妳爹過來。」

「是！」玉桃應了一聲，小心翼翼地將聖旨放在一個精美的木匣子裡，然後才去喊人。

馮管事很快就來了，他拱手行了一禮後，恭敬地道：「姑娘找老奴過來，是何事？」

秦汐示意馮管事坐下，然後才道：「我想開一家酒樓，馮伯知道京城現在有沒有酒樓轉讓？」

馮管事搖頭。「現在沒有，京城人流足，酒樓的生意好，很難遇到轉讓或出售的酒樓，除非有人犯事，被抄家，或是官府發賣。」

「西城那邊的酒樓也行。」

馮管事並不認同。「西城長壽街那邊我倒知道有一家酒樓正好準備轉讓，只是那裡是舊城，比較老舊，集市的擺放點也設在那邊，人流是有的，但來往的都是普通的平民百姓，富貴人家都不愛去那邊，酒樓的生意恐怕不好。」

說白了，那裡就是貧民窟，沒有多少人有銀子上館子，所以那條街的酒樓才會做不下去而轉讓。

「你幫我盤下來，不僅僅是酒樓，西城那一片只要有鋪子出讓，都盤下來吧！有多少、盤多少。」

馮管事聞言忍不住提醒道：「姑娘若想買鋪子開酒樓，可以等等，等朝廷有鋪子放出來時，再買也不遲，長壽街的鋪子太舊了。」

他想說的是，現在哪裡還有人會買那邊的鋪子，賺不了什麼錢的。最多每個月一百幾十兩，而秦家可不缺這麼一點兒銀子。

秦汐搖頭。「天元國正值繁榮昌盛之際，我朝皇城已經建有百餘年，這皇城早就不夠用了。馮伯覺得有無可能會擴城？馮伯又覺得，若是擴城皇上會選擇在哪裡擴？」

現在那裡雖然是貧民窟，可是秦汐知道新年過後，皇上就有意擴城了。風聲傳出後，大家都以為皇上會在東城擴城，畢竟天元國以東為貴。

那時林如玉想買東城的地，還問自己借銀子，自己當時就建議她買西城的鋪子，不過她沒聽，去買了東城的地。

結果兩個月後，皇榜一出，西城的鋪子一夜暴漲，許多買了東城地的人，都虧大了，只有那位雲岫先生賺大了，西城近半數的鋪子都被他盤下了。

馮管事心中一震。

擴城？姑娘真敢想！他又在心裡細細琢磨了一下，竟然覺得極有可能。

這可是有先例，有跡可循的。他跟著老爺做了一輩子生意，什麼沒見過？做生意如何能夠一本萬利？那得要有長遠的眼光，還要有破釜沈舟的魄力。他親眼見證老爺一次又一次的用獨到的眼光，敢為人先，賺下如今的萬貫家財。姑娘這眼光，比之老爺也是有過之而無不及。

他心裡對秦汐是越發地佩服了，立刻拱手道：「姑娘睿智，目光長遠，老奴定會盤下來。」

是他短視了，他怎麼也想不到皇城會擴建。

秦汐又問道：「馮伯，我們大同胡同的宅子是不是有密道通往城外的大馬車行？」

馮管事聞言也不詫異秦汐會知道，畢竟老爺就只有姑娘一個女兒，將來秦家的一切都是留給姑娘的。

他點頭答。「回姑娘，是的。」

「我想再挖一條密道從這府邸通往大同胡同的宅子。」

他們秦家除了有商隊，還有織造坊、造紙作坊，還經營著藥材、陶瓷、酒樓等生意，因此有自己的大馬車行。大馬車行除了方便自己家的貨物運送，還幫其他商戶運送貨物，順便賺點路費。

她之所以想挖一條密道通往大馬車行，是因為她打算開海鮮酒樓，海鮮的來路需要隱蔽一些。到時候她將海鮮放到大馬車行某間屋子，再讓人取回城裡。大馬車行每天有幾十甚至上百輛馬車出入，而且每天來往的商隊都不同，天南地北都有，別人想追查也難以追查。

馮管事聞言便以為秦汐是擔心抄家一事，想著多留一條退路，這樣確實周全，便道：「還是姑娘想得周全，老奴這就去辦。」

馮管事祖上就有這手藝，挖密道這事他最擅長，大同胡同宅子離這府邸看似是隔了條街，但是直線的話也不遠，挖一條只容一個人通過的密道也容易。

秦汐點了點頭。「那此事便麻煩馮伯了。還有，如果海叔回來了，麻煩馮伯告訴他一聲，我有事找他。」

海管事是秦家負責採購的大管事。

馮管事忙道：「姑娘言重了，這是老奴該做的事，海管事昨日傳信回來，後天應該就到了。」

「好，有勞馮伯了。」

談完事後，馮管事又匆匆地跑去找秦庭韞分享這事了。

秦汐有經商的天賦，簡直比他自己的孩子有出息，還要讓他興奮。

馮管事離開後，秦汐在想著海鮮酒樓如何設計，突然聽見了屋外傳來了「啪啪啪」的聲音。難道是水缸裡的魚跳了出來？

昨日回來時，她發現木桶裡的秋刀魚被海水養著竟然沒有死，她猜應該是海水裡有靈氣的緣故。

一般來說，秋刀魚包括一些海鮮離開大海很快就會死，養不活的。她便特意找了個水缸試試這秋刀魚離開了海島，在外面用海水能養多久，沒想到養了一個晚上依然很生猛。

她走出院子，便看見小白狐渾身濕漉漉地從水缸裡跳出來，地上還有一條活蹦亂跳的秋刀魚。

秦汐眯起眼。這小狐狸怎麼來了？

小白狐從水缸上輕鬆跳到地上，一隻前爪按住胡亂拍打的魚尾，張嘴便要啃。

「等等！」秦汐趕緊出聲阻止。

小白狐一爪按著魚尾，一爪按著魚頭，將秋刀魚按得死死的，才抬起濕漉漉的腦袋，眼睛骨碌碌地看著秦汐，彷彿在說：這魚是牠抓的！別想搶！

秦汐嘴角抽了抽。放心，她不會和牠搶的。

正好秋菊來取魚去烤，她詫異地看著小白狐。「咦？姑娘，哪來的小奶貓？好可愛！」

秦汐道：「暻郡王養的，不是貓，是雪狐，邊疆那邊才有的。」

剛才在晉王府她聽見他叫牠追日，所以應該是他養的。
秋菊聞言瞪大了雙眼，眼裡升起了熊熊的八卦之火。「暻郡王送給姑娘的？」
這是定情信物嗎？不愧為小戰神暻郡王，定情信物都如此別出心裁，這一定是他在邊疆親自抓回來的。她就知道，暻郡王看見她家姑娘一定會被迷住的。皇上為什麼會下旨賜婚？一定是暻郡王求來的。
「不是，應該是牠自己跑過來的。」秦汐想到牠在晉王府護著自己的模樣，走到牠身邊蹲了下來。「我讓秋菊給你做烤魚吃，你先跟著秋菊去爐子旁將身體烤乾。」
方才這小狐狸就一直朝她拱，是聞到了魚味？看來還是個貪吃的。
小白狐一聽立刻收回爪子，然後抖了抖身上的水，順便甩了秦汐一臉。
秦汐閉眼又睜眼，只見小白狐雙眼骨碌碌地看著她，一臉無辜像在說：牠不是故意的。
秦汐抹了把臉。算了，看在牠剛剛幫自己攔著林如玉，她忍了。
秋菊興奮得上前一把抱住牠。「走，姊姊帶你去烘乾身體，給你做好吃的烤魚。這大冷天的，可別著涼了。」
這可是暻郡王和姑娘的定情信物，她一定要照顧好，至於姑娘說是牠自己跑過來的，秋菊半點不信。晉王府離秦家這麼遠，牠這麼小，怎麼可能會自己跑過來呢？
小白狐乖乖地躺在秋菊懷裡，一臉這裡的姊姊實在是太好了的表情。

第十三章

傍晚時分，吃飽喝足的小白狐追日鼓著圓滾滾的小肚子回到了敬軒堂。牠直接躍上了牠專屬的圈椅上，開始呼呼大睡。

長平提著兩只食籃進來，放在圓桌上，然後走去淨房輕輕敲門。「主子，該用膳了。」接著他又回到外間，將食盒裡的菜拿出來擺放好，又拿起一碟魚乾放到了小白狐面前。「追日，吃東西了。」

小白狐聞到一股劣質魚的魚腥味，扭過頭，小爪子搭在鼻子上。臭！

長平看了一眼桌子上的肉乾，又看了一眼烤魚。

這小東西今天怎麼了？平日一看見吃的，眼睛就發亮，今天放到牠面前竟然一口都不動？生病了嗎？

蕭暻玹從淨房裡出來，便看見長平詫異地打量著追日。「怎麼了？」

「回主子，追日今天很奇怪，給牠肉乾和魚乾一口都不吃，我懷疑牠病了。」

蕭暻玹看了一眼牠鼓成圓球的小肚子，坐了下來，不甚在意地道：「吃飽了。」

長平的視線隨之落在牠的小肚子上，這才注意到牠的小肚子都鼓起來了，就像十月懷胎了一樣。這得吃了多少，才吃得那麼鼓？

「這貪吃鬼，一定是又去廚房偷吃了。」

小白狐將腦袋埋在前腿間，光滑柔軟的狐狸毛遮住了兩隻小耳朵。

聒噪……偷吃？牠是這樣的狐嗎？

蕭暻玹沒有說話，拿起筷子正想用膳，這時長安進來道：「主子，世子爺和幾位爺帶著酒來了。」

蕭暻玹面無表情地道：「不見。」

只是晉王世子已經帶著幾個兄弟，一人提著一壺酒進來。

晉王世子朗聲道：「四弟，不必獨自躲在屋裡生氣傷心，咱們兄弟幾人過來一起陪你喝酒，痛痛快快的喝一場！」

聽說四弟接完旨後，黑著臉回到屋裡將自己鎖起來，半天都沒出過屋。

他就知道，上次他說自己不配是反諷。誰願意娶一個名聲敗壞的商戶女為妃？這不都生氣到閉門謝客了。

蕭暻玹皺眉。「大哥誤會了，我沒生氣傷心。」

他身上的紅疹還沒褪去，癢得很，用完膳，他還得泡藥浴，沒空陪他們喝酒。

二爺蕭暻頡將酒壺的瓶塞一拔，倒了一杯酒。「四弟不用嘴硬，自從收到聖旨後，你都躲在屋裡半天了。秦家女雖然出身不好，名聲也不好，但是我聽說是個難得的美人。男人娶妻嘛，夠美就行了，管她其他好不好，又不是只能娶一個。來，四弟，不用傷心，喝酒！」

蕭暻玹臉色不好看。「二哥慎言。我不出屋與她無關，她也不是二哥口中的人。」

「是是是，與她無關，她好得很，皇祖父說的都對。喝酒，喝酒，咱們不醉不歸，一醉解千愁！」蕭暻頡一副我理解你為何這麼說的模樣，不就是怕皇祖父嗎？

蕭暻玹黑著臉沒說話，免得越描越黑。

三爺蕭暻桓一臉愧疚。「四弟，之前我不知她和你有婚約，對秦姑娘有些誤會，你不要聽信外面的謠言，這些都是過去的事了，你不要放在心上。」

蕭暻玹淡淡地看了他一眼。「什麼謠言？」

蕭暻桓一時不知如何開口，他真不知還是假不知？

晉王世子忙道：「沒有謠言，哪有什麼謠言？喝酒！咱們幾兄弟一起喝酒，祝四弟早日大婚。」

蕭暻頡也忙道：「對，沒有什麼謠言。喝酒！一醉解千愁！」

五爺蕭暻煜見蕭暻玹不高興，便道：「四哥，你要退婚嗎？我和你一起進宮去和皇祖父說。四哥文韜武略，英勇無敵，那個刁蠻任性、貪慕虛榮的商戶女怎麼配得上四哥？我看皇祖父是瘋了。」

那個商戶女勾引三哥不成，又想搭上他最崇拜的四哥，如此水性楊花，怎麼配得上四哥？

蕭暻玹臉色難看，冷淡地道：「我沒打算抗旨退婚，也不需要借酒澆愁。今天身體不適，就不陪大哥你們喝酒了。」

話落，他直接站起來將幾人一個個丟了出去，「砰」一聲關上門。

兄弟幾個差點被疊羅漢，好不容易穩住身體，蕭暻頡看著緊閉的屋門，吸了吸鼻子。

「你們剛剛有沒有聞到四弟身上一股藥味？」

蕭暻煜點頭。「有！剛剛我也聞到四哥屋裡有一股好大的藥味。」

完了，他強壯的四哥都被那個商戶女氣病了，他饒不了她！

世子爺作為長兄，過來一趟算是已經盡到關心弟弟的義務了，便道：「既然四弟病了，我們就不打擾他休養了，走吧！」

蕭暻桓回頭看了屋裡一眼，眼神意味不明。

娶那個商戶女，蕭暻玹他到底是樂意還是不樂意？

待幾人離開後，長平忍不住問道：「主子真打算娶秦姑娘？」

主子不能近女色，要是娶秦姑娘回來，不就等於放一個炸藥在身邊嗎？

「嗯。」蕭暻玹淡淡地應了一聲。

事已至此，他要是抗旨退婚，世人如何看她？她的名聲算是盡毀了，以後誰敢娶？被自己如此嫌棄，秦家又如何在京城立足？怕是人人都可踩一腳，那就真的是恩將仇報了。

娶了她，雖然他給不了其他的，但他可以給她一世榮耀和尊重。

而且除了她，他也不會娶其他女人，她在晉王府可以活得逍遙自在，不再被人看輕，這也算是報恩了。

秦汐來到錦華堂陪爹娘用晚膳，卻沒想到看見李氏母女出現在這裡。

看見秦汐進來，李氏熱情地笑道：「汐兒這是來陪二弟、二弟妹用膳？真是孝順。」

秦妙兒正在打量屋裡價值不凡的擺設，樣樣名師出品，精美過人，這麼一比，她屋裡的擺設簡直寒酸。

看見秦汐來了，她頓了一下，隨即站了起來，福了一福，語氣親切。「汐兒姊姊。」

娘說得對，她必須和秦汐親近起來，以後才有機會多出入晉王府。

秦汐淡淡地看了兩人一眼。「大伯娘今天怎麼過來了？」

李氏笑道：「這不是今天咱家天降祥雲嗎？汐兒妳福氣綿延，得皇上賜婚，成了未來的晉郡王妃。我想著老太爺的大壽快到了，這宴客的名單，是不是應該改一下？現在我們和晉王府可是正兒八經的姻親了，得給晉王府下帖子吧？不然可太失禮了，妳說是吧？」

就算晉王不會來，晉王府幾位公子能來吧？晉王府可是還有一位十六歲的五爺，正好和妙兒年紀相近。五爺不行的話，他們或者會帶其他皇子皇孫一起來？

以前她不敢想，可秦汐都能和晉王府訂親，現在她覺得她的女兒也可以嫁入皇家。

秦汐笑了。「大伯母說得對，是該送一份帖子給晉王府。」

李氏以為她下帖子，晉王府就會來人？最多只會派下人送來一份賀禮而已。

而且秦汐知道晉王向來討厭參加這些宴席，就算一品官員宴請，他都直接拒絕了。暻郡王更是比晉王更加不喜歡應酬，他在晉王府可是出了名的，除了宮宴，什麼宴席都不參加。

傅氏笑道：「幸得大嫂提醒，還是大嫂想得周到。」

李氏聞言就笑了。「那我這就回去準備，等寫好了帖子我再讓妙兒拿給汐兒妳看看？」其實寫好的帖子根本不需再給秦汐看，李氏這麼說，目的也是讓自己女兒有機會和秦汐親近罷了。

秦汐笑著點了點頭。「好啊！」

是時候，讓大房一家主動搬出去了。

「那我們先回去了。」得到秦汐確切的回覆，李氏兩母女便心滿意足，高高興興地離開了。

沒有了外人，秦庭韞笑著問女兒。「汐兒，聽馮管事說妳打算在長壽街開酒樓？」

如果皇城擴建，那西城確實是最有可能，只是不知何時才擴，一年還是幾年之後，都有可能，但等多久都沒有關係。

如今女兒想要在長壽街開酒樓，但長壽街那邊破舊，沒有富貴之人願意去，這也沒有關係，他可以將整條街的商鋪買下來，重新翻新改造，打造一條繁榮的商業街出來，就不怕沒有人來，正好還能用來給女兒做嫁妝。

秦汐點了點頭。「我偶然從書裡得到了兩個秘方，其中一個秘方是關於養活海魚的，另一個秘方關於魚餌，我已經試過了，兩個秘方都是真的。那秘方調配出來的海水確實可以養活海魚，用那魚餌釣魚也是極容易，所以我打算開一間海鮮酒樓。」

秦庭韞聞言臉色一正。「可以養活海魚的秘方？」

這樣的秘方，豈不是逆天？天元國百姓愛吃魚，多少人想過開海鮮酒樓。

當年他也曾想開海鮮酒樓，甚至高價派了許多漁民去海裡撈魚，只是海裡的魚撈上來哪怕是用海水養著，都很快就死掉，根本養不活，所以這主意他很快就打消了。

至於魚餌的配方，他根本沒有放在心上。

靠釣魚能釣到多少？還是得請漁民出海打撈，所以只要能夠養活就行了。

秦汐點頭。「其實昨晚吃的魚就是海魚。我留了兩條嘗試養了一天一夜，現在還活蹦亂跳的。明日我將調配好的海水和魚餌給爹，爹可以找人去試試。」

秦庭韞點頭。「好。」

既然是女兒提出來的，不管秘方真假，都要試試。

秦汐一眼便看出他沒在意那兩個秘方，她繼續道：「海鮮如何養活和運送一事需要保密，爹聽聽覺得是否有不周全的地方……」

秦汐將她今天下午做的關於海鮮的打撈、運輸和酒樓的管理，如何保密等規劃事無鉅細都說了出來，只隱瞞了她將海島海鮮拿出來的那一部分。

「這樣一來，從海鮮上岸的一刻到轉運到酒樓，就沒有人知道裡面到底有什麼海鮮。」

「好！哈哈……這法子好！」秦庭韞一開始只是認真聽女兒說話而已，可是越聽越認真，聽得最後熱血沸騰，甚至生出一股濃濃的自豪感。

這就是他的女兒，這想法周全得他找不到任何破綻，連他都自愧弗如。

這番下來，他不由得對女兒口中的秘方重視起來。

他看向傅氏一臉欣慰。「咱們汐兒真的長大了。」

怎麼辦？都捨不得將女兒嫁出去了，真是便宜了暻郡王。

傅氏溫柔地笑了笑。「汐兒像相公，青出於藍而勝於藍。」

秦庭韞大笑，然後開啟甜言蜜語模式。「哈哈……汐兒也像夫人，聰明貌美，溫柔婉約，體貼……」

見爹娘在面前放閃，秦汐默默望天……

第二天，秦汐又是在海浪聲中醒來，她意念一動，便進了海島。

海水退去後，她看見海裡的海鮮比昨日豐富多了，除了昨日的梭子蟹，今天還多了十幾條肥美的海鱸魚，目測每條海鱸至少有三斤，還有五隻半截手臂長的蝦蛄，俗稱皮皮蝦。

如此大的皮皮蝦，看起來就很多肉，想吃！

秦汐還看見一群秋刀魚的魚苗游過，應該是之前留下來的幾條有魚子的秋刀魚生的。她忍不住去礁石旁看了一眼，果然有不少小生蠔吸附在石頭上。

只要慢慢收集，她開海鮮鋪的貨源就不用擔心了。

島上的水果、水稻、小麥等糧食都熟了，昨日種下去的蔬菜也長大了。秦汐意念一動將它們全都收了，然後又重新種上。

海鮮有了，蔬菜有了，現在是萬事俱備，只欠東風。一會兒她就出去逛市集，買些小雞、小鴨、小鵝試著放在小島裡面養，然後再去「釣魚」。

忙完這些，秦汐又開始在海灘做鍛鍊，做完了才出了海島，陪爹娘用膳後，又只帶著石榴出門了。

石榴見秦汐帶上了魚竿和水桶，期待地問道：「姑娘，是去釣魚嗎？」

「先去逛一逛集市，然後再去釣魚。」

「好！」石榴也喜歡逛集市，集市裡面有各種好吃的。

集市上，秦汐給石榴買了一串糖葫蘆、幾串羊肉串，讓她一邊守著馬車，一邊吃。然後她自己一個人自由自在地逛市集，看見野果、水果、栗子、花生等可以做種子的東西，秦汐都買了一些。

為了將蔬菜拿出來，她也買了些蔬菜蘿蔔，然後又去賣家禽的地方買了一些剛孵出來的小雞、小鴨和小鵝，每種二十隻，分別裝在兩個籠子裡，用藍布蓋著，從外面根本看不見裡面裝著什麼。

看見豬崽、羊崽時，雖然太大，暫時不能買，她便上前問問價格，順便將對方的住址問了。
最後在市集的盡頭，她看見一個洋人面前擺放著一袋又一袋的種子，有玉米和發芽的馬鈴薯，還有一些她也看不出來的種子。他的攤子前圍著很多人，可是語言不通，他只懂得說「一百兩」三個字，開價太高了，根本沒有人買。
秦汐想到上上輩子玉米是西戎國先種出來的，那產量轟動了中原各國。
難道是這外商來這裡沒人買，才又去鄰國賣？
只是上上輩子，馬鈴薯並沒有面世，大概是因為發芽的馬鈴薯有毒，被丟棄了吧？秦汐立時感覺自己重生回來拿了女主劇本。
秦汐果斷走到了攤子前。
當秦汐揹著一個背簍，兩手提滿東西回來時，石榴正好吃完最後一串羊肉串。她看見自家姑娘竟然買了如此多東西，馬上上前去接，秦汐卻拒絕了。「不用，不重。妳去駕馬車，我們去釣魚。」
石榴便聽話地去駕馬車。
秦汐很滿意地將東西放進馬車，然後上了馬車，高興道：「出發！去釣魚！」
大街上，趙飛剛看著遠去的馬車，嘴角抽了抽，沒想到首富之女竟然如此樸實無華，逛街不是逛脂粉首飾鋪子，而是來逛市集，買雞、買鴨、買菜、買種子。
他剛剛還看見她戀戀不捨地看著一對豬崽，又問了那豬崽的價格和賣豬崽那位大娘家裡的地址。她到底是想怎樣？該不會是打算下次上門去買吧？

如果不是親耳聽見她用外族語和那個外族人買東西，他都要懷疑她是哪個村子出來趕集的村婦不夠銀子買豬崽，又想養一對大肥豬過年，所以對那對豬崽念念不忘。

不過，不愧為商隊遍布數國的首富之女，竟然連外族語都懂。

他迅速騎馬回宮通風報信——秦姑娘又去釣魚了。

目瞪口呆的不僅僅是趙飛剛，五爺蕭暻煜今天正好在這附近查探西戎探子的消息，一直留意著那個賣種子的外族人，身邊的人卻告訴他，那個買雞、買鴨、買菜、買種子的姑娘就是秦家女，他四哥未過門的妻子。

他看著揹著背簍，提著雞籠，拎著菜籃，毫無形象的秦汐，簡直刷新了他對富家女的認知。

不，不是毫無形象，應該說是一副村姑形象。天啊！皇祖父到底給四哥找了個什麼樣的媳婦？這個粗俗的富家村姑，如何配得上四哥？

他看著遠去的馬車，立刻決定跟上。

第十四章

金鑾殿的早朝已經接近尾聲，朝政大事已經討論完畢，輪到每日一彈劾的環節。

皇上看見趙飛剛的身影出現在殿門之外，他坐不住了，立刻道：「眾卿家可還有事啟奏？」

昨晚沒吃到烤魚，他感覺批奏摺時腰又痠了，但沒有以往那麼痠，今天再不吃點烤魚鞏固一下，他覺得又會恢復到之前的狀態了。

所以必須要吃上烤魚！

御史臺大夫何御史這時站了出來。「皇上，微臣懷疑中書省翰林院，門下省有官員膽大妄為，徇私枉法。」

中書省和門下省的幾位官員頓時抬頭，滿臉錯愕。

其他官員也想起了昨日那兩份差別太大的聖旨，紛紛爭先恐後地道：「皇上，此事必須嚴查！中書省乃政要之地，有人竟敢官商勾結，將聖意當兒戲，簡直罪大惡極！」

「官商勾結，後患無窮！請皇上下旨徹查，還許帝師一個公道！」

中書省和門下省的官員反應過來紛紛喊冤。「誰官商勾結？何御史和各位大人不如明說，可別一竿子打翻一船人。是誰直接說出來，自有刑部和大理寺去查。」

「何御史可有證據？無憑無據可別信口雌黃，欲加之罪，何患無辭！」

中書令兼崔宰相皺眉。「不知道幾位大人發現了誰徇私枉法？有何證據？若真有此事，此等人，絕不能容。」

中書省秉承皇上旨意，掌管機要，發布皇帝詔書及中央政令，涉及的政令都是機密，若真有徇私枉法，官商勾結之人，豈不天下大亂？

皇上也怒了，他最討厭貪污受賄，徇私枉法的官員，登基多年，已經砍了無數貪官污吏的腦袋，沒想到竟然有人敢在自己的眼皮子底下做下此等事，簡直豈有此理。

「諸位愛卿所言何人？可有證據？這次必須交給刑部和大理寺審查，要是事情確鑿，朕絕不輕饒！」

要是真有此事，一定斬立決，以儆效尤！

戶部尚書隱隱猜到了什麼，卻是沒有說話。

見皇上怒容，何御史隨即答道：「回皇上，昨日皇上給暻郡王和楚王世子賜婚，兩份聖旨內容天差地別。秦家女乃商戶出身，賜婚聖旨內容連篇累牘均為溢美之詞，浮誇連篇，與事實不符。反觀翰林大學士府出身的許家女，素有才名，冠絕京城，卻僅有一句『識禮知書，德藝雙馨』。為何兩道聖旨內容如此不一致？定然是中書省有人徇私。」

皇上臉色變了變。

中書省和門下省負責草擬詔書的幾名官員表情頓時輕鬆起來。

原來是昨日的聖旨啊？他們放下心，均看著皇上。

皇上摸了摸鼻子。

何御史和其他官員沒有察覺，繼續你一言、我一語地道：「一個出身商戶，一個出身翰林清貴，孰貴孰賤，一目了然。可兩份聖旨的內容，簡直顛倒黑白、尊卑，對一個商戶諂媚至極，冷落賢良，令人不齒！」

「昨日之聖旨，親商戶，疏賢良，如此聖旨傳至別國，簡直貽笑大方，不知羞恥。非貪贓受賄之人不能為之事，皇上必定要嚴懲不貸！」

皇上的臉直接黑了。

中書省知道聖旨是誰擬的官員見此，個個低下了頭，不敢說話，還得憋笑。

戶部尚書看著皇上越來越黑的臉，低頭暗笑。

他就知道如此浮誇的聖旨，是不行的。

皇上聽不下去了，淡淡地道：「哦，昨日給暻郡王賜婚的聖旨，是朕親筆所寫，朕覺得朕所言句句出自肺腑，秦家女足以配得上聖旨裡面的讚美，諸位愛卿很有意見？」

大殿上頓時一片靜默。

如此浮誇、諂媚的聖旨既然出自御筆?!

正張大嘴巴打算好好地鞭策一下的何御史頓時發不出聲，其餘官員個個表情目瞪口呆，難以置信。

戶部尚書看了周遭人的臉色差點笑出來。

皇上也不想為難這些臣子，昨日的聖旨的確是他偏心了，正想說什麼，卻發現戶部尚書竟然在偷笑？

他淡淡地補充了一句。「昨日聖旨乃戶部尚書口述，朕執筆。林愛卿，你為何如此諂媚？」

戶部尚書頓時震驚了。

京江河畔，西山峽口某處。

秦汐和石榴正挽起褲腳，在冰冷的河裡抓梭子蟹和魚。

遠處，五爺蕭暻煜看著秦汐竟然脫掉鞋子挽起褲腿，光著腳下河抓魚，再次刷新了他的三觀。

簡直傷風敗俗、粗鄙至極！

秦汐一邊往河裡放梭子蟹，一邊道：「石榴，這裡，這裡也有一個。」

石榴立刻走過去，一手探進去便抓住了一隻肥美的大蟹。

「魚，這裡有魚！」秦汐喊了一聲，手探進了河水裡，便抓起了一條鮮活的大魚。

「石榴，這裡有蟹！快！」

石榴聽話，大手一插入水裡，再抽出水面，又是一隻肥美的大蟹。

「大蝦！這裡有大蝦！」一手下去，掏出一隻半臂長的大蝦。

蕭暻煜看著秦汐和石榴眨眼間便抓起一條魚，眨眼間又抓起一隻大蟹，轉頭連手臂長的大蝦都出現了，他驚呆了。這京江河裡的魚、蝦、蟹都是死的嗎？怎麼一抓一個準？

愛吃魚蝦蟹的他再也忍不住跑過去，來到河邊迅速脫掉鞋襪，下河。

他身邊跟隨的護衛見此也跟著脫掉鞋襪，下河。

就在蕭暻煜打算大展身手，左手一隻大蝦、右手一隻大蟹的時候，他茫然地看著清澈見底的河流。魚呢？蝦呢？蟹呢？

他抬頭看向不遠處的秦汐和石榴。

秦汐手中抓住一條大魚喊道：「石榴，快！這裡有一隻大蟹，要跑了！」

石榴迅速過去，一抓又是一隻揮舞著大螯的大蟹。

難道魚都跑到那邊了？

蕭暻煜迅速走過去，剛剛走近，便看見一條大魚迅速往他游過來。

果然有魚！

他學著秦汐的樣子，瞄準魚，一手插進水裡，一抓。

抓了個空，魚迅速從他身邊游走。

自己抓魚竟然比不上兩個女的？

蕭暻煜不服氣了，對身後跟過來的侍衛道：「長河，快攔住魚！」

於是兩人在河裡你追我趕，撲通撲通地折騰了半天，衣服都濕透了才將魚抓住。

蕭暻煜死死抓著在手中拚命擺動又滑不溜丟的魚，高興地道：「抓住了！抓住了！」

不遠處，秦汐和石榴立在水中央，靜靜地看著他。

蕭暻煜看看髮絲都沒亂一條的兩人，再看看渾身濕透的自己，尷尬了。

接著確認過眼神，她們俐落地抓魚，一定是自己抓的這條魚特別生猛。

石榴白了他們一眼。「好笨！」

蕭暻煜羞得無地自容。

想到上輩子他幫過自己，秦汐對蕭暻煜招了招手。「過來，我教你們。」

蕭暻煜扭開了頭想說「他不需要教」，卻見長河屁顛顛地跑過去。

這個叛徒！

長河跑過去後，看見秦汐四周圍滿了大大小小的魚，興奮地大喊：「主子，魚，好多魚！」

秦汐早就知道他們會跟著自己了，因此才會選擇下河抓魚，而不是釣魚。

剛剛看見兩人跑過來時，她便放了一些海水和之前讓秋菊用魚內臟製成的魚餌進水裡，這時河裡的魚聞到靈氣的味道，正好游了過來。

蕭暻煜總算也看出四周不斷有魚游到秦汐身邊。

靠！這丫頭不會是魚王轉世吧?!

他迅速將手中的魚拋到岸上，屁顛顛地跑過去。

於是被皇上委以重任來取魚的戶部尚書和趙飛剛趕到的時候，便看見河裡歡快抓魚的四人組，河岸上有好些魚兒在活蹦亂跳。

二人愣了一會兒，緊接著提著八個桶，飛奔過去，加入了抓魚行列。

一刻鐘過後，六個人全部上岸了，十個桶已經全部裝滿。

戶部尚書看著秦汐身邊一個籠子裝滿了梭子蟹，一個水桶裡裝了十幾條海鱸魚和幾條秋刀魚，一個水桶裝了一些大大小小的河蝦和魚，最亮眼的是四隻半臂長的皮皮蝦。

火眼金睛的戶部尚書立刻就發現秦汐的魚和他們的不一樣。

「汐ㄚ頭，妳這些魚和蝦看著好美味的樣子。」

秦汐沒答話，只覺得吃貨的眼睛真利。

趙飛剛點頭。「秦姑娘的魚蝦特別不一樣，我都沒看過。」

蕭暻煜指著皮皮蝦和梭子蟹道：「剛剛我就想抓這大蝦和大蟹，可是找不到了。那個，妳抓了那麼多，要不分我一些嚐嚐？」

其他三人紛紛點頭。

秦汐便每人分了兩條海鱸魚和四隻梭子蟹。

蕭暻煜指著那四隻皮皮蝦。「這個大蝦我想要一隻。」

戶部尚書和趙飛剛也道：「我們也想要！」

秦汐拒絕。「這種大蝦只有四隻，不夠分。」
本來一共有五隻，但一隻皮皮蝦因為有蝦卵，秦汐沒有放出來。
石榴點頭。「不夠分。」
她迅速將兩桶魚提上馬車，姑娘一隻，老爺、夫人各一隻，還有一隻是她的。
眼見蝦要飛走，蕭暻煜急了。「四嫂，小嫂子，我四哥是暻郡王，我是妳五弟，妳分給我一隻，我幫妳轉送給我四哥。」
長河傻眼了。主子，說好的不配呢?!
秦汐皺起眉。「……不要亂喊。」
戶部尚書和趙飛剛嘴角狠狠抽了抽，原來五爺這麼不要臉的？
秦汐不為所動。「不夠了，下次吧！」
戶部尚書道：「汐丫頭，還有妳蕭爺爺那份，他今天沒空來。」
皇上日理萬機，自然不可能天天出來，所以才特意派他來取魚。
蕭暻煜渾身一震。
蕭爺爺不會是皇祖父吧？皇祖父什麼時候和小嫂子勾搭在一起了？
秦汐堅決搖頭。「不夠分了，下次吧！看天色快要下雪了，我們快回城吧！」
然後秦汐便上了馬車，石榴抬手一甩馬鞭，馬車迅速駛離。
戶部尚書看了一眼趙飛剛木桶裡的魚。「皇上那一份……」

趙飛剛看向蕭暻煜。

渾身濕透的蕭暻煜身體抖了抖。「太冷了，兩位大人我先走了。」

只見長河立刻提著一木桶魚蝦蟹，跑了。因為那木桶還是從趙飛剛那裡搶來的。

戶部尚書和趙飛剛雙雙心道，不孝孫啊！必須在皇上面前參他一本，居然將皇上那桶魚都搶了。

蕭暻煜不管自己會不會被參，高高興興地走進府門，打算去找自己四哥，正好遇見剛進門的晉王，晉王看見他手中提著一桶魚。「老五，這魚哪兒來的？」看著挺鮮活的。

晉王指著特別精神的那條海鱸和四隻梭子蟹。「這魚我要了，這蟹我要兩隻，那河蝦我也要一碟，讓廚房做了送到書房。」

天氣冷，正好用來下酒暖身。

說完，晉王便回書房了，也不管兒子同不同意。

蕭暻煜嘆了口氣，他本來還想著和四哥分享一下的。算了，四嫂那麼會抓魚，以後四哥還會缺魚吃？他不差這一次。

這時正準備出府的世子爺在拐角處走出來。「咦，五弟，哪兒來的魚？」

這熟悉的話蕭暻煜只當沒聽見，拎著木桶直接躍上屋頂，消失得無影無蹤。

世子看著面前的空地傻了。

老五什麼意思？他還能搶他的魚不成？又不是寶！

秦汐回到汐顏院，正和秋菊交代梭子蟹和皮皮蝦的做法，這時玉桃走了進來，興奮道：「姑娘，二姑娘又往我們這邊來了。」

今天早上姑娘出去後，二姑娘都來了好幾次了，現在估計是聽說姑娘回來了，馬上又過來了。

秦汐聞言便對秋菊道：「就這樣吧，海鱸魚妳自由發揮就好。」

然後她站了起來對玉桃道：「走吧！我今天買了些水果，拿去給娘親吃。」

「是！」玉桃興奮地提起桌子上那籃水果跟著秦汐身後往外走。

兩人緩步在花園裡。

秦汐聽見假山另一邊的腳步聲漸近時，她嘆道：「不知妳大哥現在到哪裡了，能不能在一個月內趕到關口將那封信攔下來。」語氣憂心忡忡。

秦妙兒聽見秦汐聲音正想走出去的腳步一頓。

信？什麼信？

玉桃聞言忙安撫道：「姑娘放心，我爹已經飛鴿傳信給那邊的管事，大哥也快馬加鞭趕過去了，一定能成功將那通敵叛國的信函攔截下來的。也不知道是誰要害咱們家，幸好被姑娘上次無意中發現了，一定能成功攔下來。」

「但願如此吧！最怕就是這次我們知道了，化險為夷，下次對方又不知道用什麼手段對付我們。敵人在暗，我們在明，防不勝防。」

「可不是，通敵信函都敢嫁禍給咱們，這可是抄家滅族的大罪，分明就是想置我們於死地……」

後面的話，秦妙兒聽不見了，可是這些內容，已經足夠讓她腿軟了。她的腦海裡不斷出現玉桃口中的「通敵信函」、「抄家滅族」。

好半晌，她才緩過勁來扶著假山站起來，然後匆匆地跑回去。

玉桃躲在角落看著她跑回去後，才迅速追上秦汐低聲問道：「姑娘，二姑娘回去了，您說大夫人真的會信嗎？他們會搬走嗎？」

秦汐篤定道：「會的。」

這是在古代，通敵叛國乃抄家滅族的大罪，嚴重者甚至會株連九族。

李氏怕死，他們賭不起，一定會搬，她相信明日他們就會提出要搬出去。

松鶴堂偏院中，李氏正在察看帳本，一臉猶豫。

她聽說秦庭韞打算在長壽街買鋪子給秦汐做嫁妝，她也想跟著買，可是長壽街那個地方的鋪子賺不了多少錢。

她想不明白，二房那麼有錢，秦庭韞怎麼會在長壽街買鋪子給秦汐做嫁妝？難道真的是因為京城繁榮的街道沒有什麼鋪子可以買嗎？

「娘、娘，不好了！」秦妙兒慌慌張張地跑了進來。

李氏看見自己女兒嚇得臉色都白了，迅速站了起來。「怎麼了？是秦汐欺負妳嗎？」

秦妙兒對屋裡伺候的丫鬟道：「妳們都出去守著。」

丫鬟迅速福了一福，然後退出去順便將門關上。

「娘，我聽到了一個關於二房的天大的秘密！」

李氏聞言鬆了口氣，好奇道：「什麼秘密？看妳激動的。」

難道是知道了二房在長壽街買鋪子真正的理由？

「我剛剛去找秦汐，無意中聽到她和玉桃說……」

通敵信函？李氏腿一軟，跌坐在圓凳上，臉色蒼白。「妳沒聽錯吧？」

「沒有！我沒有聽錯，馮毅您不是說他突然出了遠門，不知道去哪裡了嗎？他是去了邊疆攔截那信函了。那商隊已經出發一個多月了，馮毅前幾天才去追，能追得上嗎？娘怎麼辦？有人要害我們家，我們不會被誅九族吧？」

李氏臉色一變。「胡說八道！什麼害我們家？我們和二房十幾年前就分家了，分了都快二十年了，我們是兩家人，半點關係都沒有。」

難怪馮毅那天匆匆忙忙地跑了，難怪秦庭韞會突然去找晉王府提起婚約，難怪他連長壽街那些鋪子都買來給秦汐做嫁妝，這是等不及了……想著早點將秦汐嫁出去，免得抄家的時候秦汐那死丫頭會小命不保，只要嫁出去就沒事了。

真是好自私！這麼大的事，瞞著他們大房，這是想他們大房一起給他陪葬嗎？

「可是我們現在住一起啊！抄家的人可不會管分不分家，住一起都會全抓了吧？」

「那便搬，我們搬出去，我們搬回我們那院子。」

「可是，我們那院子小。」

「那也總比住在這裡丟了性命好。這事不要和妳爹和大哥透漏半個字，他們二人要是知道了，絕對不會搬，只會想著和妳二叔一家有難同當。」

「可是我們搬回去，爹和大哥總會問原因啊！」

「這事我去找妳祖母說，妳不用管，只當不知道便是。」

李氏在心裡快速算計著。既然二房都要被抄家了，那萬貫家財都被抄了，多可惜。這個時候，是不是應該轉讓一些給他們大房？

第十五章

傍晚的時候，秦庭韞興奮地走進屋裡。「汐兒，酒樓爹已經買下來了，爹還順便買了幾家鋪子。還有妳那魚餌真厲害，今天爹釣了不少魚。」

今天他去試過了，用那魚餌釣魚，那些魚簡直是搶著上鈎的。有了這逆天的魚餌，就算不出海，他相信都能釣到一些很好的海魚，如此海鮮酒樓的貨源就有比較穩定的保障。

「那我明天去看看那酒樓，好好規劃一下如何修繕。今天我也釣了一些魚蝦蟹回來，已經讓秋菊去處理了，讓爹娘嚐嚐。」

秦庭韞聞言就有點期待了，女兒上次帶回來的魚吃了後整個人特別舒服，連妻子吃了也說腹部暖洋洋的。「這麼多魚，那爹今晚得喝點小酒助興。」

他本來就頗為期待女兒釣的魚蝦蟹會是什麼樣的，可是當差不多像盤子一樣大的梭子蟹和半隻手臂長的大蝦端上來時，見多識廣的他還是驚呆了。

他覺得他剛剛的期待還是太保守，他應該再大膽一些。

秦庭韞迫不及待地向梭子蟹伸出了手。

嚐過肉質飽滿鮮嫩、滿腹蟹黃的梭子蟹和汁鮮肉嫩、鮮甜嫩滑的皮皮蝦後，秦庭韞更是覺得這不僅僅是讓人期待，這簡直是讓人驚豔。

要是海鮮酒樓每天賣的是這麼美味的海鮮，他相信，那酒樓別說是開在長壽街，就算是開在某個旮旯角落都會有人去，絕對客似雲來。

這一頓飯，毫無疑問，秦庭韞和傅氏又吃撐了。

另一頭晉王府，晉王今天邀請忠勇大將軍邱一山來商議軍艦一事。

天元國現有的戰船，晉王覺得速度不夠快，靈活度不夠高，也不夠大，總而言之缺點非常多，甚至比其他國的戰船都要落後了。加上最近兩年南疆海盜越來越猖獗，朝廷的軍船落後，水師也不如海盜威猛，根本奈何不了他們，許多商船陸續被搶，甚至朝廷的商船都被劫了，損失慘重。

皇上為此大怒，勢要打造一支強勁的水師，改造軍船。

只是訓練出一支驍勇善戰的水師容易，難就難在軍艦上，晉王看完了厚厚一疊軍艦設計圖都不滿意。「都不行，讓他們再按我的要求，繼續改良，本王不要虛有其表的軍艦，要實用。」

邱一山便道：「末將會按王爺的要求，讓工匠去修改。」

晉王點頭，他看了一眼外面的天色，然後就說了這輩子最後悔的話。「飯點已到，邱將軍陪本王喝一杯再走吧！」

「好啊！」不拘小節，大剌剌的邱大將軍一口應下。

很快，菜便擺好了，邱一山看著兩隻大蟹，眼睛都亮了。「這是什麼蟹？好大！末將最喜歡了！」

晉王熱情地邀請道：「邱將軍不用客氣，喜歡便盡情吃。」

「那末將恭敬不如從命了。」邱一山不客氣了，他也不知道客氣為何物。

他平時在軍營也和晉王吃過飯，晉王對麾下將士都極好，他自在得很，拿起筷子便挾了一塊魚肉嚐了一口，眼睛一亮。「王爺，這是什麼魚？好吃！」

「這是老五不知怎麼弄回來的，邱將軍喜歡便多吃些，還有蟹和蝦，本王剛剛看著都挺新鮮的。」晉王不甚在意地回道，他還在翻看軍艦的手稿。

邱一山一邊吃、一邊點頭，一筷子下去一大塊魚肉，一筷子下去又一大塊魚肉。

「看來得在民間找一些造船工匠試試，不能完全指望朝廷的工匠。這些軍艦設計簡直換湯不換藥。」晉王反覆翻看著圖紙，想找到亮點，結果越看越失望。

「末將明日便派人去民間船坊找人。」邱一山挾了一隻河蝦嚐嚐，嗯，蝦沒有魚那麼鮮美，於是他的筷子又伸向了像盤子那般大的梭子蟹。

好吃！好吃！真好吃！

待晉王放下圖紙，正打算好好用膳時，卻發現魚只剩下魚頭和魚尾，梭子蟹只剩下一堆蟹腳，而邱大將軍正大口大口的啃蟹腳。

邱一山將有頭有尾的魚和一堆蟹腳推到晉王面前。「王爺，這螃蟹非常鮮甜美，簡直絕了！您快嚐嚐！」
晉王看著眼前的杯盤狼藉。
嚐什麼？嚐魚骨頭還是嚐蟹殼？
邱一山打了個飽嗝，看了魚頭一眼，忍痛割愛般地道：「王爺，魚唇和魚臉上的這塊肉，最嫩，我都留給您，您吃不吃？不吃，末將就將整個魚頭也吃了，別浪費。」
貴人飲食最刁鑽，聽說只吃魚唇和魚臉肉，和他這粗人不一樣，他喜歡大口吃肉。
邱一山直接忽略晉王在軍營的飲食。
晉王黑臉，咬牙。「邱將軍吃飽了？」
邱一山點頭。
「滾吧！」他不想再看見他。
「哦，那屬下告退。」邱一山一臉惋惜地看了魚頭一眼，戀戀不捨地退了下去。不怕，明日再來便是！想到這，他便心滿意足地離開了。
晉王在邱一山離開後，直接往老五的院子去。
一刻鐘過後，只來得及嚐了一口魚肉的蕭暻煜看了一眼面前的魚頭和蟹腳，抬頭，面無表情地看著自己老子。
晉王拍了拍他的肩膀。「小五，魚唇和魚臉肉最嫩滑，父王特意留給你了。這魚和蟹哪裡來的？以後每天都弄些回來吧！記得。」

說完，晉王心滿意足地走了。

這魚和蟹是他吃過最好吃的魚和蟹，沒有之一。而且怎麼感覺吃完通體舒暢？身體的舊傷都不疼了？

敢怒不敢言的蕭暻煜直接跑到了蕭暻玹的屋子。「四哥，你還是盡快將四嫂娶進門吧！」

蕭暻玹看著猴急的弟弟一頭霧水。

皇宮，皇上一個人吃完了兩條魚、兩隻蟹，通體舒暢。

他心滿意足地伸了個懶腰，接著想到什麼便道：「佛跳牆，去請司天監過來。」

「是！」

司天監很快便帶著羅盤和一本厚厚的通書來了。「微臣參見皇上。」

「愛卿免禮，暻郡王大婚的日子可擇好了？」

「回皇上，明年十月一日和十二月十二日乃大吉之日，諸事皆宜，均可作大婚之用。」

明年十月？豈不是還要等將近一年？

皇上皺眉。「上半年有哪些大吉之日？」

司天監翻看著紀錄。「上半年三月初五、六月初四、七月初九，均是黃道吉日。」

皇上直接道：「那暻郡王大婚便定在三月初五。」

可以等三個月，為何要讓朕等一年？當然儘早！
司天監道：「可三月初五乃晉王府三爺大婚之日。」
皇上一錘定音。「那豈不更好？喜上加喜！」
「回皇上，現在離明年三月只剩下三個月，禮部恐怕來不及準備。」
皇上擺手。「暻桓的婚事定了這麼久，一切事宜應該準備得差不多了，就這麼定吧！讓禮部盡快盡力準備好暻郡王大婚一切事宜。」
「是！那楚王世子大婚之日，皇上定哪天？」
皇上道：「楚王世子大婚之日，讓楚王去選吧！」
這個又不急。他操心完兒子的婚事就算了，難道還要操心孫子的嗎？什麼道理！
司天監嘴角抽了抽。「是！微臣這就下去安排。」
皇上點頭。「讓禮部抓緊一點，萬不可怠慢了暻郡王妃。」
小丫頭這是沒將自己放在心上啊！
今天的魚竟然沒有自己的份，他那份還是從戶部尚書和趙首領手中奪過來的。幸好他早早就派人在城門等著，不然估計蟹腳都沒有一隻。
必須對汐丫頭好一點，讓她感受一下來自皇祖父滿滿的愛，至少分魚的時候別忘了自己。

秦汐陪爹娘用完晚膳，正準備回汐顏院，古氏身邊的丫鬟就來傳話說請秦庭韞和傅氏到松鶴院一趟。

秦汐便道：「爹，娘，我陪你們一起去吧！」

秦庭韞自然不會拒絕，他對丫鬟道：「給姑娘披上披風。」

一家三口很快便來到了松鶴院。

三人行過禮落坐後，秦老爺子對秦庭韞道：「老二，你們搬到京城也有月餘了，也算穩定下來。當初我和你大哥一家搬過來是擔心你在京城沒有根基，會被人看輕，你大哥好歹有個官身能護你一二，汐兒也能借此說上一門好親事。現在汐兒已經得了一門好親事，以後你和晉王府有了姻親關係，在京城也無人敢隨意欺負，爹便想著明日我和你大哥一家就搬回松樹胡同的院子。」

秦汐垂眸，遮住眼底的譏諷，說得真好聽。

秦庭韞一驚。「爹，為何？可是在這裡住得不舒服？」

傅氏也忙道：「爹，娘，是不是兒媳有照顧不周的地方？」

秦老爺子擺手。「與你們無關。你也知道你大哥在員外郎這個位置已經坐了多年了，現在好不容易有機會往上提一提。而你和你大哥分家已經十幾年，現在住一起難免會有人說他占兄弟的便宜，彈劾他貪圖享樂，或是父母也不養，爹想著還是要小心為好。當然主要是現在你在京城站穩腳跟了，不需再依靠你大哥了，不然爹也不會搬的。」

秦庭韞明白了。「這不至於吧！」

秦老爺子堅決道：「萬事小心為上，就這麼定下，明日我們便會搬走。」

古氏這時開口道：「老二，我們搬是搬定了。你現在是不是正在買鋪子給秦汐準備嫁妝？你也知道松樹胡同那院子逼仄，你要是心疼我們兩老將你拉拔大不容易，你順便給我們買個大院子，再置辦一些鋪子吧！還有晟宇和妙兒年紀不小了，也到了說親的年紀了，與其你那些銀子被……」

秦老爺子咳了咳。

古氏馬上改口道：「反正有備無患，你提前給他們買些院子和鋪子當作添妝。以後汐兒嫁入晉王府，晟宇這個大哥可是她的依靠。」

秦汐笑道：「祖母說得對，應該買的，雖然早分家了，分家不分情分，打斷骨頭都連著筋，自然是共同進退，有福同享，有、難、同、當。」

說到最後幾個字，秦汐故意放緩了速度。

古氏心尖顫了顫。

誰要和她有難同當?!這死丫頭該不會是想著拉他們下水?作夢！

古氏隨即道：「分家就分家了！不是一家人，是兩家人，不然當初分家還有何意義？」

「啊？」秦汐滿臉迷惑，似乎有點反應不過來的樣子。

秦庭韞皺眉。這是什麼話？

秦老爺子想到什麼趕緊擺手道：「不必買院子，松樹胡同的院子就很好。妙兒和晟宇還沒成親，談何添妝？不用管你娘的話，這事就這麼定了，明日我們兩老便和你大哥一家搬出去。我的六十大壽也在松樹胡同的院子裡舉辦，今天叫你們過來說的就是這事，已經說完了，老二媳婦妳和汐兒回去休息吧！老二你留下。」

錢財這些身外之物好說，只要願意藏，總還是有的。

現在最重要的不是這些，而是如何避開這災難。老二也是他兒子，自己不可能不擔心他。

秦庭韞便對妻女道：「夫人，妳和汐兒先回去。」

然後秦汐和傅氏便離開了，只有秦庭韞一個人留了下來。

出了松鶴院，天空不知何時紛紛揚揚的飄起了雪花，秦汐對傅氏道：「下雪了！娘，我們在這裡等等爹吧！」

傅氏溫柔地幫秦汐攏了攏狐毛披風。「好。」

半晌，秦庭韞黑著臉走了出來，看見妻女竟然還候在長廊一角，他趕緊按捺住滿腹怒火和心寒，揚起笑臉上前拉住妻子的手，笑道：「天氣冷，怎麼等在這裡？」

傅氏笑了笑。「汐兒說要等你。」

秦汐伸手一左一右挽住兩個人的手臂。「下雪了，不想讓爹一人面對風雪，我們一起回去。」

秦庭韞心中一顫，鼻子一酸，剛剛自己爹讓他私下簽下斷親文書，並且讓他偷偷轉運一些金銀財寶到大房那所帶來的滿腔怒火和心寒，在這一刻都被撫平、被溫暖了。

關於通敵信函一事，他從未想過株連大哥和三弟一家，斷親文書早就暗中寫好了，也在努力給三兄弟安排退路。

可是這些事自己主動去做和對方要求你做，一副怕被你株連，恨不得和你斷絕關係又惦記你的財物，那感受又怎麼能一樣？

「好，我們一起回去。」

這是他的妻女，不離不棄的至親，這才是家人，他會窮盡一生去守護她們。

一家三口的身影漸行漸遠，最後在紛紛揚揚的雪花中，融入了夜色裡。

下雪了，冬天來了，春天還會遠嗎？

風雪裡，司天監命人將聖意傳給了禮部尚書。

禮部尚書只能連夜通知自己的屬下回衙門加班，得知加班的內容是給暻郡王擬聘書和禮書後，禮部的官員表情個個精彩萬分，幾人忍不住小聲議論。

禮部郎中問：「皇上為何對商戶女出身的暻郡王妃如此看重？」

這賜婚的聖旨偏頗得如此明顯就算了，婚禮急不可耐也算了，竟還特意叮囑萬不可怠慢，哪個皇孫娶妻有如此待遇？甚至連太子當初娶太子妃時，皇上都沒交代半句，一切都由禮部操辦。

禮部侍郎看向禮部尚書。「大人，國庫最近是不是缺銀子？」

禮部尚書瞪了兩人一眼。「國庫什麼時候不缺銀子？皇上是那樣的人？不可胡說八道！照辦便是。暻郡王可是皇孫裡頭除了襄郡王外的第一人，他的親事你們都給本官打起十二分精神。」

老謀深算的禮部尚書摸了摸鬍子，看了一眼外面飄飛的風雪。這天啊，說變就變的，天上那麼多雲朵，誰知道哪朵藏了雷霆之勢？

兩人恍然大悟，皇上看重的不是暻郡王妃，而是暻郡王。也對，邊疆不知何時又有戰事，暻郡王難得回京，的確該盡快辦。

禮部尚書又道：「好了，天色不早了，你們趕緊擬好聘書和禮書，一會兒便給晉王府送去，明日便派人去秦家給暻郡王妃量身趕製禮服。」

禮部侍郎忍不住道：「今晚就送？這禮單擬好後時間就不早了，無須如此急吧？到時候晉王府恐怕都落鎖了吧？」

其他人紛紛點頭，聘書和禮書而已，明天一早上衙時再送不行？

禮部尚書淡淡地道：「沒見皇上都等不到明天再找司天監嗎？司天監說皇上挺急、挺重視的，你們敢拖？」

幾人臉色一變。不敢！

於是晉王妃都歇下了，大半夜的，又接到禮部遞過來的聘書和禮書，那表情真是一言難盡。

晉王還在書房看兵書，得到消息時以為有什麼事，便從書房趕了回來。「王妃，剛剛聽說禮部來人了？是何事？」

晉王妃表情複雜地將手中的聘書和禮書交給晉王，然後道：「父皇將暻玹和暻桓大婚的日子定在同一天，是怎麼想的？三月初五大婚，要走完三書六禮，這時間也太急了。王爺是知道老三的聘禮我可是準備了大半年了，正準備過兩天送過去。兩人婚禮在同一天，老四的聘禮哪裡來得及準備？」

晉王不喜歡舉辦宴席，覺得能夠舉辦一次宴席便將兩個兒子的親事都解決，還挺省事的，他道：「這個好辦，妳按給老三媳婦的聘禮再添上一些，給老四媳婦準備一份就行。」

晉王妃聞言遲疑了。「這恐怕不妥吧！我看著禮部的禮單定的聘禮已經比暻桓那份要高了。暻桓的媳婦到底是伯府出身，暻玹的媳婦只是商戶出身，要是給暻玹媳婦的聘禮我們晉王府再添上一些，那可不只是高上一點點了。臣妾怕暻桓和伯府那邊會多想。」

晉王妃想到秦家和林家辦的事，她就不喜，並不想給她們這份體面。若不是娶妻的只是庶子，加上皇上賜婚，這親事她必然退了。

晉王擺手。「王妃多慮了，老四的身分乃郡王，娶郡王妃的聘禮自然要比老三高一些。妳看禮部這份禮單也比老三的高。當然也不需太高，多添上幾件便是。」

晉王妃聞言只能道：「是。」

那她便多添上幾件小玩意兒吧！

第十六章

第二天，秦汐醒來便進了小島，一眼便看見了海水裡多了一條十幾斤左右、大腹便便的石斑魚和一群小小的黃魚魚苗，個頭還很小，但是可以養，不急。水底的沙子上還有幾隻魷魚和一群大大小小的羅氏蝦在活動。

因為石斑魚有魚蛋，而黃魚還沒長大，都不適合吃，秦汐決定今天就吃魷魚、羅氏蝦，還有已經長大的秋刀魚。

秦汐又回到島上收了已經成熟的水果和糧食，看了一眼昨晚種下去的新種子。

玉米和馬鈴薯的長勢良好，今晚應該可以收了。其他幾樣種子也長出來了，有迷迭香、茉莉花、玫瑰花，還有三種小樹苗，芭樂、白橡木和柚木。

這些種子一共花了五百兩，但是超值了。

不說玉米和馬鈴薯，只說兩樣木材。白橡木可以做家具，還可以做酒桶，用白橡木做的酒桶釀製的葡萄酒不僅帶著橡木的醇香，而且口感特好。而柚木更是做船和軍艦的天選好材料，耐水、耐火還耐腐蝕。用柚木做的船，壽命比杉木或者榆木的要長，只可惜海島的地方有限，不能大面積種植。

秦汐環顧了一下整個海島，決定少種一些蔬菜，騰出一些地方種木材，到時候造船、做酒桶。

秦家有商隊出海，每六、七年便會淘汰一些商船，一艘出海的大商船價格可達數千兩，成本極高。用柚木做的船能用三十年左右，而且柚木炸裂時產生的木屑少，經久耐用又更安全。

將小樹苗安排好，秦汐又開始鍛鍊身體，做完了才出海島。

今天大房一家搬走，秦汐一邊梳洗、一邊問道：「玉桃，老太爺和大伯娘那邊都安排人去幫忙了吧？」

玉桃笑道：「奴婢一早就帶著人親自去幫忙收拾行李了，順便清點了一下各個屋裡的擺件，收回庫房。」

玉桃只要想到李氏和秦妙兒看見她拿著清單的表情，就想笑。哼，想將屋裡價值非凡的擺件都放到箱子裡打包走？沒門！

秦汐點了點頭，她就是要大房一家如何搬進來的，便如何搬回去，不帶走一片雲彩。梳洗完後，秦汐又去陪傅氏和秦庭韞用早膳，然後一家三口再去送秦老爺子和大房一家。

大房一家已經打包好行李了，所有東西加起來只有三輛馬車。

古氏和李氏的臉色很不好看。

秦老爺子對秦庭韞道：「老二，你自己以後萬事小心，我們搬回去了。」

秦庭韞點頭，然後對李氏道：「有勞大嫂照顧爹娘了，大哥和晟宇那邊……」

李氏笑道：「我已經派人通知相公和晟宇了，二弟放心吧！」

秦一鳴外出辦事，秦晟宇在書院裡讀書，休沐才回來，因此二人均不在府裡。

秦庭韞點頭。

傅氏笑著對李氏道：「大嫂有空多帶妙兒來玩。」

李氏笑了笑。「有時間一定過來，只是這孩子也到說親年紀了，我正想管管她。二弟妹，時間不早了，我們先回去了。」

說完便拉著秦妙兒上了馬車，並讓車伕趕車。

秦老爺子道：「好了，爹也走了。」

秦庭韞親自扶兩老上了馬車，本想回頭騎馬親自送兩老回松樹胡同，這時，一輛由兩個禁衛軍護送的馬車在府門前停了下來。

秦庭韞上馬的動作一頓。

馬車裡下來了一位年長的女官和兩名較為年輕的女官。

三名身穿宮裝的女官走了過來，對著秦汐和秦庭韞夫婦恭敬地福了一福。「秦老爺，秦夫人，秦姑娘，奴婢乃禮部司女官楊萍、馮雨、鍾琴，奉皇上之命特意前來為秦姑娘量身縫製大婚禮服。」

秦汐愣了一下。怎麼會有女官上門？蕭暻玹沒有去退婚嗎？

傅氏也驚訝竟然這麼快就有女官上門量身，但她還是挺高興地笑道：「有勞了，三位大人請進。」

秦庭韞也道：「有勞了，三位請。」

態度不卑不亢，溫和有禮，沒有某些商戶遇到官員時的阿諛奉承，禮節拿捏得恰到好處。

三位女官對這個商戶之家，有了新的認知，再看一眼秦姑娘的模樣，好像有點明白皇上為何會將她賜婚給暻郡王為妃了。這也太美了，簡直冠絕京城！

三人不動聲色地跟著走了進去。

不遠處緩慢向前的馬車裡，李氏撩起簾子看著這一幕，心中震驚，忍不住低聲呢喃。

「楊司制親自來？這怎麼可能？」

秦妙兒不認識。「楊司制是誰？」

李氏便解釋道：「楊司制是禮部司裡面負責禮服這一部分最大的女官，當初太子妃大婚也是由禮部的女司制親自上門量身，可到了襄郡王妃大婚時就沒這殊榮。

「妳還記得林如玉之前量身，禮部只派了一名沒有官職的宮女嗎？現在給秦汐量身訂製禮服，竟然是楊司制親自帶著左右兩名女官前來，秦汐這死丫頭怎麼能得到如此殊榮？」

李氏都有點懷疑自己一家搬回去是對還是錯了，感覺皇上特別偏愛秦汐啊！

秦妙兒抿唇。「她只不過是蹭了暻郡王的光罷了，有何了不起？」

沒有暻郡王，誰知道她秦汐是誰？等到通敵信函被揭發，看她還能否如此得意。

李氏也想不到其他原因。

這兩天，整個京城最受關注的無疑就是秦府，因此禮部司的楊司制奉皇上之命親自帶著左右副官上門給秦汐量身的消息，第一時間就被各大世家知道了，有人驚訝，有人憤憤不平，有人委屈。

晉王妃聽說後，沈默了一下，便道：「給秦家那份聘禮再添上一座半人高的紅珊瑚，還有我陪嫁的那一套紅寶石頭面和兩疋織金雲錦。準備好後便拿去給王爺看看，沒問題今天就給長春伯府和秦家送去吧！」

她身邊的嬤嬤聞言一怔，然後笑道：「王妃雅量，老奴這就去安排。」

晉王妃搖了搖頭，雖然她看不上秦家女和林家女那些小動作，但是既然皇上多次抬舉，她自然也知道如何做。

貴為王妃，又是一等勛貴護國公府出身的嫡女，這等氣量她還是有的。

王府下聘是大事，更何況是同時給兩家下聘，一下子便驚動了晉王府各院子的人了。

二爺的媳婦何瑩瑩打探到王府給秦家的聘禮，竟然比自己當初的還要高上一些，心裡憋屈，忍不住來花園散步，正好遇到在暖亭裡用梅雪煮茶的世子妃。

她彷彿看見了隊友一般，走了進去，傾訴心中的憋屈。「大嫂知道了秦家的聘禮了嗎？一個商戶女需要給那麼多聘禮？也太抬舉她了！」

禮部準備的那份聘禮比她的多，王府準備的聘禮也比她的多，大家都是嫁入晉王府，憑什麼啊？皇上腦子都不知道怎麼想的。

「秦家有恩於父王，這是應該的。」世子妃淡淡地回了一句。

她自然也是覺得憋屈才會出來煮茶的，畢竟那聘禮和她當初的相比都有過之而無不及了。但她就算不高興，也不會表現出來，不會說什麼，這點風度她還是有的。

何瑩瑩翻白眼。「大嫂妳就是脾氣好，有恩又如何？一個商戶女，能讓她嫁入晉王府和我們平起平坐，就是天大的恩賜了，這還不夠報恩嗎？」

「或者秦姑娘還有什麼過人之處我們不知道。」

「她能有什麼過人之處，刁蠻潑辣嗎？」

不遠處兩道黑色的身影正好經過，出梅林後，蕭暻玹對身後的長平道：「打探一下府中什麼時候給秦家下聘，在庫房裡多挑幾箱東西一起送過去。你親自走一趟。」

「是！」

另一頭，晉王看過王妃身邊的嬤嬤送來的禮單後，只道：「王妃安排得極好，就按這禮單辦吧！」

等嬤嬤離開後，他又對自己身邊的人道：「你在本王的私庫裡挑幾樣好的東西添上去。」

這麼少東西，他擔心秦老弟覺得女兒嫁過來是吃苦的；再說，到時候嫁妝太多，聘禮太少，他的老臉往哪裡擱？

長春伯府離晉王府比較近，給林如玉下聘的隊伍先到了。

秦霞得知晉王府竟然同時給秦汐和自己女兒下聘本來有點不高興的，可是看見一抬一抬的聘禮擺滿了院子時，她又高興了。

這時晉王府的一名家丁還交給她一個精緻的木匣子。「這是三爺特意給林姑娘的，麻煩夫人轉交給林姑娘。」

秦霞更高興了。「三爺真是有心了，代我謝謝三爺。」她熱情地送走了前來送聘禮的王府眾人後，便匆匆拿著聘書和禮書去給林如玉看。

「如玉，妳看這聘禮挺豐厚的，比之二爺娶妻時好像還多了一些。」說著，她又將一個精美的木匣子遞給林如玉。「這是三爺特意給妳的，可見三爺這是將妳放在心上了。看妳這兩天還擔心他生妳的氣，現在可放心了吧？」

林如玉今天的臉才消腫，恢復了本來的美貌，她的心情本就好了一點，現在是更好了，她羞紅了臉道：「桓哥哥對我的心意，我自然是知道的。」

林如玉心裡甜如蜜般的打開盒子，露出裡面一支通體雪白、沒有半點雜質的和闐玉玉蘭花髮釵。

丫鬟驚呼。「小姐，這玉簪一看就非凡品，和小姐冰清玉潔的氣質實在是太相配了！」

秦霞笑道：「如此上等的和闐玉極是難得，三爺有心了。」

林如玉心裡更高興了。

幸好，桓哥哥還是將她放在心上的。他曾經以玉蘭花比喻她冰清玉潔，德藝雙馨。

秦霞見她一副心思都在蕭暻桓身上又忍不住提點道：「娘告訴妳，成親以後，只要抓住了三爺的心，妳就什麼都有了。不必因為那些小妾和三爺置氣，知道嗎？以後嫁入晉王府也好好地和秦汐相處，一定要將她重新拿捏住。」

林如玉聞言想到晉王府今天也給秦汐下聘了，她忍不住道：「也不知道晉王府給秦汐的聘禮和我的是不是一樣。」

秦霞眼裡閃過不屑。「那怎麼可能？咱們是伯府，秦家只是商戶，豈能一樣？」

丫鬟最會討林如玉歡心，忙道：「沒錯，小姐是伯府千金，表小姐只是商戶女，小姐不知道比表小姐矜貴多少，豈是她能比的？小姐這聘禮定然比表小姐多了去了。再說，小姐這裡還有三爺額外送的聘禮，暻郡王當日可是親口說要取消婚約的，他會給表小姐送髮釵嗎？」

林如玉聞言更高興了，她拿起白玉蘭花髮釵，插在髮間。「娘，我去秦府給表姊道喜。」

秦家剛剛送走了禮部司的三位女官，秦汐正想出門，浩浩蕩蕩的聘禮隊伍便到了。

秦府的前院很大，可是一箱箱的聘禮還是將整個院子填滿了，甚至放不下，有幾個箱子只能擺放到了府門之外。

秦庭韞看著禮單的內容很高興，從這聘禮足以見得男方對女兒的看重。

長平指著角落特別精美的十個箱子，對秦庭韞道：「秦老爺，這幾個箱子是郡王特意添上的，那個箱子的東西是晉王額外添上的。」

秦庭韞聞言更高興了。「王爺和郡王有心了，麻煩長平侍衛替草民和汐兒謝謝郡王！」

長平點頭。「小的會轉達的，小的回去覆命了。」

傅氏看了一眼迎春，迎春立刻給每個送聘禮的人一人一個荷包。「都沾沾喜氣，喜氣洋洋。」

荷包分量十足，送禮的一行人都高高興興地離開了。

秦庭韞笑著將禮書給了馮管事。「馮管事，你好好對一下，然後搬入姑娘的庫房。」

馮管事高興地應下。

秦汐皺眉。下聘就是三書六禮中的納徵，納徵者，納聘財也。徵，成也。先納聘財而後婚成。經此禮儀，婚約算是完全成立了。

她忍不住低聲咕噥。「他為什麼沒去退婚？」

玉桃嚇了一跳。「姑娘說什麼？」

退婚？這是皇上指婚，退婚就是抗旨不尊，那可是要砍頭的！再說，暻郡王那麼好，為什麼要退親？

秦汐捏了捏眉心。「沒有，我隨口胡說的。」

這個朝代，沒有人敢抗旨不尊，她的爹娘也不例外。最重要的是，這親事還是她爹親自去提的，最好的辦法，還是從蕭暻玹那裡入手。

她知道蕭暻玹每天都會去軍營，她去軍營的必經之路等他便是。

一會兒就去軍營附近釣魚。

秦汐回到屋裡，讓石榴收拾東西，再多拿一個木桶，正打算出去釣魚，林如玉卻來了。

林如玉來的時候，家丁們已經將大部分聘禮搬入庫房了，只剩下十幾箱在院子裡。

林如玉一看這寒酸的架勢，心裡就舒服了。

看來在晉王府眾人心中，自己這個伯府千金，比她這個商戶女還是要高一等的。

林如玉笑道：「恭喜表姊，以後表姊和我一起嫁入晉王府，咱們就有伴了。這些是晉王府給妳下的聘禮？」說著她又摸了摸頭上的白玉蘭花髮釵。

秦汐挑眉，這是來炫耀的？

林如玉的丫鬟珍珠驚訝地道：「這看著怎麼有點少啊？我家小姐的聘禮可是擺滿了整個院子，而且三爺還另外給我們小姐添了一支髮簪。」

林如玉聞言皺眉呵斥。「珍珠，閉嘴！不要胡說八道。」

珍珠忙低下頭，一副說錯了話的模樣。

林如玉安撫道：「表姊，妳不要聽珍珠胡說八道，我的聘禮也沒多少，再說這聘禮是多是少都是禮部按規制準備的，都是有定數的。」

玉桃也聽出兩人是來炫耀的了，她故意問道：「表小姐，三爺就只送了您一支髮釵嗎？」

林如玉表情一僵，什麼叫就只送了她一支髮釵？這髮釵是和闐玉做的，她知不知道這種水頭的和闐玉價值非凡？

珍珠忍不住道：「這是和闐玉，通體潔白無瑕，這麼上乘的玉釵，可遇不可求。」

玉桃指了指旁邊剩下的十幾個箱子。「表小姐誤會了，奴婢不是說三爺送給您的髮釵不好，奴婢只是驚訝三爺只送了一支髮釵給您。您看這十個箱子的東西都是郡王私下給我家姑娘添上的聘禮。」

說著她順手打開箱子，露出裡面放得整整齊齊、大大小小精美的木匣子。

玉桃隨手打開最上面的木匣子，一顆拳頭大小的夜明珠出現在林如玉眼前。

上等的和闐玉確實難得，可是夜明珠比和闐玉更難得。

林如玉瞪大眼。

這是暻郡王另外給的，這怎麼可能？一個要取消婚約的人會額外添上聘禮？她不信！

這時馮管事拿著禮單出來，繼續指揮家丁搬剩下的箱子。

玉桃直接拿過馮管事手中的禮單打開，給林如玉看。「這是晉王府給我家小姐的禮單。」

這份禮單比之當初晉王世子娶妃的聘禮也差不多了，玉桃相信林如玉的聘禮絕對不會這麼多。畢竟她家姑娘嫁的是郡王，而林如玉嫁的是庶子，能比嗎？

林如玉看著一長串的禮單，比自己那禮單多了不是一星半點兒，臉色難看到極點。

怎麼可以這樣？她是伯府千金，秦汐只不過是一個商戶女，晉王府怎麼可以幹出如此失禮之事？這也太欺負人了！

玉桃再補上一刀。「表小姐說得對，這聘禮都是有規制的，郡王妃的聘禮和普通人自然是不同的。」

林如玉臉都黑了，恨不得撕了玉桃的嘴。

誰是普通人了？她嗎？她看向秦汐，她就不管管丫鬟？

秦汐懶得和林如玉周旋，淡淡地補刀。「表妹的嫁妝準備好了嗎？我的嫁妝還沒繡好，失陪了。」

林如玉身軀一震。

是了，還有嫁妝。她和秦汐同一天嫁入晉王府，要是自己的嫁妝比秦汐少，那不是很難看？不行，她絕對不要被秦汐壓一頭。

林如玉僵硬地笑道：「我就是來給表姊道喜的，我這就回去繡嫁妝。」

說完便匆匆離開了，她得快找娘想辦法。

第十七章

秦汐在林如玉離開後，便出發去釣魚了。

這次她選擇了軍營附近的一條河流。

蕭暻玹要是從軍營回京，必然會經過上面那條官道。

秦汐照例找藉口支開了石榴一會兒，然後將魚倒進木桶裡，待到石榴回來後，她才和她一起坐下來慢慢釣。

一直等到天色漸暗，秦汐才聽見一陣馬蹄聲由遠而近。

長平騎著馬跟在蕭暻玹身後，一眼便看見了在河邊釣魚的秦汐和石榴。

他忙提醒道：「主子，秦姑娘。」

蕭暻玹也看見了，但他的馬速並沒有慢下來，目不斜視地繼續往前走。

秦汐對著蕭暻玹揮手，示意他停下來，沒想到他看也不看自己一眼，她可是在這冰天雪地裡等了大半天了，她直接大聲喊道：「蕭暻玹！」

長平恨不得沒長耳朵。

秦姑娘好歹是富家千金，這中氣十足的呼喚，她就不要形象嗎？

蕭暻玹聽見了，這次倒是一勒馬韁，停了下來，看過去。

秦汐迅速往官道走去。

蕭暻玹皺眉，有點嫌她慢，他直接翻身下馬，下了官道，在離她三尺遠的距離停下，淡淡地問道：「何事？」

秦汐上前幾步，蕭暻玹就後退幾步，讓她頓時無語。

既然一副避女子如蛇蠍的模樣，為什麼不退親呢？

秦汐站著不再上前。「郡王不是說婚約取消？為何不退親？」

蕭暻玹看了她一眼，淡淡地道：「那是皇上賜婚，抗旨不尊，乃殺頭之罪。」

騙誰？他是怕抗旨不尊的人嗎？上上輩子他就試過抗旨不尊。

可是這話秦汐不能說。

蕭暻玹似乎看出秦汐想退親，他只當她想不到抗旨退親的後果，便道：「聘禮已下，現在退婚已是不可能。令尊對本郡王有恩，本郡王有意報恩，可本郡王不喜女色，秦姑娘若是不想成親，我們可以假成親，一年後，再和離。那時本郡王會放出風聲，本郡王不喜女色，如此對秦家和對秦姑娘的名聲都比較好。」

那時候過錯在他這邊，而且她還是清白之身，想另嫁不難。要是現在抗旨退婚，誰敢娶一個惹他不喜，又被皇上賜過婚的人？

秦汐腦子亂了。假成親？契約婚約？這演的是現代霸總那一齣嗎？

「當然，要是秦姑娘不想和離，那妳永遠是郡王妃。秦姑娘有了郡王妃這身分，可以做的事很多，至少秦家不會輕易被人對付。」說完這話，蕭暻玹便轉身離開了。

他向來很少和女子交談，今天能和她說那麼多，也是看在她爹的面子上。而最後一句，是因為他已經從雲岫那裡聽說了她做的事，發現了某些事情，察覺到了她的目的。

秦汐一怔，最後那一句話是什麼意思？

她看著他大步離開的背影，若有所思，她聽出他是以他的角度來為他們家考慮的。上上輩子，秦家出事的時候，他和晉王都去了邊疆打仗，回來後，他第一時間便收集證據，為自己家平反，這人的人品其實是不錯的。

一年後再和離？

她其實不在乎自己被退親的名聲，只是不想讓爹娘擔心而已，她也不打算在這古代那麼隨便地找個人成親，要是一年後和離，爹娘應該不會再想將她嫁人了。

石榴見秦汐不動，便道：「姑娘，我們回府了嗎？」

秦汐回神。「走吧。」

她先上了馬車。

石榴馬上將三桶魚搬上馬車，然後駕著馬車離開。為了避免桶裡的水濺出來，她緩慢而平穩的駕著馬車。

蕭暻玹本想速度飛快地騎著馬離開，突然他回頭看了一眼後面的馬車，又看了一眼天色，皺眉，放慢了速度，於是後面的馬車一直在他視線範圍裡，直到看見了城門，他才加快速度離開。

蕭暻玹回城後，直接去了如意茶館見雲岫先生。

蕭暻玹直接問道：「那兩個西戎探子有沒有消息？」

唐修搖了搖頭。「沒有，我懷疑是不是被秦家那小丫頭坑了。」

雲岫先生只是唐修的化名，唐修乃鎮國公府大公子。

蕭暻玹搖頭。「不會。」

很明顯地，她這是無意中知道了些什麼，或者說察覺到有人盯上了秦家，想借他們的手將人揪出來。

「周通鐵鋪那邊有什麼動靜？」蕭暻玹又問道。

唐修聞言又搖了搖頭。「這兩天都沒有動靜。」

蕭暻玹站了起來。「好好盯著。」

唐修見他要走了，忙問道：「秦姑娘現在是你未過門的妻子，這銀子還收不收啊？」

他本來以為蕭暻玹會退親的，沒想到他竟然沒退親，聘禮還主動又添了十箱東西進去，這是陷進去的節奏啊！

蕭暻玹淡淡地道：「為何不收？」說完他抬腳便走了。

唐修張目結舌。

你說的，到時候別怪我。敢收媳婦的銀子，這是作死的節奏啊！

蕭暻玹正準備走出如意茶館，正好看見秦汐走進來，他直接拐了個彎，繞過幾張桌子，離秦汐遠遠的，大步往大門走去。

秦汐嘴角一抽。

很好！她可以放心嫁給他了。

不過，她也確定了一件事，這如意茶館和蕭暻玹有關。

雲掌櫃看見秦汐來了非常熱情地道：「秦姑娘歡迎光臨，雲岫先生就在雅間，小的送您進去。」

秦汐點頭。「有勞了。」

秦汐被雲掌櫃熱情地請進雅間，順便送上了水果和點心。

「秦姑娘請慢用！」雲掌櫃笑著道。

這位就是未來的女主子啊！必須伺候好，不然依著自家主子剛剛將人當成洪水猛獸的態度，誰能和他過得下去？遲早得和離，他必須幫主子盡一下心。

秦汐看了一眼桌子上的水果和點心，沈默了一下。

前兩次可沒有這待遇……

她更加確定如意茶館背後那位皇子皇孫，應該就是蕭暻玹了。

這樣的話，她可以徹底放心地將她知道的西戎那邊的消息說出來。

蕭暻玹七歲便跟隨晉王在邊疆駐守，取下了好幾個西戎猛將的首級，他和西戎就是死敵。

雲岫先生笑道：「秦姑娘是來看冊子的嗎？」

雲岫先生將高高一疊冊子推到了秦汐面前。「這兩天的紀錄都在這裡。」

秦汐沒直接翻冊子，而是道：「不僅是看冊子，我是來賣情報的，也是關於西戎國的情報。那天我還聽見了那兩個探子的對話，只是聽得不清，而且他們說得太快，我一時反應不過來，現在我突然想起來了。二萬兩，絕對物超所值，雲岫先生要不要聽聽？」

雲岫先生嘴角抽了抽。

現在突然想起來？將他當三歲小孩哄騙嗎？他信她個大頭鬼！這分明就是分開賣，想多賺點銀子。

這兩夫妻真的是絕配又有默契，一個前腳剛走，一個後腳就來；一個堅決要收銀子，一個拚命想將銀子賺回去。不湊在一起，簡直天地不容！

「秦姑娘請說。」

他也不討價還價了，反正來來去去都是他們兩夫妻的銀子，別拿他一個打工的來回瞎折騰。

他也看明白了，這十萬兩遲早會回到眼前這位的袋子裡，現在都還回去將近三分之一了。

「我隱約聽見那兩個探子說，會在過年的時候發兵，他們會盡快用鼠疫拖住晉王和暻郡王。」

之前不說出來，就是擔心這如意茶館背後那位龍子鳳孫是不是晉王府的對頭。本來打算私下告訴蕭暻玹的，但是，現在可以放心來這裡換點銀子了，畢竟她還在負債中。

雲岫先生瞳孔一縮。「此話當真？」

「我無意中聽見的是這樣，也不知道是不是真的，雲岫先生可以去查一查。只不過現在我也不知道那兩個探子在哪裡，這個不用問我。關於這事，我知道的就只有這麼多了。」秦汐拿起冊子開始看了起來。

探子的確是有，蕭暻玹染上鼠疫也是真的，但這些事都是前世發生過後，她才知道的，因此她也不知道探子在哪裡。

雲岫先生突然明白她上次為何沒有一次說清楚了。

這是怕被晉王府的對頭知道吧？這事太大，後果太嚴重了。要是晉王和暻玹染了鼠疫，那軍營裡的士兵都會染上，此時西戎再發兵，後果不堪設想。

他站了起來。「秦姑娘慢慢看，在下有事失陪。」

「雲岫先生隨意。」秦汐看著冊子，不甚在意地回了一句。

不是那麼急的，因為沒那麼快染疫，至少還有好幾天的時間，但是這話不能說，再說他們查出來也要時間。不過，她相信，以蕭暻玹的實力，既然知道了對方的陰謀，便能查出來，並且躲開的。

秦汐一邊看著冊子的紀錄，一邊吃著點心，發現這點心做得還挺好吃的，便多吃了兩塊。

很快秦汐便看完了所有冊子，沒什麼發現，她便直接離開了。

雲掌櫃熱情地送走了秦汐，回頭進來收拾東西的時候，看見桌子上的點心少了好幾塊，他全數記住了。

下次郡王妃來時，他繼續準備。

秦汐回到秦府的時候，天色雖然沒全暗，但已經掌燈了。而且又開始下雪了，這次的雪比昨晚的要大。

秦汐知道接下來的雪會一場比一場大，北方那邊還會有雪災，她有點擔心馮大哥能不能順利到達關口。

天都快黑了，女兒還沒歸家，秦庭韞正打算出去找人，便看見秦汐回來了，他才放下心。「今天怎麼這麼晚？」

「妳爹都準備出去找妳了。」傅氏決定明天不再讓秦汐出門了，天氣越來越冷，天黑得也越來越早了。

秦汐知道他們擔心了，便道：「剛想回家的時候遇見了暻郡王，和他說了一會兒話，然後他便護送我回城。」

這也算是實話，路上沒有人，但她看見他一直放慢速度前進，快到城門時才加快速度離開。

秦庭韞一聽來興趣了。「汐兒和他說什麼了？」

沒想到兩人竟然能說得上話，這是好事。

「爹，西戎國應該又要起兵了，還有天氣越來越冷了，我們也準備一下吧！」秦汐轉移話題。

她爹必然會捐銀子、捐物資的，這一次她要用這些東西給自家再留一條後路，換他們家平安富貴，不能讓功勞都被別人占了。

秦庭韞聽了渾身一顫，西戎國又要起兵？那封通敵信函莫非與這次起兵相關？

「暻郡王說的？」

秦汐搖頭。「不是，昨天我在一個外商手中買了一些種子回來，那外商過來我們天元國之前，經過西戎國。我聽他說他本來打算在西戎國賣完所有東西就離開，可是他看見西戎國那邊有大批士兵集結，擔心有戰事，才來我們天元國。」

秦庭韞一聽皺眉。「不會有詐吧？這事妳有沒有和暻郡王說？」

傅氏疑惑。「西戎國不是已經被打得沒有還手之力，晉王和暻郡王才會回京的？那外商不會是西戎國派來的細作吧？」

「我已經和暻郡王說了，不管真假，暻郡王都會去查清楚的。」

西戎國的確被打得沒有還手之力了，但是卻可以聯合其他幾個小國。當然這事之所以不直說，是因為說得太清楚，反而會引起猜忌。

秦庭韞點頭，他也相信暻郡王會安排好。

現在天氣越來越冷了，朝廷每天冬天為了救災可以說是應接不暇，若是再有戰事，更是雪上加霜。他也該準備準備了。

秦汐又道：「爹，我從海外一個商人那裡買了些種子，其中有兩樣叫玉米和馬鈴薯，聽說可以做主食，他還說那兩樣東西畝產高達千斤。」

秦庭韞點頭。「那便試種一下，妳有沒有問他種植方法……」等等。

「汐兒，妳剛剛說畝產多少？」他怎麼好像聽見畝產高達千斤？

傅氏表情傻傻的。「汐兒說畝產高達千斤。」

這確定種的是糧食，而不是石頭？

「畝產千斤左右。我在書上見過這兩種糧食的介紹，確實是這樣寫的。不僅是糧種，還有木材種子，這兩種木材……若我們家最終還是逃不過抄家的命運，至少可以多一些時間證明我們的清白。」

秦汐將兩種木材的作用說出來，還說了她的打算。

秦庭韞聽後覺得，若是如此他們秦家還亡，那就真的是天理不容。

秦庭韞對傅氏笑道：「咱們汐兒越來越能幹了，謝謝妳給我生的好女兒。」

傅氏笑了。「哪是我的功勞？汐兒是像夫君一樣……」

眼看著兩夫妻又放閃了，她還沒吃飯，生怕被狗糧塞飽，秦汐忙道：「爹，娘，我們今晚吃鴛鴦火鍋和燒烤吧！」

兩夫妻的注意力瞬間被秦汐的話吸引了，兩人異口同聲地道：「什麼鴛鴦火鍋？」

這個火鍋的名字和他們好配！

「一會兒你們便知道了。」秦汐賣了個關子，去找秋菊準備。

第十八章

兩刻鐘過後，所有火鍋和燒烤材料都弄好了，當一家人拿起筷子準備在暖亭裡開涮時，一個小丫鬟走近，對迎春說了幾句話，迎春又走進暖亭對他們道：「老爺，夫人，晉王府的五爺說找姑娘有事。」

秦庭韞聞言收回筷子驚訝道：「五爺？不是四爺？」

「回老爺，奴婢問過了，說是五爺。」

她也詫異，天都黑了，晉王府的五爺來找姑娘算怎麼回事？

秦庭韞只能站起來。「我去見見。」

秦汐卻道：「請他來這裡吧。」

傅氏聞言便道：「這太失禮了吧？」

秦汐搖頭。「沒事，他就是來討吃的。」

夫妻二人一時無語。

很快，秦庭韞便親自去將人請過來了。

蕭暻煜人未到，聲先到。「秦姊姊，妳要救救我啊！」

沒辦法，他也不想的。他父王找他要魚，他說沒有了，他都是在小嫂子這裡要的。然後無恥的父王，居然讓他繼續來要，沒有就罰他去馬廄洗馬。秦庭韞嘴角抽了抽，幸好五爺年紀不合適，不然訂親的人要是他的話，自己怕是要去退親。

傅氏拉著秦汐站起來行禮。「民婦……」

蕭暻煜忙道：「秦嬸嬸、秦姊姊不必多禮！妳們是四哥未來的丈母娘和郡王妃，就是我的丈母娘和郡王妃。啊……不對，妳們就是我的丈母娘和嫂子。」

傅氏險些要撐不住表情。

秦庭韞不想聽他胡言亂語了，忙恭敬地道：「不知五爺用過膳了嗎？五爺要是不介意，一起用？」

蕭暻煜看見暖亭裡一紅一白兩個火鍋，還有兩個爐子在烤著魚，四周擺滿了各種肉片、蔬菜，眼睛都亮了。

我的乖乖！不愧為首富之家，也太會吃了吧！這也太香了吧！

「不介意、不介意。」然後他非常識趣地上前直接坐在秦汐身邊。

主要是方便培養感情，至於男女有別？四哥的郡王妃，就是他的嫂子。

他笑著問秦汐。「秦姊姊，這個怎麼吃？」

秦汐嘴角一抽。「用嘴吃。」

眼見場面尷尬，秦庭韞忙坐下來用公筷挾起一片魷魚放到他碗裡道：「來，五爺，嚐嚐這個。」

蕭曝煜立刻用嘴去吃。「嗯，這個好吃。」

最後蕭曝煜在秦府吃了一頓歡快的火鍋，頂著大肚皮拎著一桶魚，歡快地回去晉王府交差了。這次聰明的蕭曝煜只取了三條秋刀魚和半斤羅氏蝦給父王，打算剩下的明天再給。

晉王聞了聞小兒子身上的味道問道：「好香！你吃了什麼？」

蕭曝煜興奮地分享道：「火鍋！父王，那火鍋可好吃了！一鍋辣，一鍋鮮，有魚片、魷魚……簡直連青菜都好吃得不行！」

蕭曝煜噼哩啪啦地說了一大堆後，晉王淡定地道：「明天本王要吃火鍋。」

蕭曝煜看著父王淡然離去的背影，頓時想大耳光搧自己是怎麼回事？

第二天，秦汐收穫了一群金鯧魚，數量有些多。

她想了想，留了一些在海裡養著，然後將大部分都做成淡曬金鯧魚。她意念一動，那些魚便處理好，直接放在岩石上面曬了。然後她又去收了糧食，鍛鍊身體，出去後又去陪爹娘用早膳。

早膳吃到一半，大房那邊的丫鬟來了。

秦庭韞直接讓人等到自己一家人用完了早膳，才將人傳進來。

金花進來行過禮後，她拿出一份單子道：「二老爺，奴婢奉老夫人的命令來給您送老太爺大壽的帳單，老夫人說每戶五百兩。」

秦庭韞接過來，看了一眼，直接對迎春道：「取五百兩給金花。」

「是！」迎春應了一聲，很快就拿了五百兩銀票給金花。

金花接過來，繼續道：「老夫人還讓奴婢帶話給二老爺，老太爺大壽不大辦了，只是一家人吃一頓飯便算，二老爺一家也不必過去吃席了。」

秦庭韞表情頓時僵了。

金花拿著銀票福了一福。「老夫人的話，奴婢已經傳達了，二老爺，二夫人，大姑娘，奴婢告退。」

沒等她離開，秦汐站了起來，走到她身邊，直接抽走了她的銀票。

金花一驚，詫異地看向秦汐。

秦汐淡道：「為了大伯一家好，我們還是斷得清清楚楚比較好。」

本來去吃席，給個紅包也無可厚非，可是既想私下花他們家的銀子，又想表面斷絕關係，保全自己，這天下哪有這麼好的事？

秦庭韞不想有些話傳到那邊，影響女兒的名聲，便道：「妳回去和老太爺、老夫人說，非常時期，不要來往，來日方長。」至於來日如何，他說了算！

金花只能空著手回去松樹胡同那兒覆命了。

古氏一聽金花一文錢都沒拿回來，臉都黑了。「這個不孝子！他爹六十大壽竟然一文都不出？」

「二老爺怎麼說？」秦老爺子問道。

老爺子心裡擔心老二和他們生分了，可是自己讓他簽斷親文書沒有錯啊！

他不能不顧老大、老三的性命。

金花垂頭道：「回老太爺，二老爺說非常時期，不要來往，來日方長。」

來日方長？秦老爺子沈吟了一下便明白了。「老二是個懂事，孝順的。」

古氏看白癡一樣地看了他一眼。「你大壽他一文都不出，這還叫孝順？」

秦老爺子嘆氣。「此一時，彼一時，今時不同往日。最近妳最好不要再去煩老二一家，來日方長。當然妳要是不怕死，妳可以再派人去。」

他根本不知道古氏派人去找老二要銀子了。

古氏心虛不敢回話，而李氏心裡則有點慌。她總覺得這次二房一家五百兩都不拿出來，那以後五萬兩、五十萬兩，會拿嗎？她的女兒還沒嫁，兒子還沒科舉，也還沒娶親，樣樣都需要銀子。

二房不出銀子，那銀子哪裡來？

還有，二房今天不出五百兩，那明日壽宴的銀子他們和三房分，她家不就得多出幾百兩？感覺虧大了。那通敵信函到底什麼時候發現？二房的銀子什麼時候才能轉移給他們大房？

秦汐吃過早飯後，又要出去，傅氏忙道：「天寒地凍的，別去釣魚了。」

秦汐答道：「我不去釣魚，我去看看爹給我買的酒樓，不出城。」

秦庭韞一聽便道：「爹陪妳去，爹買了好幾家鋪子，正好帶妳去認認。」他已經放出風聲，要收購西城長壽街那一帶的鋪子，因此有許多牙行找上門，一共已經買了十幾間了。

秦汐搖了搖頭。「不用了，爹您忙您的，我去看看就回來。」她是去看看新買的酒樓的布局，然後便回府畫設計圖。

「那妳早點回府，今天妳三叔一家應該就到了。」秦庭韞叮囑道。

「好！」秦汐應了一聲，便帶著玉桃和石榴出門了。

到了長壽街永福酒樓，秦汐帶著兩個丫鬟四處查看。

酒樓四處都很破舊，桌椅都是破破爛爛的，這樣的酒樓不會有貴人願意來。來這裡上館子的，都是城裡比較貧窮的百姓，或者京郊附近村子進城趕集，想奢侈一把的村民，所以酒樓的掌櫃也懶得換新的桌椅。

「這酒樓也太舊，太小了。」玉桃從小就是跟著秦汐長大的，她見過秦庭韞在其他府城開的酒樓，哪一間不是氣派非凡，高達五層樓的？這一間酒樓只有兩層，在她眼裡不就是小？

秦汐笑了。「這是舊城，這鋪子可是天元國建國初期，百廢待興時修建的鋪子，自然是又舊、又小了些，幸好後院的空地很大，而且左右兩邊的鋪子我們都買下來了，可以擴建。」

玉桃聞言好奇道：「小姐已經想好如何擴建了嗎？」

「想好了，走吧！去買些蜜餞和點心回去。」

三叔一家今天到，她得給堂弟買些吃的。

秦汐走出酒樓便看見了許陌言和一名姑娘帶著丫鬟正在街上四處看看。

許陌言看見秦汐從酒樓裡出來時一怔，她若無其事地轉開了頭，對身邊的女子道：「恐怕找不到那人了，我們回去吧！」

殷華被秦汐的美貌驚豔了，回過神來發現許陌言已經走出幾步遠了，她趕緊追上去。

玉桃只覺得有點莫名其妙。

「走吧。」秦汐不甚在意地上了馬車。

待到秦汐的馬車離開後，殷華才問道：「陌言，那是誰啊？」

許陌言道：「秦姑娘。」

殷華一時沒反應過來。「哪個秦姑娘？」

許陌言身邊的丫鬟道：「商戶秦家。」

殷華才明白過來。「原來是她！她怎麼會出現在這裡？」

許陌言的丫鬟道：「殷姑娘沒聽說嗎？秦首富給她在這條街買了許多鋪子做嫁妝，她估計是來看嫁妝的。」

殷華聞言驚訝了。「秦家不是富可敵國嗎？為什麼還來這長壽街買鋪子？御景街那邊的鋪子才旺吧！」

許陌言的丫鬟想到秦汐搶了自家小姐的心上人就不喜歡她，她忍不住諷刺道：「秦家什麼身分？就算她爹有銀子，她想在這京城買鋪子置辦嫁妝，也不是想買就能買到的。御景街那邊的鋪子那可是有身分的人才能買到，他們秦家怎麼可能買到？秦家也就只配買這長壽街的鋪子了。」

許陌言聞言皺眉。「知書！」

她今天說是來找一位做船的工匠，但是其實她也是來看看長壽街的鋪子，打算合適就買下來做嫁妝的。

不過現在，她不想買了，不想和秦汐在同一條街有鋪子。

許陌言的丫鬟立刻不說話了。

殷華倒是點頭。「的確，京城的鋪子不好買。」

好的鋪子一放出來，都被身分高的人搶先要了。

三人的對話，正好被在巷子裡查探西戎探子落腳處的蕭暻玹和蕭暻煜聽見了。

吃了那麼多魚的蕭暻煜生氣了。「我岳丈大人在京城買不到御景街的鋪子？放屁！」

蕭暻玹淡淡地看了他一眼。「我怎麼不知道你有岳丈大人？」

蕭暻煜後背一涼，立刻道：「四哥的岳丈大人就是我的岳丈大人。四哥的王妃就是我的……」

「就是你的什麼？」蕭暻玹聲音涼涼的。

「我的……好嫂子啊！好嫂子是來這條街了嗎？我和嫂子真的太有緣了，我去找我嫂子。」蕭暻煜腦子總算轉過來，丟下這話後一溜煙地跑了。

蕭暻玹看著小弟跑走的身影皺眉，他和秦汐兩人什麼時候這麼熟悉了？

長平問：「主子要去見秦姑娘嗎？」

蕭暻玹答非所問。「將御景街那家銀樓放出去。」

「是！」長平立刻應下，然後又補充了一句。「是只賣給郡王妃或者主子的岳丈大人嗎？」

蕭暻玹淡淡地掃了他一眼。

長平立刻閉嘴了。

蕭暻煜和蕭暻玹從巷子裡走出來的時候，秦汐的馬車已經跑遠了。

至於兩人為什麼知道那是秦汐的馬車，因為秦汐的馬車非常之華麗拉風，一看就很富有的樣子，讓人覺得那是首富女兒該有的馬車模樣。

蕭暻煜對蕭暻玹道：「四哥，四嫂一定是被她們的話氣走了，也不知道氣哭了沒，我去安慰下她。」

說著便翻身上馬，蕭暻玹抬手直接將人從馬背上拽下來。
蕭暻煜差點扭到腳，回頭看向某人，眼帶控訴。「四哥幹麼拽我？」
說著想到什麼，他又道：「四哥也想去是吧？那我們一起去追四嫂。」
兩個人一起去找小嫂子，帶回去的魚會比較多吧！
蕭暻玹黑臉了，誰想去追她了？
「別想偷懶，幹活！」蕭暻玹翻身上馬，直接騎馬離開。
蕭暻煜只能跟著上馬，跟在他身後離開，只是他越騎越不放心。
小嫂子今天被人如此看輕，說不定多生氣呢！反正他聽了，挺生氣的。小嫂子一生氣，不給他魚怎麼辦？不行，他得想法子哄小嫂子開心。
蕭暻煜直接調轉馬頭，離開了。
前面的蕭暻玹自然察覺了，但他沒再管他，繼續騎馬往前跑，只是跑著跑著，腦海裡不自覺浮現了一句「也不知道氣哭了沒」。
他皺眉，一扯馬韁，改變了方向。
蕭暻煜一路騎馬來到秦府，沒想到正好遇見了從宮裡出來的林公公。
林公公看見蕭暻煜馬上行禮。「奴才見過五爺，五爺萬福金安。」
蕭暻煜翻身下馬詫異地道：「林公公怎麼出宮了？」
「回五爺，奴才是來尋秦姑娘的。」

蕭曝煜警惕地看了他一眼。「尋秦姑娘何事？」不會是搶魚的吧？

林公公回答。「聖上食不下咽，奴才來向秦姑娘求幾條魚。」

蕭曝煜倒抽了一口氣。

果然，連皇祖父也惦記上小嫂子的魚了。他就知道，那天看見戶部那老頭和趙飛剛那小老頭準沒好事，也不知道小嫂子那裡還有多少魚？

這時秦汐的馬車回來了，林公公立刻恭敬地站在一邊，蕭曝煜見狀也趕緊挺直腰板站著。

秦汐一下馬車，便看見兩人一副恭候大駕的模樣，一頭霧水。

林公公恭敬地行禮。「秦姑娘，主子派我過來買一些魚。」

蕭曝煜向前一步。「小嫂子，我也要魚。」

秦汐搖頭。「今天我沒有去釣魚，沒有魚。」說完她便大步地走進了府門。

三叔一家已經到了，她已經聽見了堂弟的大嗓門。

蕭曝煜看著秦汐大步走進了府門，都不理他，忍不住道：「小嫂子果然生氣了。」

林公公聞言好奇道：「秦姑娘怎麼生氣了？」

剛剛看著不像是生氣的樣子啊！反而好像有點激動？

蕭曝煜便將剛剛聽見的話複述給林公公聽。

林公公聽完，便覺得自己剛才一定是看錯，秦姑娘剛剛一定是生氣了，所以今天是拿不到魚了。

於是林公公便回宮覆命了。

秦府花廳中，秦庭韞和傅氏正在和三房的秦澤林和雷氏說著話，一家人都笑容滿面。

秦澤林和雷氏兩夫妻老實本分，不喜歡做生意，反而喜歡和田地打交道，因此一直幫著秦庭韞打理莊子和田地。他們之所以這麼遲才進京，也是因為秦澤林一定要等秋收過後，看著糧食都曬好，存入糧倉才放心進京。

秦澤林高興地道：「今年每個莊子都大豐收，最小的莊子比去年都多收了近五百斤糧食，最大那幾個莊子多了近兩千斤糧食。今年的花生、胡麻、黃豆，收成都不錯，棉花差了點，但是我們莊子的棉花，也比別的莊子每畝多收十幾斤。」

傅氏笑道：「這都是三弟和三弟妹打理得好。」

雷氏笑道：「我們就只會侍弄這些。」

秦晟文不耐煩聽大人說這些，忍不住道：「二伯，汐兒什麼時候回來啊？」他答應給汐兒做一把弓箭，現在已經做好了。

「現在。」秦汐提著一個大大的食盒笑著走進來。

「汐兒！」秦晟文激動得站了起來。

秦澤林瞪他。「沒大沒小，叫汐兒姊姊！」

秦晟文沒有理會自己爹，叫什麼姊姊，他和秦汐同年，他都比她高了。

秦汐笑著放下食盒給秦澤林和雷氏行禮。「汐兒見過三叔，三嬸。」

秦澤林笑道：「汐兒一個月沒見三叔這是和我們生疏了？竟然還行這麼大的禮。」

秦汐還沒來得及回話，秦晟文便站起來拉著秦汐往外走。「對啊，行什麼禮？走，去試試我給妳新做的弓。」

然後秦汐還沒坐下，便被秦晟文拉出去了。

雷氏搖頭。「這孩子半點晟宇的穩重都沒有。」

傅氏笑道：「只是在家人面前才這樣，有何關係？文哥兒在外面挺好的。」

傅氏覺得大房的秦晟宇反而讀書讀得有點刻板了。

秦澤林這才想起大房和自己爹娘，便道：「我都還沒去給爹娘請安。爹娘是住在松鶴院嗎？」

秦庭韞搖頭。「沒有，爹娘和大哥一家搬回松樹胡同了，明天三弟去參加壽宴時，再請安便是。」

秦澤林詫異。「怎麼搬回去了？」不是說一家人住在一起相互照應，他們才搬過來的嗎？

秦庭韞便將事情的前因後果告訴了他，並且拿出了一份斷親文書給他。

「我已經給三弟買了個院子，三弟，你們也搬出去住吧，免得到時候被牽連。」

秦澤林黑著臉搶過斷親文書直接撕了。「二哥說什麼話？我是怕被牽連嗎？二哥住哪兒，我就住哪兒。」

他們兩家人向來都是同進同出的，當年他爹要分家，爹娘棄商從農帶著大哥進京定居，只留了祖宅和一間鋪子給他們兩兄弟，在江淮府相依為命，一文錢都沒分到。

沒有二哥賣了鋪子，做生意賺銀子，能有他今天？

秦庭韞心中一暖。「放心，二哥不會有事的。」

第十九章

秦家練武場中，秦汐拿著秦晟文給她做的弓，已經一連射出了九枝箭，箭箭正中紅心。

秦晟文目瞪口呆。「汐兒，妳什麼時候變得這麼強了？」

靠！怎麼比自己一個男子漢大丈夫還厲害了？他還想著進京後考入晉王麾下當士兵的，現在竟然連女子也比不上，還能行嗎？

秦汐淺笑，眼裡神采飛揚。「當然是在你不在的時候，偷偷努力了。」

秦晟文嘟囔。「我每天都有努力啊！」

「證明你還是不夠努力。」

玉桃這時靠近道：「姑娘，表小姐過來了，說是來看看二少爺。」

秦汐沒回話，又從箭筒拿起一枝箭。

秦晟文道：「最後一枝，我不信妳十枝箭都能中！」

秦汐笑著將箭搭在弓弦上，這時，她眼角餘光，看見一道粉色身影。

秦汐眸光流轉，拉弓放箭，這次箭直接射偏了。

利箭「嗖」一下飛了出去，直接穿透了林如玉的髮髻，再沒入遠處的樹幹之上。

天氣越來越冷，各大世家開始商議設棚施粥的事情，林如玉是來哄秦汐和她一起設棚施粥，然後糧食由秦汐出，好名聲她照占，沒想到，一來差點被箭爆頭，嚇得她直接跌坐在地上。

「小姐，您沒事吧？」林如玉的丫鬟趕緊去扶跌坐在地上的她。

林如玉整個髮型都鬆了，珠釵掛在頭髮上，要掉不掉，模樣狼狽至極。

她雙腿發軟，勉強站了起來，一邊整理頭上的珠釵、一邊僵笑著走向秦汐。「汐兒表姊，晟文表哥，你們在練箭啊？」

天知道她有多想上前甩秦汐兩巴掌，可是不行，她的嫁妝還沒有準備好，她還想讓秦汐出銀子、出糧食，設棚施粥，所以，她必須忍了。

「嗯。」秦汐輕應了一聲。「妳有事嗎？刀箭無眼，要是誤傷了妳，我們可不負責。」

秦晟文點頭。「不負責的。」

林如玉皺起眉，神色幽怨。「我是聽說三舅舅一家進京了，特意過來看望三舅舅、三舅媽和晟文表哥的。晟文表哥你就這麼對我嗎？」

對秦晟文這個窮鬼，她就沒必要這麼好臉色了。

秦晟文傻眼。「我怎麼對妳了？」莫名其妙！他明明什麼都沒幹好不好？

林如玉深吸一口氣，決定不和這個頭腦簡單，四肢發達的傻子說話。她看向秦汐。「表姊，現在天氣越來越冷了，京城各家小姐都開始準備設棚施粥一事，表姊今年打算施粥嗎？」

秦汐搖頭。「施粥這種事我爹娘會安排，我身體弱，我爹娘不會讓我親自去施粥的。」

林如玉當然知道，她不會親自去施粥。以前每年新年前，秦汐一家都會來京城過年，她都會約她一起施粥。可秦汐嬌氣得很，從不親自去施粥，都是將銀子給自己，由自己幫她施粥。然後她就可以乘機昧下一大筆銀子，同時又賺了一個好名聲。

她語重心長地勸道：「表妹現在已經和暻郡王訂親了，我聽說晉王妃最是看重女子的德行，我覺得表姊今年還是施粥比較好。表姊要是嫌麻煩，我可以順便幫表姊施粥，表姊覺得如何？」

「表妹想幫我，我自然不會拒絕。」秦汐又從箭筒裡拿出一枝箭，放在手中把玩，漫不經心地道。

林如玉繼續問道：「那表姊打算拿出多少銀子來施粥？」

秦汐不甚在意地道：「既然是表妹幫我，表妹決定就好。」

林如玉笑道：「其實多少都行，都是一份心意。只不過今年許多人都說要比去年多準備些糧食救濟百姓，畢竟今年收成沒去年好，大家怕老百姓的日子不好過。我聽說大多數人打算拿出二、三十萬石糧食或者拿出二、三十萬兩銀子來買糧食。我覺得我們也不能比別人差太多，所以準備三十萬兩比較好。」

她故意往高了說。其實京城的人施粥，能拿出一、兩萬石糧食或者一、兩萬兩來施粥，就已經很多了。二、三十萬石糧食或者二、三十萬兩銀子，那是天文數字，根本沒有人會這麼傻。

可是她不這麼說，如何從秦汐身上坑一些銀子？反正二舅家有的是銀子，幾十萬兩根本不放在眼裡吧！

秦汐點頭。「那表妹便幫我準備三十萬兩銀子的糧食來施粥吧。」

「好的。」林如玉聽了，笑容都燦爛了。

三十萬兩銀子！如此，她可以昧下十萬兩來做壓箱底的銀子。另外給桓哥哥十萬兩拿出去施粥，讓他在皇上面前得個心繫百姓的好印象，還有十萬兩給自己爹捐給朝廷，讓自己大哥的官職再往上提一提。正好！

至於施粥，她娘已經拿出五千兩買了些舊米，足夠了。

秦汐看著林如玉表情變來變去，就知道她在算計著什麼，她淡淡地道：「我要練箭了，表妹要留在這裡看嗎？」

說完，秦汐開始拉弓。

林如玉見她這姿勢，想到剛才差點被箭射穿腦袋，她的雙腿立刻又軟了，忙道：「那表姊，我這就回去準備施粥的事宜，我明天再來找表姊。」

明天再來找她要銀子也不遲。

林如玉丟下這話，興奮又雀躍地跑了。

林如玉離開後，秦晟文驚訝地道：「汐兒，妳要拿三十萬兩出來施粥？」

三萬兩就已經很多了，三十萬兩，那能買多少糧食？要知道今年莊子裡所有收成加起來都賣不到三十萬兩。

秦汐詫異地看向他。「你是不是聽錯了？是林如玉要幫我出三十萬兩銀子來施粥，不是我要拿出三十萬兩來施粥。」

秦晟文一愣，總算明白。

他怎麼覺得林如玉要亡了？不過林如玉向來看不起自己，秦晟文管她亡不亡！

林如玉離開秦府後，先去找了蕭暻桓，告訴他到時候會給他十萬兩拿出來施粥。

「這不好吧！妳有這心自己拿去施粥就行。」蕭暻桓冷淡地道。

林如玉紅著臉道：「我拿來施粥哪有桓哥哥拿來施粥好。桓哥哥要是拿出十萬兩來施粥，皇上一定覺得桓哥哥心繫天下百姓，給桓哥哥委以重任。再說我和桓哥哥已經訂親，夫妻一體，桓哥哥好了，我才好。」

蕭暻桓聽後心裡才舒服了些，這些天他對她之前賞梅時鬧出的事，丟了他的臉，說毫無芥蒂是假的。

林如玉紅了臉。「我爹這次也會捐十萬兩，到時候我大哥升官了，也是桓哥哥的助力。」

他伸手握住了林如玉的手。「還是玉兒設想周到，得妻如此，夫復何求？」

他本來還擔心秦家會大手筆地拿銀子出來設棚施粥，幫老四拉攏民心，現在他總算放心了。

林如玉紅了臉，提醒道：「桓哥哥，施粥一事，第一個提出來總比第二個提出來要好，這樣才顯得更有誠意，又起了個帶頭作用。其他人都屬追隨，仿效。」

「玉兒說得是，我明天早朝便向皇祖父提出來。」

林如玉笑了。「桓哥哥十萬兩一拿出來，定然震驚朝野。」

蕭暻桓勾唇，他也忍不住有點期待。於是第二天早朝，蕭暻桓眼看朝政大事已經商議完，皇上正準備退朝，他站了出來。「皇祖父，兒臣有事要奏。」

皇上看向他。「准奏。」

「回皇祖父，這兩天大雪不斷，天氣甚冷，兒臣四處巡查時看見許多窮苦百姓饑寒交迫，深感憐憫。兒臣打算拿出十萬兩來設棚施粥和購買禦寒衣物，給窮苦百姓過冬，讓我朝所有百姓不畏寒冬，人人安然過冬。」

此話一出，朝堂一片譁然。

朝堂之上，大臣們紛紛大讚，你一言、我一語，此起彼伏。

「三爺心繫百姓，大愛無疆，百姓之福也！」

「三爺心繫蒼生，胸懷疾苦，百姓之福，天元國之福也！」

蕭暻桓聽著大臣們的讚美，嘴角微揚。

這一次，皇祖父的注意力會落在他身上了吧？

待到大家讚美得差不多了，六十多歲的長春伯也站了出來。「皇上，老臣也願拿出十萬兩，以解冬日百姓之寒苦。」

戶部尚書聞言再次高聲稱讚。「長春伯年年拿出十萬兩解百姓之苦，實乃我等表率！」再多來幾個這樣的皇子、大臣吧，他就不用擔心國庫空虛了。

「三爺和長春伯實乃京城第一大善人也！」

「三爺和長春伯心繫百姓之心當值得吾等學習。」

大臣們表面稱讚著長春伯，心裡卻忍不住各自腹誹。

長春伯四十幾歲娶個十幾歲的繼室，真是娶對了，至少，這些年銀子可沒少撈。若不是長春伯最近幾年年年都捐十萬兩來施粥，他的爵位到他這一代就沒了。他兒子哪能被封為世子，哪能在五城兵馬司當差？

最重要的是，那繼室年輕又漂亮，而且只生了個女兒，那些她從娘家扒拉過來的銀子，還能為原配的長子鋪路，府中沒有什麼兄弟成仇，明爭暗鬥之類的糟心事，簡直是妻賢子孝的典範。

皇上高興得摸了摸鬍子。「哈哈……好，暻桓和長春伯乃百官之表率！不錯，不錯。」

說著皇上又拿起一份奏摺。

蕭暻桓心中忍不住升起期待，皇祖父會封他為郡王嗎？

皇上道：「咱們天元國不僅有心繫百姓的官員，還有心繫百姓的仁商。昨天下午戶部收到了百姓秦庭韞捐贈的五十萬兩白銀給駐守邊疆的士兵們購置棉衣，並且秦首富還許諾會拿出三十萬石糧食做軍糧，讓士兵們吃飽穿暖，更有力氣保家衛國。咱們天元國的百姓有如此愛民如子的官員，有如此心繫天下安穩的百姓，實乃我朝百姓之福！實乃朕之福也！」

五十萬兩白銀，三十萬石糧食?!

滿朝文武百官心中譁然，許多人第一反應都是扭頭看向戶部尚書。

國庫現存有多少白銀？國庫的糧倉裡現在有多少存糧？

五十萬兩，等於天元國一個月的賦稅了吧？秦庭韞不愧為首富。

蕭暻桓臉黑了。五十萬兩瞬間將自己的十萬兩比成了渣渣，論賞賜的話，自己豈不是只能得到皇祖父一句讚美？

太子眸光閃了閃，不愧為富可敵國的秦庭韞，一出手，銀子和糧食加起來便要一百萬兩，國庫存銀都沒這麼多吧？

如此說來，他必然還留有許多銀子。

可惜，秦庭韞一直替晉王辦事，現在兩家更是結成親家，不然將他招入自己門下，自己何愁沒有銀子可用？但現在，秦家留不得了……怪就怪秦庭韞擋了他太多財路，偏又不識趣地投靠了晉王。

太子朗聲道：「父皇鴻福齊天，福澤天下，我朝才有此等好官，良民！咱們天元國定然四海昇平，與天地共長存！」

滿朝文武百官忙跟著附和。「皇上鴻福齊天，福澤天下，咱們天元國定四海昇平，與天地共長存！」

蕭暻玹看了太子一眼，對晉王低聲道：「父王不乘機幫秦叔討一份功勞嗎？」

晉王聞言驚訝得看了自己兒子一眼，這麼快就知道替自己未來岳丈大人討功勞了？之前不是不願娶嗎？

「你岳父大人為人實在，不在乎這些虛的。」

「這次不一樣。」蕭暻玹淡淡地道。

周通低調、狡猾，上次跟蹤他，自己的人大意了，跟丟了。但這越發說明有問題，秦家絕對是被人盯上了。

如無意外他們馬上就要出征了，如果秦家出事，遠水救不了近火。

蕭暻玹想到昨天他去看看她有沒有哭時，聽見她和長春伯府姑娘的對話。

而今天早朝捐款捐物的奏摺就在皇祖父手中，這分明就是她一步步鋪墊好的。既然如此，他自然要助她一臂之力。

當然他也好奇，她到底在防備什麼，在謀劃什麼，她發現了什麼？

晉王一怔。

這次的確不一樣，他剛才也沒想到秦庭韞這次竟然會如此高調地直接向戶部捐銀子，想來是為了他的寶貝女兒吧？以前他只想低調經商，不想領功勞，他尊重他的意見，就只對他兄長提拔一二，算是補償。

現在既然他想高調，晉王覺得有必要幫幫自己這個老友。

於是他站了出來。「回父皇，秦庭韞不僅是這次捐贈了五十萬兩，這十幾年來，在我軍和敵軍交戰之時，他曾無數次及時送來傷藥、糧食，救我軍於危難之中。秦庭韞低調，為士兵們做的事不願意宣揚，但兒臣這次也忍不住為他宣揚一下，這些年他捐給軍隊的物資和藥材，沒有一百萬兩也有幾十萬兩了。好幾次兩軍交戰，朝廷的糧草未到，是他的物資先到，救了兒臣和士兵們的性命……」

晉王口若懸河，噼哩啪啦地像放鞭炮一樣將秦庭韞從頭到腳誇了一遍，直到嘴都說乾了才收尾。「……這些都不是兒臣胡說八道的，這一樁樁、一件件，邊疆的士兵，邊疆的百姓都知道。秦庭韞做好事不留名，可兒臣覺得，他才是真正天下富商、天下官員的表率，兒臣覺得像秦庭韞這樣的百姓，這樣的富商，該賞！」

蕭暻玹這時也道：「回皇祖父，這次西戎國被打得沒有還手之力，有無數邊疆將士們的功勞，也有秦庭韞一份功勞。」

滿朝文武百官第一反應就是秦庭韞做了這麼多，不領功勞是不是傻子？然後又反應過來，不，他不傻，現在才出來領功勞，這功勞大了去了。

皇上點頭，高興道：「這件事朕會查明真相，論功行賞。若真如此，朕重重有賞！哈哈……」

原來老大每次自籌的糧草都是秦庭韞幫的忙，天元國要是再多幾個這樣的富商，他就不用愁了。

皇上又看向戶部尚書。「林愛卿，暻桓和長春伯捐贈的銀子，你盡快拿去買糧食，然後開始設棚施粥，讓窮苦的百姓盡快能吃上一碗熱粥。」

「是！」戶部尚書忙應下。

「今日早朝便到這裡，退朝！」

「吾皇萬歲萬歲萬萬歲！」

蕭暻桓、長春伯人都傻了。

這就退朝了？他們的賞賜呢？他們捐了十萬兩，難道捐了個寂寞嗎？

兩個人心中鬱悶，又不能直接開口討賞賜。然而，令他們更鬱悶的在後頭。

戶部就設在宮門不遠處。滿朝文武百官走出宮門的時候，只見秦家捐贈的三十萬石糧食此刻排著長長的隊伍運送到戶部。

街道兩邊站滿了看熱鬧的百姓，紛紛讚美秦家厚道，乃真正的大善人！

戶部尚書高興得不得了，然後他看向蕭暻桓和長春伯，恭敬道：「不知三爺和長春伯那十萬兩什麼時候捐出來？微臣好安排。」

蕭暻桓憋著口氣道：「我回府後便讓人送過來。」

長春伯一臉麻木。「本官的也是。」

然後兩人均匆匆地回去找林如玉要銀子。

第二十章

秦家弄出這麼大動靜，林如玉早就知道了，此刻她已經跑到秦汐面前要銀子了。

「表姊，妳不是打算拿出三十萬兩讓我幫妳施粥嗎？銀子呢？」

秦汐一臉不解地看著林如玉。「銀子？什麼銀子？」

林如玉提醒。「表姊不是要施粥嗎？我來拿銀子去買糧食，幫表姊施粥。」

秦汐一臉詫異。「表妹幫我施粥，不是表妹出銀子嗎？」

林如玉傻眼。「我幫妳施粥，當然是妳出銀子啊！我難道既要出人力幫妳施粥，還要出銀子嗎？」

秦汐挑眉。「不可以嗎？我幫表妹也出過許多銀子吧？妳出一次都不行？」

林如玉一臉真誠地道：「不是不行，只是表姊也知道我爹俸祿不多，我哪有三十萬兩？要是我有，我一定幫表姊出。」

秦汐表情淡下去了，冷冷地道：「哦，要我自己出銀子的話，那表妹就不要說幫我施粥，畢竟我身邊有丫鬟、小廝，還有管事，還缺一個幫我施粥的人嗎？算了，這次施粥就不必表妹幫忙了。」

林如玉愣住。「不必我幫忙是什麼意思？」

「就是不用表妹幫我施粥的意思。」

林如玉聞言急了，不用自己幫她施粥?!她不幫她施粥，她的嫁妝怎麼辦？還有她答應了暻桓哥哥和自己爹給他們一人十萬兩。她不幫她施粥，她去哪裡找二十萬兩給他們？

「表姊妳怎麼可以出爾反爾？」林如玉生氣道。

「這算什麼出爾反爾？出爾反爾的是妳吧！妳說要幫我，現在我不用妳幫妳也沒損失，妳生氣什麼？玉桃送客！」秦汐說完，生氣地轉身回書房繼續畫酒樓的設計圖。

「表姑娘請！」玉桃做出一個請的手勢。

林如玉慌了，她急急地追上去。「不是，表姊，我已經放出風聲，妳會拿出三十萬兩來施粥，妳現在不施，對妳名聲會有影響的。」

秦汐沒有再理會她。

玉桃攔住了她。「表姑娘，請！」

石榴站在她面前擋住了她。

就算被攔住，林如玉也不肯走。「不，表姊，真的！妳這樣名聲會毀掉的！妳不能為了三十萬兩，不要名聲啊！這樣的話，妳將來嫁入晉王府，會惹晉王妃不喜的。妳會……」

林如玉不死心地大喊，想說服秦汐，可是沒有人回應她。

玉桃看了一眼石榴，石榴會意直接將她扛在肩上，往外走。

林如玉依然大喊：「表姊，妳可以不在乎名聲，可是妳不擔心妳這樣會讓暻郡王成為京城笑柄嗎？表姊……」

林如玉大喊大叫的被石榴扛出了府門，丟到了長春伯府的馬車上。她高大的身軀擋在馬車前，一臉凶神惡煞地盯著林如玉。「吵什麼吵？我家姑娘幫妳出過那麼多銀子，妳幫我家姑娘出一次不行嗎？做人能不能識趣點！」

說完，她轉身直接回府，「砰」一聲關上府門。

林如玉差點被這「砰」一聲關門聲震得心膽俱裂。

不！她的三十萬兩！

這時，長春伯府的小廝匆匆跑了過來。「小姐，三爺來了，老爺也找您，您快回府吧！」

完了！二十萬兩找來了！

林如玉兩眼一黑，直接暈了過去。

傍晚的時候，秦霞才將二十萬兩銀子湊齊，交給了長春伯和蕭暻桓。

林如玉眼睛都哭紅了。「娘，銀子都給桓哥哥了嗎？」

秦霞咬牙切齒地道：「給了！好一個秦汐，這次妳絕對是被她擺了一道！」

二十萬兩，她不僅將這些年所有的積蓄都拿出來了，還賣掉了不少首飾，甚至回娘家找她娘借了五萬兩，才湊夠二十萬兩。

秦汐這個死丫頭好狠，二十萬兩啊！這一次就差不多將她們母女倆這些年從她身上撈到的銀子都吐出來了。

林如玉聽見將銀子給了蕭暻桓才鬆了口氣，可她又忍不住道：「娘，那我的嫁妝……」如果沒有好的嫁妝嫁入晉王府，她如何抬得起頭做人？

秦霞閉上雙眼。「妳還想要什麼嫁妝？娘這次也是賣了許多首飾才湊夠二十萬兩。不過妳放心，妳的嫁妝不多，秦汐的也別想多。」

今天秦老爺子大壽，她回娘家才知道二房竟然和大房斷親了。這是以為秦汐和暻郡王有婚約，攀上了高枝，就不理會他們這些親戚?!秦汐如此絕情，敢害她傾家蕩產，就別怪她不客氣！

二哥這些年賺了那麼多銀子，她就不信他沒有逃過一文錢的賦稅。

這一夜，又下起了一場大雪。

第二天，以朝廷為首，京城許多世家都開始在各個城門外設棚施粥。因為西城多窮苦百姓，所以秦家的粥棚在西城門外搭建。

臨近中午的時候，各家的棚子都搭好了，家家戶戶開始熬粥。許多衣著單薄的百姓在各個粥棚前排隊領粥。

因為是第一天，傅氏和秦庭韞都覺得秦汐既然和暻郡王有了婚約，作為未來的皇家媳，最好還是有個好名聲，因此兩夫妻這次哪怕心疼女兒，還是叫上秦汐一起出來施粥。

「今天是第一天，汐兒出來幫幫忙，明天開始就不用了，其他府的姑娘都這樣。」傅氏低聲道。

「沒事，我可以天天來。」正好，她可以偷偷將空間裡的糧食拿出來加進去。

而且上上輩子秦汐還真沒出門施過一次粥，因此當然要好好觀察，她朝四周打量了一眼，附近的粥棚各家的夫人和小姐果然都出動了。

「娘，我去看看粥熬好了沒。」她想讓人加點海帶進去。

海島每天都會送來些海帶、紫菜之類的，在海灘上就直接曬乾，她直接收了，剛剛出門前裝了兩袋，偷偷放到了地窯裡，讓石榴搬上馬車帶了過來。

秦汐之所以會將海島裡的海帶加進去熬粥，是因為上上輩子，西戎探子讓蕭暻玹染上鼠疫，除了軍營的士兵染上了鼠疫，窮苦百姓也有許多人染上了，死了不少人。海島裡的東西吃了對身體好，多一些抵抗力，希望能預防鼠疫發生。

秦汐甚至懷疑，西戎探子是混在窮苦百姓裡，才成功讓蕭暻玹染上了鼠疫。畢竟施粥期間，皇上每天都會派一、兩名皇子或皇孫出來巡查。

秦汐一邊示意廚房拿出海帶泡發，一邊留意四周，有沒有可疑的人。

許家的粥棚正巧就搭在秦汐家的對面，許陌言看見秦汐也來了，並且看見她吩咐下人往粥裡加了點什麼。她看了一眼自己家裡的粥，稀得幾乎都是粥水，她對身邊煮粥的下人道：

「粥裡多放些米去熬，再蒸些饅頭。」

許家家丁聽了忍不住低聲提醒道：「小姐，施粥得施好幾天，不能一次就將糧食都用光了，這樣的粥可以了。饅頭已經蒸了一盤了，等一會兒有貴人來時再拿出來。」

有經驗的施粥者，都是粥儘量稀，饅頭在有貴人巡邏的時候再搬出來，這樣才能多施兩天，不然，哪有那麼多糧食來天天施粥？

「按我說的做便是。」許陌言心中自有一股傲氣，半點都不想被秦汐比下去。

正午的時候，家家戶戶的粥都熬好了。

秦汐看著飄著一片片綠油油的海帶的粥，聞著一股淡淡的海帶特有的清香和海水的味道，自己都想吃一碗。只是，排隊的百姓卻不這樣想，他們都是窮苦百姓，一年到頭吃不上肉，吃得最多的是野菜粥，所以他們看見一大桶綠油油的粥，有些人臉都綠了，還有些人掉頭就走。

甚至有些人忍不住一邊走人、一邊低聲咒罵。「什麼玩意兒？竟然是野菜粥？這麼富有只是施野菜粥？肉都不捨得放？」

「呸！不是說秦家是仁善的首富之家？這施的是什麼粥？」

「走走走，去其他家的粥棚看看，白等了半天！」

「這是當我們是豬，還是難民？這樣的粥好意思拿出來？」

許多人罵罵咧咧地走開了。

這時，對面傳來一聲聲感激的聲音。「多謝夫人，多謝小姐，這一碗肉多得比我這輩子吃過的肉都要多！多謝夫人，小姐！」

「許夫人和許姑娘真是大善人啊！這粥簡直和乾飯差不多，夠實在！真正的大善人啊！」

更多在秦汐家粥棚排隊的人聽了瞬間都跑向了對面，許家的粥因為許陌言強烈要求，做得特別黏稠。

一大桶黏稠帶著肉碎的粥和一大盆白麵饅頭擺上桌時，確實挺吸引人的。一瞬間，許家粥棚擠滿了人，兩家粥棚一個人滿為患，一個只有幾個人在排隊，對比簡直太明顯。

許陌言看見對面秦家排隊的人都跑過來了，並且嘴裡罵著野菜粥什麼之類的。她嘴角微揚，忍不住偏頭，踮起腳尖去看看對面秦汐的反應。要是蕭暻玹現在在這裡，看見這一幕，不知道會怎麼想呢，他是否後悔沒有選擇自己？

秦汐面對一下子跑掉一大半的人也不尷尬。

她此刻是做慈善，不是做生意，難道還需要求著他們來吃自己家的粥？這些人挑三揀四，顯然平日也不缺一口吃的。

傅氏表情尷尬，她擔心秦汐不高興，畢竟女兒第一次施粥就遇到這種事。

「汐兒，妳別在意，那些人不知道我們的粥裡面還放了蝦米和肉絲，而且這是海帶，不是野菜，他們以為是野菜。」傅氏拿勺子攪拌木桶裡的粥，想將裡面的蝦米和肉絲露出來。

秦汐安慰道：「娘，沒事，真正餓的人會來的。」

愛吃不吃，他們家又不欠他們的，還嫌這嫌那。這樣的人走了就走了，留給真正需要的人更好。真正餓的人，哪有力氣到處排隊？但凡知道感恩的人，哪會嫌東嫌西，還說出這樣的話？

秦庭韞點頭。「汐兒說得對，我們設棚施粥是想幫真正有需要的人，不餓的就去排隊吃更快的。」

一下子前面的人跑光了，一個中年男人拖著一條腿，拿著兩個碗，一瘸一拐地激動得走上前。「夫人，小姐，可以給我兩碗粥嗎？我娘子有喜了，孩子病了，他們在那邊坐著，沒過來。我可以幫他們領一碗嗎？」男人的手指著路邊一對母子道。

傅氏笑道：「自是可以！」說著她親自接過對方的碗。

秦汐扭頭順著他手指的方向看過去，只見一個全身都瘦，只有肚子隆起的婦人捂著肚子靠在一個同樣骨瘦如柴的男孩身上。

「你家娘子沒事吧？」秦汐問道。

男人道：「沒事，我娘子是太餓了，有點暈。」

傅氏給他裝了滿滿兩碗熱粥。

秦汐道：「地上涼，可以扶你娘子過來棚子後面坐著吃。可以再給孩子領一碗，每人都可以領一碗。」

「謝謝夫人，謝謝小姐！謝謝……」男人捧著兩碗熱粥，拖著一條腿，連聲道謝地匆匆往自己的妻兒走去。

後面也有一些沒有離開、餓狠了的人繼續上前領粥，秦汐和傅氏便忙起來了。

當皇上帶著太子、楚王、晉王等皇子皇孫微服出來視察時，就看見了許家的粥棚前排滿了人，一個個從裡頭擠出來的人捧著一大碗黏稠的肉末粥，還拿著一個大饅頭，笑容滿面。

「那是誰家的粥棚？」

李公公聞言便立刻示意人去察看一下，很快就有侍衛跑過去打探。

沒多久，打探的人就跑回來了。「回老爺，那是許大學士府的家眷在施粥，我聽那邊的人說，他們家的粥做得最黏稠，饅頭又大又甜。小的還聽說這是許二姑娘的主意，大家都在讚美許姑娘心善！」

戶部尚書看了一眼，回道：「那確實是許大學士府的女眷。微臣看見了許夫人和許二姑娘正在派粥。」

「不錯！」皇上滿意地點頭。

太子聞言笑道：「父皇眼光獨到，給暻泰找了位心善又才名遠揚的世子妃。暻泰，你運氣真好。」

楚王世子看著遠處的倩影，嘴角上揚。「是皇祖父厚愛。」

許陌言乃京中有名的才女，許家在讀書人心裡有很高的聲望，這門親事他的確很滿意，至少比起蕭暻玹的親事，他真是滿意極了。

同一天賜婚，皇祖父賜給自己的是清貴之首的大才女，舉手投足皆是才氣，賜給蕭暻玹的是商戶之女，滿身銅臭。他能不滿意嗎？

他下意識地看了身邊的蕭暻玹一眼。

蕭暻玹正四處留意著四周的百姓，察覺到楚王世子的視線，轉頭看了他一眼。

楚王世子笑道：「玹皇兄是在找秦姑娘嗎？」

「不是。」蕭暻玹冷冷地回了一句，便繼續留意四周的人。

蕭暻玹慣常冷漠著臉，渾身殺氣凜然，看不出喜怒，楚王世子也不知道他此刻的心情如何，不過應該是糟糕透頂了吧！

太子的長子，皇孫中最早憑著尊貴的嫡長皇孫身分被封為郡王的襄郡王想到蕭暻玹也被賜婚，他笑道：「皇祖父的賜婚自是最合適的。聽說暻玹未過門的郡王妃可是一等一的大美人，不知今天有沒有來施粥？想來秦家的粥和饅頭應該更好才對。」

大家都知道秦家巨富，富可敵國，要是秦家的粥連清貴的許家都比不上，那不是為富不仁嗎？本來他對皇祖父封蕭暻玹為暻郡王，滿朝文武都認為他是皇孫中的第一人，心中有點不舒服，但是皇祖父給他安排了一個商戶女做郡王妃，他心裡才舒坦了一些。皇祖父還是更看重他的，不然不會故意給蕭暻玹安排一門如此下等的親事，這不是壓制他嗎？

皇上想到秦汐，笑道：「秦家的粥棚在哪裡？咱們去看看。」

「秦家的粥棚在那裡。」蕭暻桓指著最少人的粥棚大聲道。

眾人聞言都順著蕭暻桓所指的方向看過去，與其他長長的隊伍相比，秦家的粥棚只有五、六個人排隊，實在淒涼得可憐。

晉王已經看見秦庭韞了，笑道：「父皇，就在對面。」

「走，去看看。」皇上抬腳便往那邊去。

楚王世子眸光閃了閃，故作詫異地道：「咦，秦家的粥棚怎麼這麼少人？」

襄郡王笑了笑。「看來今年許大學士府的粥熬得最香。」

什麼最香？是放的料最足才對。

蕭暻桓道：「秦家的粥是不是差不多派完了？粥快派完自然就少人排隊了。」

「哈哈，也不是沒有這種可能。總不會是秦家的粥不好，沒人去排隊吧？」楚王世子笑著，忍不住又看了蕭暻玹一眼，只是對方依然是那副淡漠冷峻的表情，讓他有種一拳打在棉花之上的感覺，瞬間洩氣了。

皇上沒理會大家的話徑直往秦家的粥棚走去。

能捐出幾十萬兩的人，在施粥的時候會不捨得放料？皇上是不信的。

一行人走近，一眼便看見秦家的粥，綠油油的一大桶，上面漂浮著綠色的菜，看不見一丁點肉碎。

楚王世子笑著對蕭暻玹道：「暻玹，你說秦家這是山珍海味吃多了，改換青菜齋粥，清清腸胃嗎？」

襄郡王差點笑出聲，難怪沒人來排隊。

他一本正經地拍了拍蕭暻玹的肩膀，故作安慰道：「暻玹，秦家大概是富貴日子過多了，大魚大肉慣了，所以覺得這野菜是好東西，特意拿出來分享。秦家的初心是好的。」

其他皇孫也既同情又幸災樂禍地看了一眼蕭暻玹。

攤上這麼一個岳家，也是他倒楣，才第一天施粥就施野菜粥？好歹後面幾天才幹這種上不得檯面的事啊！

蕭暻玹看著上面的海帶，他鼻子靈，還聞到了一點海水的味道和一股海蝦乾的鹹香。

「確實是好東西。」只不過識貨的人不多而已。

楚王世子嘴角抽了抽，笑道：「暻玹皇兄說得是。」

襄郡王大笑。「對對對，暻玹說得是！」

其他皇孫也跟著笑了。「好東西！好東西！」

「聞著一股菜香，絕對是好東西，哈哈！」

皇上已經隱約聞到一股熟悉的味道，他此刻渾身的細胞都在叫囂著「想吃」，一群好東西都沒嚐過的傻子吵什麼吵！

皇上回頭瞪了這群不肖子孫一眼。「閉嘴！你們懂什麼好東西？這就是好東西！」不識貨！

皇孫們一下嘴巴都閉上了。
戶部尚書將頭探到了那一大桶粥前，伸出了手搧了搧，然後深深吸了一口氣。
皇上見此也忍不住將頭探了過去，用手搧了搧，然後深深吸了一口氣。
一群龍子鳳孫們看他們這樣都傻眼了。
皇上點了點頭，戶部尚書也點了點頭。
沒錯，就是這個味道，就是這個海水的味道。香，真香！他的鼻子已經認住這個味道，絕對錯不了！
兩人同時扭頭，看向對方，均在對方眼中看見了「想吃」兩個字。
戶部尚書搖了搖頭。「不可。」
這是給窮苦百姓吃的……他雖然窮，也苦，但不窮苦，唉！
皇上嘆氣。「確實不可。」
他怎麼可以奪百姓的食物？他只是有點想用御膳換這裡一碗粥而已。
這時捧著一大盆饅頭出來的秦庭韞，一眼就認出了晉王和蕭暻玹，又看見晉王跟在一位渾身散發著不怒而威氣勢的老人身後。他心尖一顫，臉上卻半點不顯，若無其事地將一大盆饅頭放下，然後不卑不亢地對晉王等人行了一禮。
晉王忙攔道：「秦老弟不必多禮。」
皇上笑道：「不必多禮。」

秦庭韞對秦汐和傅氏道：「夫人，汐兒，過來見禮。」

秦汐早就看見皇上一行人了，只是沒空理會，也不想過去，聞言她只能將大勺子給了石榴，和傅氏一起走過去。

兩人原本是戴著帷帽的，見禮就得脫下來。

傅氏和秦汐兩人取下帷帽，福了一福。「民婦（民女）見過諸位爺和公子。」

秦汐取下帷帽的一瞬間，幾位皇孫都怔住了。正午的陽光有些耀眼，可也不及眼前的女子萬分之一奪目，剛剛她脫下帷帽那一瞬間幾人竟生出被盛夏的豔陽晃花了眼的感覺。

這……也太美了吧！傾國傾城也不足以形容，簡直美得讓人窒息。

有這等容貌出身差也不虧啊……楚王世子忍不住這麼想。

他想到許陌言的容貌，比之眼前的女子，淡了！幸好許陌言家世好，又有才學。

楚王世子如此安慰自己，可是剛才的歡喜，不知為何蕩然無存了。

太子瞳孔一縮，無聲地倒抽一口氣，心怦怦直跳，他第一次有這種心跳失速的感覺。他目光炯炯地盯著秦汐，腦海裡冒出一個強烈的想法：這女子，他要定了！

這想法一冒出來，太子嚇了一跳。

不，這是他的姪媳婦！怎麼要？

第二十一章

察覺到太子的目光讓秦汐的俏臉瞬間冷了下來。

上輩子他第一次見到自己時就是這反應，不，應該說上輩子更放肆，畢竟那時候自己是個妾。妾，可通買賣。而這輩子，她絕不可能再淪為妾，自然也不會被他奪去，最後揹上謀害太子的罪名。

「汐丫頭。」戶部尚書笑著打招呼。

「蕭爺爺，林爺爺。」秦汐視線一轉落在皇上和戶部尚書身上。

皇上哼一聲。「難得汐丫頭還記得我。」上次派佛跳牆來取魚，竟然連魚鱗都沒一片，但對她這一聲蕭爺爺還是滿意的，知曉他的身分也沒有生分。

秦汐見老人家發脾氣有些無語，哄道：「蕭爺爺說笑了，我怎麼會忘。」

幾位皇孫剛回神又傻眼。蕭爺爺？他們都不敢這麼叫。而且皇祖父那似委屈又像撒嬌的語氣是怎麼回事？

楚王世子目光複雜，皇祖父怎麼和她那麼熟？他的心中頓時感到有點不對勁。

襄郡王捏了捏大拇指上的扳指。

太子也被自己父皇這一句話驚住了，回過神來，他笑道：「父皇，這位就是您賜婚給暻玹的郡王妃？」

父皇好偏心，想當年給自己選的太子妃容貌平平就算了，眼前的這等人間絕色也不留給他，而是賜婚給蕭暻玹。他是一國儲君，未來的皇上，已經四十幾歲了，父皇身體還康健，登基遙遙無期就算了，父皇管得嚴，東宮後院就只能有幾個女人，早就膩了。

他懷疑等他登基，可以選秀擴充後宮之日時，他都老到幹不動了。

「嗯哼。」皇上冷哼一聲，算是應了。

他不滿地瞪了蕭暻玹一眼，真是便宜這塊木頭了！看見自己未來媳婦都擺著一張臭臉，活像朕給他指婚的是個天下最醜的醜女一般，難怪這丫頭對朕不滿了。

皇上又狠狠瞪了蕭暻玹一眼。

蕭暻玹臉上沒什麼表情，只是眼帶詢問地看了皇祖父一眼。

皇上更氣了。這木頭！

襄郡王轉動了一下扳指指著粥裡的海帶問道：「秦姑娘，這是什麼菜？」

秦汐答。「昆布。」

這話一出，一群龍子鳳孫的表情精彩了。

這綠油油，一片片，一條條的東西竟是昆布？海外之國進貢才有的昆布？他們也是去年才見過或者聽說過的昆布。當時新麗國使臣進貢了一些，好像只有十斤，皇上賞了下去，包括宗室的老王爺在內只有九個人有，所以他們這些皇孫都還沒吃過。

現在，秦家竟然用昆布熬了三大桶粥來布施？

譽王世子驚訝道：「你們竟然用昆布來做粥施給百姓？」

秦汐點頭。「有問題嗎？」

眾人嘴角抽了抽。有問題嗎？沒有問題嗎？這是昆布啊！不是大白菜，更不是隨便一扯就一大把的豬草。

「不愧為首富秦家！豪！」

「秦家大氣！」

皇孫們不禁誇了起來。

秦汐搖頭。「這東西不值什麼銀子。」

眾人覺得要窒息了。

不值什麼銀子？單是漂洋過海的路費也不便宜啊！當然漂洋過海的東西未必是珍貴的，在其他國度遍地都是也有可能，但是因為路費問題，漂洋過海的東西，哪怕是一棵草，加上運費也不便宜。想想一艘能漂洋過海的船要多少銀子？想想漂洋過海一趟需要多長時間，又有多大風險？

不過……秦家有自己出海的商隊，聽說秦家一共有幾十艘大船，從內河航行價值上萬兩的船到漂洋過海價值過十萬兩的大船都有，所以不知人間疾苦的秦姑娘才能輕飄飄地說出不值什麼銀子吧？

秦汐又道：「昆布物美價廉，營養豐富，這東西對身體好，對大脖子病有一定的防治作用。」

在天元國窮苦百姓裡，大脖子病還挺常見的，應該是嚴重缺碘引起的。

隨行的太醫聞言震驚了。「這東西對大脖子病有防治作用？」

晉王也震驚了。「此話當真？」

大脖子病在天元國某些縣十分常見，要是能防治的話，這可是造福許多被大脖子病困擾的百姓。

楚王世子見太醫都不知道時忍不住道：「秦姑娘是如何知道的？此話不能亂說！」

皇上冷哼一聲，語氣傲嬌。「什麼亂說？我說過了，這是好東西，你們不識貨而已。別說大脖子病了，其他病都能治。」

汐丫頭拿出來的東西會不好？別說大脖子病了，只要脖子不斷，他相信什麼病都能治，他親身體驗的，絕對錯不了！

別的昆布他不敢保證，汐丫頭的昆布，他敢用屁股下面的龍椅來保證，包治百病！

楚王世子與一群龍子鳳孫此時內心一片混亂。

皇祖父說話何時這般誇大其辭了？他不是最討厭信口開河之人？

父皇（皇祖父）莫不是失心瘋了？這等無腦之言都能說出來？

戶部尚書點頭。「沒錯，包治百病！」

就是有點可惜老百姓不識貨啊……不過不怕，是金子總會發光！

一群龍子鳳孫更加驚悚地盯著戶部尚書。

這話他都敢說？難道失心瘋還能傳染？戶部尚書可是出了名的說話做事嚴謹、縝密，從不誇大其辭。包治百病，此等不切實際，浮誇之言，他是如何能一本正經的說出來的？

太子也震驚。原來戶部尚書也會拍馬屁？難怪父皇如此器重他。

晉王想到那些魚，吃了那些魚，他一身新傷舊患都沒那麼痛了，聽老五說出自秦家，於是他一臉莊重地點頭附和。「沒錯！」

襄郡王眼神閃了閃，轉了轉大拇指上的扳指，笑了笑。「如此說來，這真是好東西啊，是我孤陋寡聞了。」

竟然連直腸直肚的晉王都會拍馬屁了？吃錯了什麼藥？算了，反正皇祖父金口玉言，說得都對，包治百病就包治百病吧！

楚王世子也笑了笑。「竟是如此好東西？就是可惜老百姓不識貨啊！」

晉王世子出主意。「可不是，這麼好的東西，竟無人賞識，應該宣揚一下。」

蕭暻桓也道：「好東西是好東西，就怕沒人相信，畢竟又不是什麼神丹妙藥，吃一次就見效。」

皇上、戶部尚書、晉王異口同聲。「就是神丹妙藥！」

一眾龍子鳳孫在內心吶喊著，這三人瘋了吧！

這時，第一個排隊領粥的男人拖著一條腿，匆匆「跑」了過來，對著傅氏和秦汐道：「夫人、小姐，是不是可以再領一碗粥？謝謝夫人，謝謝小姐，妳們的粥裡面加了什麼，實在太好吃了！孩子他娘剛吃完說肚子沒那麼疼了，我兒子也說他頭好像沒那麼疼了。」

傅氏笑道：「可以，你再去排隊領就是。」

男人感激地鞠躬道謝。「謝謝、謝謝，妳們真是大善人！」

男人連番道謝後，拖著右腿，快速去隊伍之後排隊。幸好，隊伍不長，只有幾個人，一下就輪到他了。

男人離開後，又有一個揹著孩子的婦人走近，又哭又笑地道：「恩人，可以再給我一碗粥嗎？剛剛我只領了一碗，試著給我孩子吃了幾口，沒想到我孩子吃了你們的粥就不吐了。他這兩天吃什麼就吐什麼，我都擔心死了，沒想到吃了你們的粥就不吐了，還說吃了肚子舒服。可以嗎？求求你們了！」

她太餓了，才來這裡排隊，這粥她本來打算自己吃的，可太好吃了，她才給孩子嚐嚐，也幸好給孩子嚐了。

傅氏忙道：「可以的，妳去排隊再領一碗便是。」

「謝謝！謝謝夫人，謝謝……」婦人一臉感激，連聲道謝後才匆匆跑去排隊。

婦人剛離開，又有一個老伯走過來。「我可以再領一碗粥回去給我老伴嗎？她臥病在床，不方便來。這粥實在太好吃了，吃了舒服。」

不僅好吃，吃了還賊舒服。老人覺得吃過這野菜粥，整個人暖洋洋的，他的陳年咳都感覺止住了。

他本來打算找個少人的隊伍排隊領一碗粥，先吃了頂頂肚，再去其他隊伍排隊給老婆子領一碗好的粥。可是吃過這野菜粥後，他果斷地回來再領一碗。

接著繼續又有領過粥的人回來要求再領一碗回去給家人吃，都讚這粥好吃，吃了身體舒服。

一眾龍子鳳孫互相交換眼神。

不是吧？還真包治百病？這也太玄了吧？

正在排隊的人聽見了回頭再來領粥的人的話，忍不住問道：「你說真的嗎？你媳婦吃了這粥肚子就不疼了？」

「真的，我媳婦吃完說全身暖洋洋的，肚子沒那麼疼了，說是整個人都舒服了，我兒子也是，頭沒那麼疼了。」

「真的嗎？妳孩子不吐了？這麼神奇？」

「真的，不然我能再來領一碗吃嗎？這粥裡面的野菜能治病吧，而且特別好吃，我從沒吃過這麼鮮甜的粥。」

「真的，真的，我剛吃完，感覺不咳了……」

「我還聽見那位姑娘說能防治大脖子病，我爹就有大脖子，我得領碗粥回去給他吃。」

聽了這些話，排隊的人忍不住大聲吆喝自己的家人或者認識的人。「娘，媳婦兒……快、快過來這邊排隊領粥，這粥好！」

「大娘，快、快過來這兒排隊，聽說這粥吃了對身體好。有肉的，裡面有蝦肉，我都看見了。」

「二哥，這邊！快來這邊，這粥好，能強身健體！」

這麼一頓吆喝，震驚了眾人，能強身健體？

不知誰大喊了一聲。「那綠油油的粥竟是傳說中貴人們才吃的藥膳嗎？」

這話一出效果驚人，於是正在其他粥棚排隊的人一窩蜂地跑過來，尤其是對面許家粥棚的人，因為離得近，一下子就跑掉一半了。

許陌言忍不住咬住了下唇，帷帽下的臉染上一抹怒意。

又是她出來譁眾取寵！這是因為知道皇上和各位王爺、皇孫來了，故意弄點噱頭出來，引起這些貴人的注意嗎？

她忍不住道：「不愧是商戶，最懂投機取巧。」

許夫人皺眉搖頭。「一碗粥能治病？能強身健體？簡直是無稽之談！那不是糊弄百姓嗎？」

百姓們無知便罷，皇上等人竟都相信？什麼時候皇上如此昏庸了？果然人長得漂亮，在男人面前天生就有些優勢。

許陌言的丫鬟也怒道：「她怎麼這麼討厭？總是搶小姐風頭！」

許陌言抿唇。可不是有點討人嫌？

許夫人聞言道：「陌言自小以才藝出眾而被世人稱為才女，豈是一個商戶女能搶她風頭的。」

不過是一個以色惑人之主罷了！因著顏色好一些，一時將男人吸引過去而已，沒什麼了不起的。

「人貴在修養，貴在才華，真正聞名於世，甚至在歷史長河裡熠熠生輝的，都是有才情的人。咱們許家百年書香望族，靠的就是才學傳家，可不是其他。常言道富不過三代，因此家學淵源才是永久的財富，書畫才學才是真正的傳世之道。」

許陌言的丫鬟忙道：「夫人說得是，許家先輩個個驚才絕豔，絕非那些市儈之人可比。」

「她還不夠……」嘴裡含著的「格」字沒出口，畢竟以後也是貴人。

「娘，我先回去了。」許陌言想到什麼將大勺子一擱，也不施粥了，直接離開。

想奪她的風頭？且讓她看看什麼叫風頭，什麼叫奪不走的風采！

丫鬟叮囑府中其他下人繼續施粥，然後才趕緊跟上。

許陌言特意往皇上一行人所在的方向走，當靠近皇上等人時，她佯裝不小心被丫鬟撞到了，然後一卷紙軸從她的袖口滑落在地上，隨後一張張紙被吹散開。最顯眼的一張白紙上，一艘威風凜凜的戰艦躍然紙上，其他紙張上畫的則是細節圖。

丫鬟尖叫一聲。「小姐，您畫的圖掉了！」

說完她趕緊上前去撿，那動作快如閃電，一副擔心被人看見了的模樣。

皇上等人被這一聲驚呼驚動了，紛紛回頭看。

「咦？這是戰艦？」襄郡王驚訝道：「好畫工，簡直畫得栩栩如生！」

晉王一個箭步上前。「姑娘，這圖紙可否讓我看看？」

丫鬟警惕地將那些圖紙護在懷裡。「這些都是我家小姐親手畫的。」

許陌言這時開口道：「知書，不得無禮！」

許陌言屈膝福了一福，行了一個非常標準，盡顯世家教養不凡的禮。「臣女，見過諸位貴人。」

外面人多嘴雜，不好喊破眾人的身分。

皇上笑道：「許姑娘不必多禮！這圖是妳畫的？可否讓我們看看？」

皇上指了指被丫鬟當寶貝般護在懷裡的圖。

許陌言又福了福。「回貴人，臣女不才，只是一時興起而作，上不得檯面，若污了貴人的眼，還望不要見怪。」

說完，許陌言看了丫鬟一眼。「知書，將圖給貴人看。」

丫鬟聞言，這才將圖紙恭敬地遞給晉王。

晉王接過來遞給皇上，皇上一張張的翻看，而晉王就在邊上看著，眼神認真。

楚王世子忍不住湊了過來，其他人也紛紛湊過來。

譽王世子看著這出神入化的畫工笑道：「許姑娘過謙啦，這船畫得真的非同一般。」

「簡直威風凜凜，氣勢洶洶，你看船沿上這些尖角，敵軍見了還敢靠近嗎？」

「妙，妙極！這戰船一旦和敵軍船隻相撞，絕對能將敵軍船隻撞出一個大窟窿，不戰而勝也！」

「這戰船，敵軍見了絕對掉頭就跑！」

一個個看著圖紙上氣勢威猛、霸氣非凡的戰艦，讚不絕口。

楚王世子剛剛消退的那一股得意，不知不覺又回來了。

古人誠不欺我也！娶妻當娶賢，娶有才德的賢淑女子，才是興旺之兆，這艘戰艦若真的做出來，功勞絕對少不了。

一群龍子鳳孫的目光都忍不住落在皇上手中的圖紙上。

包括蕭暻玹的視線也落在那些圖紙上。他天生對兵法和軍事有關的東西，都特別感興趣。他也知道皇祖父準備打造一支強悍的水軍。父王正發愁造船司那邊的人設計出來的戰艦，不合心意。他自己最近也一直在翻看關於船的各種書籍。

許陌言忍不住看向秦汐。秦汐正看著蕭暻弦的方向。

許陌言的視線跟著一轉落在蕭暻弦身上。她見蕭暻弦看得認真，心忍不住提起來。他後悔了嗎？見到這戰艦的圖紙，他後悔當初為了一個毫無才華的商戶女羞辱她了嗎？他知道自己的才情才配得上他嗎？

大家都認真的看著圖紙，四周的百姓又都跑向秦家的粥棚，一時四周有些混亂。混亂，就有機會生事。

跑向秦家粥棚的人開始出現推攘，有一人被推了一下，身形不穩地撞向蕭喚玹。秦汐見他的手探進了袖袋裡……

第二十二章

在人開始變多的時候，秦汐便有意無意地靠近蕭暻玹和晉王所在的位置。

因此一看見那人的動作，她便迅速出手。

蕭暻玹雖在認真的看圖紙，但一個從七歲就開始上戰場，身經百戰的人，豈會有人近身也察覺不到？他在對方掏出一包東西時，直接出手。

於是大手扣小手，小手扣賊手。

蕭暻玹驚得迅速縮手。

而秦汐一手扣住西戎探子的肩胛，一手反手扣住了對方的手腕，將他擒拿住，壓了下去。

蕭暻玹迅速縮回手後，順勢點了他的穴道，奪走賊人手中那包東西。

只是，身體的紅疹又開始冒頭了……癢！

西戎探子一臉痛楚，完全動彈不得，他在秦汐出手扣住他的手和肩胛時便想出手反抗了，可是動作沒她快，力氣沒她大，他一個西戎高手，竟被壓得紋絲不動，想反抗都不行。

他下意識地看向某個方向，而秦汐鬆手時，正好看見他的眼神。

「借力！」於是秦汐一腳踩在西戎探子身上，身體躍上了半空。

被點穴的西戎探子被一腳踩飛了出去，以詭異的僵硬姿勢趴在地上。

秦汐躍上半空後踩著蕭暻玹的肩膀借力，然後在半空中翻了一個大筋斗，飛躍過一堆人，接著在半空中直接奪過一個大木桶，腳再次一踢，只見一條人影直接撲了個街。

這一切發生得太快，許多人甚至來不及看清秦汐全套動作，秦汐便捧著一大木桶的粥穩穩地落地，她將那桶粥重重地壓在西戎探子二號身上，她單手搭在木桶的邊緣，壓住木桶，穩若泰山。

覬覦我國土者，必誅！

西戎探子二號剛被堅硬的青石板磕破了牙，還沒反應過來又被一大桶粥砸得直接吐了一口血。本來他見事情暴露，為了救出同伴，他便操起一大木桶的粥，打算潑向天元國皇上等人，以此製造混亂，順便救人。沒想到木桶才剛剛舉起，就被人在半空中奪了過去。

他還沒反應過來，就直接撲街，都沒能掙扎，又被砸了。

他反應也很迅速，雙手奮力一撐，只是竟然撐不起來，他可是西戎國排名前百的高手。他使勁地動了動四肢，調動十成內力，掙扎著要起來，可背上的大木桶依然文風不動。

這是女子嗎？力氣怎麼這麼大?!

有這想法的不僅僅是西戎探子，還有在場的人，大家都震驚地看著秦汐，呆若木雞。

這……這也太厲害了吧！她是誰？她真是商戶女出身？確定不是將軍府出身？

只有一個小孩沒愣住，奶聲奶氣地指著木桶下手腳掙扎不休的西戎探子道：「娘，他好像揹著龜殼的烏龜，爬啊爬，爬不動。」

還在垂死掙扎的西戎探子身體一僵，不敢再動，甚至想死的心都有了。他正想咬碎毒牙，蕭暻玹直接出手封了他的穴。

蕭暻玹收回手，看向秦汐搭在木桶邊緣的手，剛剛的粥灑了一些出來，她的手都被燙紅了。她的手很白，又細又嫩，沾了一些粥，紅了一片，迅速起了幾個水疱。

蕭暻玹覺得特別刺眼，眉頭緊皺，心底閃過一抹狠戾，他冷冷地看了木桶下的西戎探子一眼，然後伸手想去將木桶搬走。

烏龜西戎探子被看得後背發涼，他們做探子的，不怕死，只怕生不如死。

秦汐快蕭暻玹一步，直接將木桶搬開，放到地上。

蕭暻玹見此便直接施展輕功離開。

眾人驚愕地看著秦汐，又看看一旁這大大的木桶。

這滿滿的一桶粥，她是怎麼做到輕而易舉地接過來，又放下的？這個木桶可是像浴桶那麼大的木桶啊！可容納兩個人的木桶，裝滿粥有上百斤吧？

蕭暻桓目光炯炯地看著秦汐，她竟懂武？不是說學什麼都三心二意、只學一會兒嗎？

「汐兒，妳沒事吧？」這時傅氏心急地隔著人群喊了聲。

「沒事。」秦汐回了一句。

眾人這才回神。

「護駕！」這時躲在晉王身後的太子回過神來大喊一聲，迅速來到皇上面前攔著。第一時間早被晉王和趙飛剛一左一右護著的皇上嘴角一抽。

「護駕！」

「護駕！」

一群龍子鳳孫回神後迅速將皇上團團圍住，剛剛那一切發生得太突然了，他們現在才反應過來要護駕。

皇上氣不打一處來。

這個時候才喊，還護個屁啊？要不是有暻玹和汐丫頭，他都成落湯龍嘍！

傅氏和秦庭韞這時匆匆跑到秦汐面前。

「汐兒，妳的手。」

「汐兒，妳的手起水疱了！」

兩夫妻一眼就看見女兒嬌嫩的小手上泛起一顆顆大小不一的水疱，心都抽疼起來。

「沒事，不疼的。」秦汐收回手，不讓他們繼續看，不然估計她娘會哭，還是哭很久那種。在現代她訓練和執行任務時，受過的傷比這嚴重多了。

「退下！」皇上聽了，急忙冷聲命令。

眾人心中一驚，忙讓開。

皇上將手中的圖紙塞到林公公手中，匆匆走向秦汐。「汐丫頭，妳沒事吧？」

「沒事，小傷。」秦汐搖頭。

「太醫！」皇上不信，大喊了一聲。

這時蕭暻玹已經施展輕功，躍上不遠處的屋簷捧了一捧乾淨的雪回來，他直接站到秦汐面前。「手伸出來。」

聲音很冷，帶著壓抑。

太醫這時也擠了上來忙道：「秦姑娘，若是手燙傷，可以用雪敷一下。」

秦庭韞忙道：「汐兒，快用雪敷一下。」

其他人見皇上如此緊張，也紛紛開口勸說。「秦姑娘，燙傷可大可小，嚴重時會留疤，快用雪敷一下！」

「對啊，秦姑娘，快用雪敷一下！」

這可是皇上的救命恩人！

被忽略，甚至被擠到一邊的許陌言見所有人都圍著秦汐團團轉，她忍不住咬住了下唇。

又來了！她又來搶自己的風頭了！

蕭暻玹見她沒反應，皺眉直接拉起了她的手。

秦汐當然知道燙傷第一時間用冰敷、用冷水沖可以降低皮膚的溫度，減輕燙傷的程度。

她只是驚訝蕭暻玹會捧來一捧雪，反應慢了點，而且都起水疱了，現在用雪敷也遲了。

擔心弄破水疱，蕭暻玹小心翼翼地將手中的雪，輕輕敷到她的手背上，然後用雙手幫她捂著。

秦汐對這溫柔的動作覺得有些怪，但蕭暻玹的動作很輕，一直沒放開，就這麼捂著。

幸好他捧的雪多，避免了肌膚接觸。但他也是迫不得已，誰讓秦汐的丫鬟就像木頭那樣杵在那裡乾瞪眼，不知道過來，他只能咬牙忍著，總不能讓受傷的她自己來吧？

但這一幕在外人眼裡就是他將她捧在手心裡，小心護著，捨不得放開。

皇上老懷欣慰。

朕就知道英雄難過美人關！哈哈，這臭小子，總算開竅了。這臭小子性子雖古怪，臉也臭，白長了一副好相貌，但還算知道疼人。看，汐丫頭都感動得愣住了。

至於蕭暻玹臉紅耳赤，皇上認為他是害羞了。

畢竟這麼多人看著。他這個皇孫在女子面前有多靦覥他是知道的，簡直到了畏懼的地步，若不是自己給他賜婚，就他這看見異性就躲的性子，不知道何時才能娶上郡王妃。

皇上很滿意自己欽點的金童玉女。

許陌言看蕭暻玹小心翼翼地用雪包裹住秦汐的手，下唇都咬出深深的齒印，只差咬破了。

簡直不知羞恥！

蕭暻桓看著兩人大手包小手，心裡生出一種自己被綠了的感覺。

他覺得這個女人該是他的，雖然他看不上，但心中莫名生出一股怒意。前陣子她還在自己面前裝暈，想引起自己注意，現在又和另一個男人含情脈脈，果真是水性楊花的賤人！

蕭暻桓這下子全然忘記了香囊的事。

太子殿下見蕭暻玹握住秦汐的手，莫名的心裡不舒服，恨不得上前取而代之。但不能，至少現在不能！

秦庭韞心裡的擔心放下了，暻郡王人雖冷，但心細、體貼、知道疼人，這就夠了。只是雖說兩人已訂親，大庭廣眾之下，這行為也不妥，他輕喚了聲。「玉桃！」

玉桃眼裡正冒星星呢。

姑娘和暻郡王站在一起真的太般配啦！

突然聽見秦庭韞叫喚，回過神來的她立刻反應過來，趕緊上前。

雪的冰涼鎮住了傷口的灼痛，讓她舒服了不少，只是秦汐非常不習慣，甚至不自在，而且秦汐見蕭暻玹雙手通紅，青筋凸起，想來也是不自在。

她忍不住抬頭打量了他一眼。

這一看，嚇了一跳，他的臉怎麼這麼紅？脖子上的青筋都凸起了。而且她感覺他整個人繃得很緊，彷彿在忍受著極大的痛苦，反正看起來比她還痛苦百倍。

秦汐不禁分析著。不會是碰到那包藥粉染了鼠疫吧？還是那藥粉有過敏成分？還是靠近女色，讓他如此難受？

「我沒事了，我自己來就行。你是不是身體不適？」秦汐伸出另一隻手，示意他縮手。

「不是。」蕭暻玹看向玉桃。

正好玉桃這時上前，她恭敬地福了一福道：「郡王爺，奴婢來吧！」

蕭暻玹這才鬆手。「讓妳丫鬟捂著。」

秦汐的手在他縮開時迅速捂上去，時機拿捏得恰到好處，既沒碰觸到他，雪也沒掉落一星半點兒，只是雪開始融化有水珠滴落。

玉桃道：「姑娘，我來。」

「不用。」秦汐搖頭，不方便，她看向地上的兩名西戎探子。

「這兩個是誰？不查一下嗎？」

地上那個以詭異姿勢趴著的西戎探子，聞言感動了，總算有人記起他們了。

蕭暻玹看了長平一眼。

長平捋起他們的袖子，露出了西戎人出生就會紋上的刺青。

「西戎人！」襄郡王驚呼一聲。

蕭暻玹癢得實在忍不住了，他對皇上道：「皇祖父，我將人帶走審問。」

皇上點頭應了。於是蕭暻玹和長平一人揪住一個西戎探子的衣服，迅速上馬離開。

皇上想到剛剛看見秦汐手上的水疱，他對趙飛剛和林公公道：「回宮將燙傷生肌膏和冰肌雪顏膏全都取過來。」

只有幾瓶，也不知道夠不夠。

眾人暗驚。

宮裡的燙傷生肌膏和冰肌雪顏膏是出了名的好用，兩者都是開國之初跟隨太祖打天下的神醫留傳下來的宮廷秘方，效果出奇的好。只要用上燙傷生肌膏，哪怕超嚴重的燙傷三天就能痊癒，只是會留疤，世人都知，燙傷疤痕凹凸不平，有多醜陋，有多難除。

而冰肌雪顏膏，則能去疤，用了哪怕再嚴重的燙傷傷疤也能祛除。燙傷膏就算了，它所用的藥材雖珍貴，但還是能尋到；但冰肌雪顏膏所用的藥材除了珍貴，還稀有、難尋，哪怕有銀子、有身分，也買不到。

除了它是宮中御用珍品，還因為其中有兩樣藥材，一種喜歡長在懸崖絕壁，一種喜歡長在雪峰之巔，冒險前往採藥之人，百出一歸，還未必能採到。聽說宮裡除了太后娘娘和皇后娘娘那裡有一瓶冰肌雪顏膏，連頗為受寵的貴妃娘娘那裡都沒有。

臣子裡，皇上也只曾賞賜過一盒給許帝師，現在皇上卻將他的燙傷膏和冰肌雪顏膏全賞給秦汐，一眾龍子鳳孫再次更新了皇上對她的喜歡程度。

「是！」林公公應了一聲，將手中畫紙塞給許陌言的丫鬟，匆匆和趙飛剛離開。

皇上的東西只有林公公能拿到，而趙飛剛是禁衛軍首領，速度快。

因此皇上叫兩人一起去。

皇上又對秦汐道：「汐丫頭，來，我送妳回府休息，等那藥到了，立刻用上。妳放心，不會留疤的。」

眾人大驚，皇上親自送她回府？皇上開什麼玩笑?!皇上若真送，這算是至尊殊榮吧？反正他們身為龍子鳳孫都沒享受過，都是他們恭送皇上，從沒試過被皇上護送。

只有秦汐知道，皇上只是想去蹭飯而已。

她道：「汐兒謝過蕭爺爺，蕭爺爺的關心，汐兒心領了，不敢煩勞蕭爺爺。」

皇上要去蹭飯，秦汐自然不拒絕，她相信憑她爹左右逢源的能力，不會招待不周，惹禍上身，反而能讓皇上看到他的能力，瞭解他、記住他這個人，以後那封通敵信函的事若攔不下，皇上下旨抄家時，也會遲疑，但客氣的話還是得說。

秦庭韞也驚了，馬上恭敬道：「蕭老爺使不得！小的送她回府就行，多謝蕭老爺關心。」

「無妨！汐兒救了我，我要親自送她，不然我不放心。」

戶部尚書點頭附和。「是的，我也不放心，我和蕭老爺一起送。」

晉王見父皇似乎真的想做，沒開玩笑，他便須護駕，也道：「秦老弟，無妨，秦姑娘上過藥後，手若沒事，我們就離開。」

皇上瞪了他一眼。你個棒槌自己離開吧，朕吃過飯再離開。

晉王被瞪得莫名其妙，他說錯什麼了嗎？

太子道：「我也不放心。」

皇上都親自相送了，其他人見此，豈敢不送，紛紛表示要相送。「對對對，我們也不放心。」

皇上大手一揮。「不必，你們都回去吧，別打擾了汐丫頭養傷。」

這麼多人跟著自己去蹭飯，誰知魚夠不夠？

於是皇上帶著晉王和戶部尚書浩浩蕩蕩地去蹭飯，其他人只能親自將皇上護送到秦府，然後各自歸家。

施粥繼續進行，只是大街上再無貴人。

許陌言就像被人遺忘了一樣，她站在那裡看著被眾星捧月護著離開的秦汐，抿嘴，收回視線，又看到林公公塞到丫鬟手上的畫紙，只覺越發心塞。

所以，她花了無數心機，派人四處打探，親自請了有名的造船之王指點，設計出來的軍艦，就這樣沒了然後了？不，她不信！這份功勞她拿定了！

第二十三章

秦汐剛回府，趙飛剛正好將藥送到。

皇上命太醫給秦汐上藥。「崔太醫，給秦姑娘上藥。」

崔太醫恭敬地對秦汐道：「秦姑娘，老夫先幫您將水疱挑破，然後再上藥。」

秦汐拒絕。「這水疱小，不必挑破，直接上藥就行。」大的水疱才要挑破，像這種小水疱皮膚在痊癒的過程會自行吸收，再說以現在的條件挑破了，反而容易造成感染。

挑破水疱？那得多疼？傅氏心一緊，扯了扯秦庭韞的衣服。

秦庭韞擔心太醫手腳粗魯，會弄疼女兒，要知道汐兒最怕疼了，他忙道：「崔大人，小女被在下慣壞了，從小到大受了傷，只肯讓我上藥，讓我來吧！」

從小到大，汐兒只要受傷，只肯讓他上藥，連娘子都不行。

不過他們的女兒，千嬌百寵般長大，破點皮就是大傷，要是像割破手指，會出血這種情況，那就是重傷。女兒從小到大，受過最重的傷，就是拔乳牙的時候，哭得那是一個驚天動地。

秦庭韞也怕秦汐這次會哭，不過這次他還存了其他心思。

崔太醫看向皇上，皇上點頭同意。

秦庭韞便恭敬地接過太醫手中的燙傷生肌膏，親自給秦汐上藥，動作輕得連太醫都自愧弗如。

看見女兒猙獰的傷口，破損的皮膚，還有幾顆小水疱，女兒沒哭，秦庭韞上著藥卻忍不住紅了眼眶。而一旁的傅氏早已拿著帕子悄悄抹淚，那帕子都可以擰出水了。

皇上見了心中愧疚。這次汐丫頭救駕有功，又造福百姓，再加上秦家捐了如此多銀子，得重賞！回宮他就頒旨。

他又忍不住心想，沒想到堂堂首富也算是一方霸主，竟如此疼愛妻女。而且正妻只育有一女，算是無後，也不納妾，可見是重情重義之人。他算是看出來了，汐丫頭是秦家人的心中寶，以後得叮囑暻玹好好待她。

晉王看慣秦庭韞在外面溫文爾雅，長袖善舞，遊刃有餘的樣子，也被他這樣子驚呆了。至於嗎？不就是小小燙傷？就算手斷了也不用落淚吧！身經百戰，在戰場上受過不知多少比這重幾百倍傷的晉王甚是不解。不過想到秦庭韞就這麼一個寶貝女兒，他似乎又有點理解了。

以後還是讓老四好好待她吧！免得別人的掌中寶，嫁到王府受委屈了。

秦庭韞悄悄留意了一下兩人的神色，心裡知道自己紅了眼眶起效果了。他是真心疼女兒，但要忍著不紅眼，他也是可以做到的，但他希望更多人疼愛自己的女兒。

而且，今天正好可以乘機讓皇上和晉王看看，他的寶貝女兒，雖然出身不高，但也是嬌養著長大，甚至比那些世家千金還要嬌氣，得好好寵著。望兩個人見識過後，以後對女兒的嬌氣或者某些奢靡的行為能寬容一點。

畢竟皇家是一個最尊貴安全的地方，但也是一個吃人不吐骨頭的地方，惹他們不喜就壞事了。唉！就是可惜暻郡王今天沒來。

於是給女兒上完藥後，秦庭韞便開始留飯。

晉王擔心皇上回宮批閱奏摺遲了，便道：「不……」

「咳。」皇上立刻咳了一聲，打斷了他。「盛情難卻，卻之不恭，如此我們便打擾了。」

秦庭韞沒想到皇上竟然會留下來用膳，他心中一喜，幸好多年經商早已練就了除了妻女的事能讓他變臉，其他事都不算事的本事。

他恭敬有餘，熱情十足，卻又不會讓人覺得諂媚討好地笑道：「不打擾，不打擾，榮幸之至！」

晉王見狀況有變也不訝異，他早就想來找秦庭韞吃火鍋，皇上不走，正合他意！

晉王可不會客氣，直接點菜。「如此便煩勞秦老弟了。聽犬子說秦老弟家的鴛鴦火鍋妙極，今天就吃火鍋和燒烤吧！」

「這不合適吧？」火鍋和燒烤吃完後身上的味道大，而且一樣樣生鮮食物擺上桌，他怕皇上覺得受到怠慢。

皇上擺手。「燒烤好，不過我也很想知道什麼是鴛鴦火鍋。」

在皇宮裡，御膳房的菜都是清淡為主，將皇上嘴巴都吃淡了。皇上當皇子的時候，夢想的就是以後遊遍山河，吃遍人間美味，沒想到上面的皇兄自己鬥沒了，皇位最後落到他頭上，從此遊遍山河，嚐遍天下美食就成了夢想。

秦庭韞還想勸，秦汐覺得皇上一定會喜歡，野外燒烤都能接受了，更何況火鍋？

「爹，就這麼安排吧，我讓秋菊準備。」

秦庭韞最聽女兒的話，話頭一轉便應下了。

秦汐藉口離開，實則是偷偷將海島裡的海鮮、養大的雞、蔬菜、水果放到一輛專門用來外出採辦的馬車上，然後讓石榴將東西送去廚房交給秋菊處理，石榴沒有任何疑問地將所有食材送往廚房交給秋菊。

秋菊看著木桶裡鮮活的大石斑魚和各種海鮮，眼裡閃過驚喜。「姑娘去釣魚了？」可今天姑娘好像沒去釣魚啊……

「沒，買的，姑娘說今天中午吃火鍋宴客，客人有晉王和戶部尚書等人。」東西在採購的馬車上，自然是府中負責採辦的人買回來的，石榴理所當然地這麼認為。

秋菊一聽是請晉王吃火鍋，立刻打起十二分精神應對。

然後當皇上吃下第一片薄薄的石斑魚片後，就停不了口了。

「原來魚片這樣吃，還能更鮮甜一些！妙絕！」皇上讚道。

「極其美味！」戶部尚書懶得廢話，只回了四個最實在的字。

晉王吸取上次和手底下將軍吃飯的教訓，半個字也不說，所以皇上吃一片魚片，他已經吃三片了。

皇上瞪了他一眼，讓他別餓鬼投胎一般，但晉王裝作沒看見。

雖然大家都知道彼此的身分，但反正父皇也沒自暴身分不是嗎？

於是飯桌三人較勁般地開始比誰的速度快，誰吃得多，只是煞風景的很快就來了。

就在皇上剛吃得興致勃勃的時候，一群官差湧了進來，為首的凶神惡煞地道：「秦庭韞在哪裡？」

秦庭韞心尖一顫。莫不是那封信函已經被發現了？還是那兩名西戎探子也是對他們秦家的算計？

皇上皺眉，擱下筷子。怎麼會有官差擅闖進來？

怕驚擾了聖駕，秦庭韞忙站起來，走上前。「我是秦庭韞，不知大人有何請教？」

秦汐打量了一眼領頭的人和官差的衣著，心中詫異，這是順天府的人，他們為何上門？

這時二、三十名官差訓練有素地分立在左右兩邊，一名身穿官服，四十歲出頭，肥頭大耳的中年男人大搖大擺地走上前。他眼神不屑地打量了秦庭韞一眼。「你就是秦庭韞？」

秦庭韞不卑不亢地回道：「正是草民。」

「本官乃順天府府丞孫仁東，有人舉報你逃稅。你乖乖地交出所有帳本，跟本官去順天府走一趟。」

秦庭韞皺眉。「孫大人是否有什麼誤會？在下從商多年向來奉公守法，賦稅從來都是按時交齊，未曾漏過一文錢。」

孫仁東冷哼一聲。「有沒有漏交不是你嘴巴說得算！本官勸你抓緊時間將所有帳本拿出來，讓本官盡快查清楚，不然你就等著過年在牢裡過。」

這時，馮管事和海管事急急地跑了過來。「老爺，咱們京城的鋪子和城郊的作坊都被官差封了，還帶走了所有的帳本，還有剛到碼頭的那船貨也被扣下來了！」

秦庭韞臉色一變，帳本都沒查清楚，證據都沒有，就封鋪、封作坊、扣押貨船？這是什麼道理？

孫仁東點頭。「沒錯，本官已經讓人封了你的鋪子和作坊，所以你乖乖地將這裡所有的帳本交出來，若是有遺漏，本官查出的帳不對的話，那就別怪本官不客氣了！」

秦汐這時候走了出來。「民女斗膽，敢問孫大人，不知咱們天元國哪條法規規定官差查帳可以擅闖民宅？不知天元國哪條律法規定還沒查清楚，沒有證據，朝廷命官就可以封鋪、扣押貨船、抓人？不知道的還以為咱們秦家是犯了天大的罪呢！」

孫仁東本來想發作，只是抬頭看過去，就被秦汐的天仙美貌驚住了。

他咳了咳，摸了摸鬍子自認風流倜儻地道：「本官乃順天府府丞，專門負責刑獄和賦稅，避免有些人收到消息逃跑，自然是先抓了再說！你們只要乖乖配合，就可以少受點罪。」

他雙眼放肆地上下打量著秦汐。

嘖嘖……這身段，這腰肢……只要抄了秦家，他不僅在太子面前立下大功，還能將這等尤物占為己有。這一趟，實在是意外之喜。

秦家女雖已被皇上賜婚，可皇上最討厭富商逃稅了。難道皇上還會將一個逃稅犯賜給暻郡王？再說，太子是他表哥，皇后是他的姨母，他是在幫太子辦事。秦家這些年擋了太子太多財路，本就該死，他怕什麼？

再者，再過不久，秦家通敵叛國的消息就會傳回來，到時候秦家所有的產業都會被清算，至少有一半會落入太子手中，然後他就能順勢分到一杯羹。

他只要慢慢查，就能拖到那一刻，那便是人財兩得。不對，他今晚怎麼不乘機弄一封通敵信函乘機栽贓嫁禍？失算了！如此他就能提前幫太子殿下拿下秦家。不過不急，將人抓回去再栽贓也是一樣，等到邊疆一事被揭發，就更是坐實了秦家叛國之罪。

秦汐冷淡地道：「孫大人的意思是說，律法沒有規定，是孫大人自己在沒有證據之下擅闖民宅？這麼說來孫大人這是違法執法，恕我們秦家不配合！」

孫仁東彷彿聽見了天大笑話，忍不住大笑。「哈哈哈……」

從來沒有人敢說他違法執法的，就算他違法執法，又如何？有人敢反抗嗎？她不知道律法就是他那位皇上姨丈定的嗎？在這京城，他要收拾誰，誰都得乖乖就範！

「本官的話代表的就是王法！既然你們敬酒不吃吃罰酒，就不要怪我。」孫仁東懶得和她廢話，他大手一揮。「秦家逃稅，妄圖拖延時間，毀滅證據，給本官搜！如有違抗，全都綁起來！」

那些官差馬上動了起來。

「朕看誰敢！」

皇上走了出來，身後跟著晉王、戶部尚書、趙飛剛和林公公。

孫仁東瞪大了眼。

朕？這天下有誰敢自稱朕？雖然他沒見過皇上，可是他見過晉王，見過戶部尚書，見過趙飛剛。皇上怎麼沒在宮裡，而是在秦家？

孫仁東一接到匿名信舉報，立刻就安排人上門封鋪、封作坊，因此還不知道城外的事。他身體抖成篩糠，雙腿一軟，跪了下來。「微臣參見皇上，晉王殿下，林大人！皇上萬福金安！」

一群蜂擁而上的官差都嚇傻了，紛紛放下武器，跪了下來，大氣也不敢喘一下。

皇上怎麼會在此？完了！他們來抄家，不會變成被抄家吧？

皇上冷哼。「有孫大人這樣的好官，朕豈只是萬福金安？簡直可以入土為安了！」

入土為安？孫仁東嚇尿了。「下官不敢，皇上饒命！下官只是……只是虛張聲勢，下官只是想震懾一下罪犯，讓他們趕緊認罪，這只是執法的手段而已。求皇上明察！」

想到上輩子被抄家，估計也是這樣，罪證都沒查清楚就抄了。

秦汐渾身散發著懾人的氣勢，聲音滿滿的諷刺。「罪犯？認罪？孫大人有證據證明我們是罪犯嗎？無憑無據就擺出抄家的架勢這是震懾還是想栽贓嫁禍，屈打成招？不知道的還以為孫大人這是覬覦我們秦家的財富，想占為己有呢！要是這樣的話，逃稅的罪名恐怕不夠，孫大人你索性給我們秦家扣一個通敵叛國的罪名吧！」

孫仁東驚得瞪大眼，她是怎麼知道他有這個打算的？

秦汐見此冷笑。「怎麼？看孫大人這表情，似乎真有這個打算啊？」

孫仁東的心都快跳出來了。「本官何時說過這話？妳不要含血噴人！欲加之罪，何患無辭！」

秦汐沒再理他，轉身直接跪到了皇上面前。「皇上，孫大人如此辦案，也不知辦了多少冤假錯案，求皇上徹查！莫讓奸臣當道，算計陷害忠君愛國之士！」

孫仁東慌了。「皇上，下官冤枉，下官沒有！妳個刁民不要含血噴人！」

秦汐又道：「皇上，孫大人有意誣陷我們秦家通敵叛國，求皇上徹查！通敵叛國乃誅九族之罪，我們擔當不起，求皇上替民女家作主，找一個清正廉明的好官，徹查此事，還秦家一個公道！」

秦庭韞和傅氏也跟著跪了下來。「求皇上徹查，我們秦家願敞開大門讓皇上查，請皇上還我們一個公道！」

馮管事和海管事，還有秦家所有的下人也都跟著跪了下來。「求皇上徹查！還秦家一個公道，莫讓奸臣當道，算計陷害忠君愛國之士！」

「求皇上徹查！」

「求皇上徹查！」

秦家主子和下人，大大小小上百口人，齊齊跪在地上磕頭，一聲聲的高呼，聲音之響亮，震撼人心，那一聲聲的哀求，就像催命符一樣，響徹雲霄，地板都彷彿震動了。

而孫仁東三魂七魄險些都要被震飛了，這一幫人是想他死吧？冤死他了！他才是該喊冤叫屈的那個吧？不知道的還以為他今天真的是來抄秦家的，而不是查賦稅的。他雖然想誣陷秦家通敵叛國，可是，他只是想想，根本就還沒做啊！他直覺他今天要完蛋了……

「皇上，冤枉啊！」他狠狠地磕了一個響頭，聲嘶力竭地大喊。只可惜，他喊破喉嚨的嘶吼聲，都被秦家人的聲音遮蓋住了。

「求皇上徹查！還秦家一個公道，莫讓奸臣當道，算計陷害忠君愛國之士！」

第二十四章

皇上抬了抬手。「大家放心，朕一定會徹查此事，還秦家一個公道。」

秦家人這才靜了下來。

皇上看向秦汐安撫道：「好了，汐丫頭快起來說話，這事朕必定嚴查！」

就算不看在秦家捐了那麼多銀子，看在這丫頭的面子上，他都絕不會冤枉了秦家，她可是自己選中的孫媳婦。

當然，普天之下都是他的臣民，他絕不想有人被冤枉。

秦汐知道皇上所說的徹查，重點是查賦稅，他定然沒將通敵叛國放在心上，她抬頭一臉認真地再次強調。「求皇上徹查秦家有無逃稅，求皇上徹查秦家有無通敵叛國。」

孫仁東心尖一顫，眼裡閃過恐懼，這死丫頭怎麼就揪住通敵叛國不放？

完了，他不會壞了太子殿下的好事吧？要是如此，這真的是完了！得罪了太子，誰幫他求情？他想不明白，他明明是來查逃稅的，她怎就能扯到了通敵叛國上？

現在他看秦汐的眼神簡直就像在看妖精，再也沒有了剛才的驚豔和色心。

這不會是什麼妖精變的，懂讀心術吧？

皇上嘴角抽了抽，這丫頭怎麼還揪著通敵叛國不放了？她真的覺得孫仁東想誣陷她家通敵叛國？這太扯了！

皇上並不相信，但這個孫仁東確實要查。

天子腳下，一個小小的順天府府丞就敢如此胡作非為，他倒要看看他背後的是什麼人！

「妳放心，朕一定不會放過誣陷良民、誣陷忠君愛國之士的奸佞小人！可以起來了吧？」

秦汐這才站了起來，笑道：「謝皇上，皇上英明，民女總聽人說皇上是百年難得一遇的明君，果真如此！」

秦汐知道現在說什麼通敵叛國皇上會覺得不可能，可是這卻是真的會發生的事，到時候皇上就會想起今天的事，就會起疑，就會讓人徹查。今天這事是上上輩子沒發生的，但是秦汐卻覺得反而是好事，至少，先讓皇上留下一個有人要害秦家的印象。

沒想到這丫頭還會拍馬屁，皇上沒好氣地哼了一聲，然後看向趙飛剛。「將人帶下去，交給大理寺好好審查。」

交到大理寺?!不應該是刑部嗎？為何要交給大理寺？大理寺卿那就是一個鐵面無私，六親不認的主啊！而刑部尚書是太子黨，他還有救。

孫仁東徹底慌了。

「皇上，冤枉啊！皇上！」孫仁東腦子一熱地爬到了皇上跟前，一直磕頭。「皇上，下官是孫仁東，太子殿下是下官的表哥，皇后娘娘是下官的姨母，下官的爹是……」

皇上臉都黑了，竟敢攀扯關係？他抬腿一腳踹在他身上。「趙飛剛！」
「是！」趙飛剛應了一聲，直接走過去，一把揪住了孫仁東的衣領，施展輕功離開。
「皇上，皇上饒命！皇上，下官冤枉啊！」空氣中只餘下孫仁東喊冤的聲音。
秦汐評價了一句。「果真是螃蟹大人。」
皇上不明所以。「什麼螃蟹大人？」
戶部尚書問：「汐丫頭是還有大螃蟹沒上嗎？」
上次的螃蟹簡直就是絕，他從沒吃過如此鮮甜膏肥的蟹。
晉王眼睛一亮，上次他只嚐到了蟹腳。
秦汐微笑道：「皇后是姨母，太子是表哥，妥妥的皇親國戚，這不就可以當螃蟹橫著走嗎？難怪這位孫大人敢說他說的就是王法，畢竟這王法差不多就是他家定的啊！」
皇上聽了氣不打一處來。
什麼他家定的王法？簡直胡說八道！這丫頭真是得理不饒人！
皇上的親戚眾多，但能得他承認的卻沒幾個。
戶部尚書嘴角抽了抽，想笑又不敢。
橫著走，螃蟹大人竟是如此意思？這形容還真是貼切得很。
晉王在一旁聽了有些震驚。
老四媳婦這嘴巴有點毒啊！說好的被嬌養著長大，不諳世事的嬌嬌女呢？看來他得對這位兒媳婦要重新瞭解一下。

皇上冷哼一聲。「天子犯法與庶民同罪！妳這丫頭也不用埋怨朕，朕定會還妳一個公道。」

秦汐笑了。「那我請皇上吃一隻大螃蟹以謝皇恩。」

「一隻？妳這丫頭也太小氣了吧？朕要天天吃！」

戶部尚書聽了心癢。他可以也要嗎？管他可不可以，先要了再說吧！

「汐丫頭，我也要！」

晉王見狀挑眉，他可是汐丫頭正兒八經的公爹，不可能少了他的吧？

「我也要！」

秦汐點頭。「可以。」為了全家身家性命，不就是一些魚蝦蟹？她送了，有捨才有得。

秦汐相信人是感情動物，對於親近的人，容易感情用事。

一個陌生人如果通敵叛國，只要證據擺在你眼前，你就會覺得他罪該萬死，就該誅九族。可是若是自己認識的人，自己親近的人，甚至自己喜歡又親近的人，那就不一樣了。你會懷疑，你會不相信，你甚至會想辦法去幫他查證，不到黃河心不死。

皇上聞言高興了，他又看了一眼一地的官差。「你們自己回去順天府領五十大板！」只見一群官差如蒙大赦，紛紛磕頭謝恩。「謝皇上恩典！」

匍匐在地上，半天不敢動的官差如蒙大赦，紛紛磕頭謝恩。「謝皇上恩典！」只見一群官差屁滾尿流地跑了。

五十大板雖多，屁股肯定開花，但不至於要命。

戶部尚書溫言保證。「汐丫頭，妳放心，林爺爺一定幫妳盯緊大理寺，盡快給妳討回公道。」

秦汐笑道：「謝謝林爺爺，我會多給您兩條魚的。」

這都行？晉王瞪眼，他冷哼。「有本王在，他們敢怠慢嗎？」

秦汐又道：「謝謝王爺，民女給您挑最肥美的魚。」

皇上這下不樂意了，他們這一個、兩個都當朕是死的？

皇上冷聲道：「你們的話有朕的管用？」

戶部尚書和晉王沒敢接話。

秦汐立刻道：「蕭爺爺放心，我孝敬您的，一定是最好的！」

皇上這才滿意了。

秦庭韞一直沒有插話打斷女兒，直到這時才開口道：「皇上，晉王，林大人，剛剛火鍋還沒吃完，要不繼續？」

對，火鍋還沒吃完。

皇上率先掉頭進屋了，晉王和戶部尚書紛紛跟上。

皇上、晉王和戶部尚書三人和秦庭韞一起涮火鍋、喝酒，直到實在吃不下了，才意猶未盡地告辭離開。這個時候已經快到傍晚了，三人是飽到晚飯都不用吃了。

臨走前，秦汐給每個人準備了一籃子蔬菜，一籃子水果和一桶海鮮。

她還讓馮管事將庫房裡這十幾年來的舊帳本和行商日誌都搬了出來。整個院子擺滿了簡樸大氣的雞翅木木箱子，一箱疊一箱，堆得高高的，這數量，沒有一萬也有數千，蔚為奇觀。

細看每個木箱上面都貼著紅紙封條，紙條上面還寫著年分。有些紅紙因為年代久遠已經褪色泛白，有些新鮮紅亮，看上去似乎還泛著墨香。

這一個個木箱裡面與其說是裝著帳本和行商日誌，不如說是裝著秦庭韞三十年的拚搏與成就。因為這些帳本和行商日誌都是秦庭韞從一個小小的貨郎到江淮首富的見證，尤其是那些行商日誌，作為傳家之寶也不為過了。

「皇上，王爺，這些都是我爹行商多年的帳本還有行商日誌。」

現在沒外人，皇上不滿秦汐還稱呼他為皇上，冷哼。「妳叫我什麼？」

「蕭爺爺。」秦汐立刻改口。

皇上滿意了，他看向地上的箱子。「帳本就算了，怎麼行商日誌都拿出來了？」

不過秦家既然連行商日誌都拿出來，足以見秦家有多坦坦蕩蕩，問心無愧！

「這些行商日誌上面除了記載我爹行商的過程、經歷、經驗之外，還有各國各地包括天元國的鄰國西戎國、女丹國、契真國、南疆國等國和一些海外國度的地方習俗，人們的生活習慣和一些地形地貌，甚至有地圖，我覺得對王爺瞭解鄰國有幫助。」

晉王立刻就聽出有什麼用了，他毫不客氣地道：「那本王拿回去借閱一下。秦老弟，你放心，這些東西本王一定盡快完璧歸趙。」

晉王知道秦庭韞從小的時候就跟著秦老爺子走家串戶的賣貨，未成親前就已經走遍整個天元國，近二十年來更是走遍附近各國甚至出過海。

讀萬卷書不如行萬里路，秦老弟踏遍山河的行商日誌何其珍貴，難得他捨得拿出來。

這事秦汐剛剛問過他才會拿出來的，秦庭韞也知道女兒如此做的用意，他笑道：「這些都是舊物，放著也是蒙塵，王爺不嫌棄就拿回去翻翻。只是上面寫的都是細碎的生活，若污了王爺的眼，可莫要怪罪草民便是。」

事無不可對人言，他這一生光明磊落，沒什麼不能讓人看的。

「那本王回去後馬上派人過來將這些箱子運走。」

「好。」

晉王又對皇上道：「父皇，兒臣送您回宮。」

皇上點頭，又對秦汐道：「汐丫頭什麼時候去釣魚？到時候派人去晉王府說一聲，朕回宮了。」

秦汐點頭。「民女恭送蕭爺爺，王爺。」

秦庭韞和傅氏也忙行禮。「草民（民婦）恭送皇上，王爺！」

一家人將皇上等人送出了府門，並且目送他們的馬車離開。眼見馬車已經走遠，一家人正想走回屋裡，這時後面匆匆駛來兩輛馬車，三人認出前面那輛是大房的馬車和自家的馬車均停下腳步。

馬車急急停下。

秦老爺子第一個下了馬車，隨後大房一家一個個的跳下馬車。

三房也從後面那輛馬車下來。

秦家大房下人少，今天三房一家被秦老爺子叫過去幫忙施粥。

秦老爺子緊緊地抓住秦庭韞的手。「庭韞，聽說皇上來了？皇上呢？」

他們在東城門那邊施粥，因為東城門那邊富貴人家多，比較少人領粥，因此並不知道西門發生的事。一直到下午他們才聽說秦汐在施粥的時候抓到了西戎探子，並且救了皇上。

皇上甚至親自送秦汐回府，請太醫給她醫治，還賞賜了御用的燙傷生肌膏和冰肌雪顏膏給她。這代表什麼？這代表皇上非常看重秦汐，秦汐這次真是入了皇上的眼了！

秦老爺子覺得得抓住機會在皇上面前好好地表達忠心，拿下一塊免死金牌，以後就算有人陷害老二一家通敵叛國，也不至於誅九族，至少有翻盤的機會。

秦庭韞皺眉。「皇上已經離開了。」

秦老爺子忍不住面露失望。走了？

古氏聞言失聲尖叫。「離開了？你怎麼不留住皇上？還有皇上來了咱們秦府，你怎麼不通知你大哥來見皇上？」

秦庭韞一臉無語。「皇上是我想留就能留的？」

「那你也該第一時間去請你大哥過來。」

秦汐笑道：「怎麼敢？咱們兩家什麼關係？老死不相往來的斷親關係，怎敢上門打擾？」

秦老爺子皺眉，非常不喜秦汐說話的語氣，但斷親一事的確讓老二一家受委屈了，他便沒說什麼，但古氏卻是氣炸了。

這個死丫頭竟敢陰陽怪氣地頂撞自己？反了天了！

她忍不住罵道：「妳一個丫頭片子大人說話插什麼嘴？妳懂什麼？妳知不知道現在我們對皇上有救命之恩，要是你們通知妳大伯過來，妳大伯說不定就能借此機會升上一級呢！到時妳大堂兄也能進國子監讀書，妳這是白白浪費了一個好機會！」

秦庭韞黑了臉，自己女兒的手都差點廢掉，娘不關心一句，還想搶汐兒的功勞？放屁！別作夢！

秦一鳴臉紅了。「娘，您說什麼呢！我無須靠這些升官，哪能這樣?!」

「祖母，那是汐兒的功勞，皇上要賞也是賞賜給汐兒。」秦晟宇讀聖賢書，也覺得祖母這是埋怨他，他要進國子監也是靠實力考進去。

「為什麼不能？皇上賞賜給她有什麼用？又不能光宗耀祖，福及家人，能有老大升官，你進入國子監讀書有用嗎？」

老二是商戶，不能升官，皇上賞些金銀珠寶，他也不缺，所以這賞賜落在大房身上是最實用的。她還有一個要求沒說出口呢！那便是，皇上最好順便封她一個誥命夫人。這些對皇上來說就是一句話的事，又不用花銀子。

越想她越覺得虧大了。

古氏看向自己的二兒子。「老二，現在皇上還沒給你們賞賜吧？如果皇上要給賞賜，你就在皇上面前舉薦你大哥，你大哥的官職升上去了，對你也有好處。還有給宇哥兒討個國子監的學位，宇哥兒以後出息了，也是汐兒的依靠；還有給娘討一個誥命夫人，我含辛茹苦地養大你，你可別娶了媳婦忘了娘。還有……」

傅氏聽得氣笑了。癡人說夢話！這是想升官發財，想當誥命夫人想瘋了吧？

秦汐冷著臉直接轉身走進府門，拿起門後的掃把，她懶得聽廢話。

「……還有，皇上不是賞了秦汐許多燙傷膏和冰肌雪顏膏嗎？給我十瓶、八瓶拿回去用。正好妙兒手上有一塊傷疤，再給如玉幾瓶做嫁妝，這兩樣膏藥聽說很好……」古氏上下兩片嘴唇不斷地一張一合，一句句貪得無厭的話理所當然的蹦出來。

秦汐拿著掃帚出來往地上一通亂掃。「讓一讓，麻煩讓一下，別堵在我家門口！」

眨眼間，在大家還沒反應過來的時候，秦汐便狠狠地打了古氏等人十幾下，將他們趕出幾尺遠。掃帚打在古氏、李氏、秦妙兒的腳上，疼得三人哇哇直叫，連連後退，其餘的人也紛紛躲避。

李氏疼得感覺骨頭都折了，只覺得秦汐這死丫頭一定是故意的。

秦庭韞兩夫妻都傻眼了。

汐兒在幹麼？這……這潑婦般的姑娘，真的是他們的女兒嗎？

秦晟文驚呆了，一個月不見，汐兒不只箭術有進步，還學會了橫掃千軍嗎？剽悍啊！京城的水土果然養人！那他上京之後，武術是不是也會突飛猛進，打遍天下無敵手？

古氏怒了。「臭丫頭，妳在幹麼？反了天了，竟敢拿掃帚打祖母，妳這是在趕我走嗎？妳也不怕天打雷劈！」

「這位老夫人說什麼呢？我只是打掃自家門口的雪而已。大家麻煩讓讓，不要堵在我家門口。」說著秦汐繼續胡亂地揮舞著掃帚，一不小心，掃到了角落裡的一堆積雪，一大團積雪飛了出去，糊了古氏、李氏一臉。

「作死了！妳個死丫頭，我是妳祖母，什麼老夫人？妳這是六親不認？嗯……」古氏正在大喊，突然被雪砸了一臉，雪都進嘴巴裡了，她用手一抹臉，使勁地將雪吐出來。「呸呸呸……」

「啊！」

一下子，李氏和秦妙兒也被砸得尖叫連連，兩人滿頭、滿臉、滿身都是地上的積雪，兩人都忍不住呸呸乾嘔。

這些都是大街上的積雪啊！被多少人踩過？兩人覺得髒死了。

這邊驚聲尖叫，大街上路過的人都紛紛停下來看熱鬧。

這是鬧那一齣？

第二十五章

秦老爺子氣得鬍子都抖了。「夠了！住手！秦汐，妳一個姑娘家拿著掃帚趕人，成何體統？這是妳祖母和大伯娘，妳這樣做和不孝有何區別？妳名聲還要不要了？」

這丫頭到底從哪裡學的潑婦行為？難道得了老婆子的真傳？可是他們秦家現在是有頭有臉的人家，老婆子也很久沒這麼做了啊！秦汐已經和暻郡王有婚約，竟還如此粗俗潑辣，也不怕被退親？

她不怕被退親，秦家的人還要臉！她這般模樣丟的是秦家的臉，萬一影響了妙兒的名聲怎麼辦？回頭一定要讓老二好好教育一下，不能再一味地縱容她胡作非為。

秦汐看了一眼大街的盡頭，待看見兩排王府侍衛和一輛輛馬車，她才停了下來，杵著掃帚詫異地看向秦老爺子。「秦老爺此言差矣！我們兩家早已斷親，何來的祖父、祖母和大伯娘？難道說秦老爺不和我們家斷親嗎？」

秦老爺子一噎。

他看了一眼秦庭韞，見他沒說話，心中一沈，看來老二一家依然在氣頭上啊！可斷親那只是權宜之計，壽宴不請他們也是做給別人看的，他們難道這麼顯淺的道理都不明白？難道真的要一大家子給他們陪葬？

如此就有點過分了！老二什麼時候如此自私了？他和老大也是關心他們才匆匆趕過來的啊！現在汐兒對皇上有救命之恩，他是想提點老二乘機向皇上討要一塊免死金牌。

只是，現在被秦汐這麼一鬧，四周來了這麼多看熱鬧的人，他也不能說沒斷親啊！畢竟通敵叛國一事後果太嚴重，一不小心一家子都會完蛋。

秦汐見那馬車隊伍越來越近，又故意追問道：「祖父的意思是，我們不斷親了對不對？那真是太好了！祖父、祖母、大伯、大伯娘，你們快進屋吧，外面冷。」

李氏想到秦汐對皇上有救命之恩，這天大的功勞還沒落到他們大房身上，通敵叛國一事她懷疑是中了秦汐的計，她心念一轉溫婉地笑道：「斷親那只是……」

「權宜之計」幾個字還沒說出口，李氏便聽見了一陣馬蹄聲，抬頭便看見一隊長長的馬車，還有無數侍衛，氣勢洶洶地由遠至近。

她心中咯噔一下！什麼情況？

秦汐轉頭看了一眼，一臉驚慌失措地跑到秦庭韞身邊。「爹，他們不會是來抄家的吧？我們的鋪子都封了，貨船也被扣押了，現在是輪到抄我們府邸嗎？」

什麼？鋪子封了，貨船被扣押了，現在是來抄家？不是救了皇上嗎，怎麼還抄家？

來不及多想的李氏眼裡滿是驚恐，她話鋒一轉大聲道：「斷親當然是真的，我們早已斷親了，什麼關係都沒有了！」說著她推了推秦妙兒。「妙兒，快走！」

秦妙兒嚇得花容失色，匆匆跑向馬車，連繡花鞋掉了一只都顧不上。

「走！快走啊！」李氏見秦一鳴和秦晟宇杵著不動，一把拉過兩人，匆匆往馬車跑去，並將他們推上馬車。

「斷親了，我們早就斷親了，斷得乾乾淨淨！這死丫頭大逆不道，不是我的孫女！」古氏也一邊喊、一邊拉著秦老爺子跑回馬車，那兩條老腿半點也不比年輕人慢。

一家人眨眼間便上了馬車，落荒而逃。

馬車裡秦老爺子看了一眼二房一家，他張嘴，嘴唇動了一下，他想說讓老二放心，他會讓老大救他，為他伸冤的，可是四周太多人了，他生怕大家誤會兩家是假斷親，這話到了嘴邊卻沒有說出口。

「妳怎麼拉我上來了？停車，我要下車！」秦一鳴擔心二弟一家，忍不住喊道，他剛剛還沒反應過來就被推上了馬車。

「娘，這個時候我們怎麼可以走？」秦晟宇也不滿地道。見死不救，非聖人所為也。

李氏拿帕子抹了抹眼淚。「你們以為我想拉你們走？我們不走，我們一家子也跟著陷進去，那誰來救二弟一家？再說，我腹中又有孩子了，我不捨得孩子一出生就沒爹，或者在牢裡連出生的機會都沒有！」

秦一鳴驚道：「妳……有喜了？」

秦妙兒和秦晟宇都驚訝地看著自己的娘親。

她都四十歲了吧？騙人的吧？

李氏紅著臉點了點頭。「還沒請大夫看，只是那個遲了好幾天了。」

月事遲了幾天，她覺得十有八九是有喜了。她也挺意外的，生妙兒時難產落下病根還以為不會再有了。

大概是這一年住在二房的大府邸，吃好睡好，使奴喚婢，日子舒心了，身體就好了，所以又懷上了。要是這一胎是兒子，到時就過繼給二房，光明正大地繼承二房滔天的財富。

秦老爺子高興得笑了起來。「哈哈……好！老婆子，老大媳婦這一胎妳要照顧好，回去馬上請大夫把一下脈！」

秦老爺子心裡想著要是老大這一胎是兒子，就過到老二名下，如此他那一房也不算斷香火了。等老二轉危為安，到時候再和他好好解釋一下，剛剛他們走得匆忙也是迫不得已，他會理解的。

古氏高興得點頭，老大媳婦比傅氏那隻不下蛋的老母雞要好多了。這麼多年只生了一個賠錢貨，便蛋都沒再下過一個。空有一張勾人的臉蛋，一無是處，將老二迷得神魂顛倒，將她當寶般寵著。

古氏雙腳現在還疼著，一會兒確實該叫大夫看看。

想到李氏也被那小蹄子打了，不會傷著小孫子吧？她問道：「李氏，妳雙腳沒事吧？肚子疼不疼？秦汐那死丫頭剛才可是下了狠手！」

那個小賤蹄子要是傷了她的寶貝小孫子，絕對饒不了她！

「肚子隱隱作痛，雙腳很痛。」古氏這麼一說，李氏也覺得自己肚子有點痛，雙腳也還在隱隱作痛，估計小腿都紅腫了，只是有公爹在，她也不好撩起褲腳。

秦老爺子想到秦汐剛才的瘋狂勁，也擔心傷著小孫子，急了。「直接去醫館！」

秦一鳴急得大喊一聲。「馬車再快一點！」

夫人肚子裡的孩子一定不要有事啊！他都想好了，這一胎要是兒子就過繼給二弟，讓二弟有兒子養老送終，他一定會救二弟一家出來的。

醫館很快就到了。這是京城最大的醫館，有許多人在排隊。

秦一鳴抱著李氏匆匆跑進去。

排隊的人見此不滿了。「喂，怎麼插隊呢？排隊！」

「對啊，到後面排隊，沒看見大家都排隊嗎！」

古氏急道：「我兒媳婦有喜了，她剛才被人打了，怕是動了胎氣。大家行行好，讓我兒媳婦先看看吧！」

李氏也配合地捂著肚子，一臉虛弱道：「我的肚子好痛！」

排隊的人見情況緊急也不攔著了，紛紛禮讓。「那你們先看吧！」

「你們先看，快讓大夫看看！可別出人命了！」

有人甚至熱情地道：「大夫，有人動了胎氣了，孩子快掉了，你快給她看看！」

「謝謝。」秦一鳴丟下一句，匆匆跑進去。

古氏和秦老爺子等人也匆匆跟著進去。

大家都忍不住義憤填膺。「誰這麼缺德竟然連孕婦也打？」

「對啊，誰忍心對一個孕婦動手？」

秦妙兒落後一步，聽了這話，抹淚道：「是我堂姊。嗚嗚……也不知道她為什麼要故意拿掃帚打我娘，連我奶奶和我都被她打了。」

秦妙兒丟下這話，就跟著進去了。

大家忍不住議論開了。

「堂姊？這是姪女打伯娘嗎？一個姪女打長輩？發生了什麼事？」

「不管發生什麼事，打人都不對，打孕婦更是畜牲不如！你沒聽見，那人連祖母都打，簡直喪盡天良！」

「誰這麼膽大包天，報官抓她去下大獄！」

「剛剛那位是工部秦員外郎，他是我的上官，他的兄弟好像是秦首富，打人的不會是秦首富的女兒吧？」

「嘖嘖……估計是了，富家女囂張跋扈，以為有幾個錢就了不起！」

李氏聽著這些人罵秦汐，心裡總算舒服了一些，等這事傳開，那死丫頭的名聲就不用要了。

不過到時他們家通敵叛國，下大獄後，不僅名聲沒了，恐怕命都沒了。

秦一鳴跑進去後，著急地道：「大夫，我娘子有喜了，剛剛她被打了，麻煩大夫幫我娘子看看！」

秦老爺子等人也跟著走了進來，個個一臉緊張。

古氏著急地催促道：「大夫快幫我兒媳婦看看！你一定要保住我的小孫子啊！」

大夫見此也急了，他忙道：「快坐下！我看看。」

秦一鳴將李氏放在凳子上。

李氏伸出手搭在脈枕上。「大夫我肚子疼，腳也疼！」

大夫點頭道：「我先把脈。」

半晌過後，大夫收回手。

秦一鳴緊張道：「大夫，我夫人腹中的胎兒沒事吧？」

大夫眼神複雜地看了他一眼。「你娘子根本沒喜。」

秦一鳴傻眼，看向李氏。

李氏困惑地道：「可是我月事好久都沒來了，現在我的肚子還疼！」

大夫嘴角一抽。「月事沒來，是因為妳已經絕經了。肚子疼，應該是妳好東西吃多了，腸胃失和。夫人吃食還是儘量清淡點吧，我給妳開點調理胃腸的藥。」

秦一鳴和李氏頓時說不出話來。

剛才讓出位置讓李氏先看的人忍不住怒了。「呸，絕經了，還說有喜！原來是假裝動了胎氣，藉故不排隊的？」

「假的？都絕經了，半老徐娘還敢裝有喜？簡直不知廉恥！」

「臭不要臉的！一把年紀了，還裝什麼新媳婦！」

「最沒品的是說是姪女打了她，害她動了胎氣。秦首富那麼仁善的人，怎麼可能養出那樣的女兒，她是故意敗壞別人的名聲吧！」

最後，大房一家是低著頭，紅著臉匆匆跑出醫館的。

秦老爺子只覺得這輩子的老臉都丟光了。

而秦一鳴回顧剛才進來的時候好像看見自己的屬下了，他覺得明天都不敢回衙門了。秦晟宇也看見同書院的學子，更是覺得丟臉至極。

第二天，工部秦員外郎夫人已經絕經，卻假裝有喜去看大夫一事傳遍了京城。

秦家大房的人因此事直到過年都不敢出門。

另一頭，眼看一群侍衛來到秦府前，秦晟文立刻擋在秦汐面前。「汐兒不怕，我會保護妳的！」

秦澤林也站到最前面，擋在秦汐一家面前，他覺得自己幹慣農活，力氣比二哥大。

秦汐心中一暖。「沒事，他們是晉王手下的侍衛，是來搬東西的，不是來抄家的。」她早看出來了，就是故意把那些人嚇走的。

晉王手下的侍衛？這放在戰場上最低也是一名百夫長啊！都是他的偶像！

秦晟文雙眼都亮了。

這時晉王身邊的侍衛來到秦庭韞面前，恭敬地行了一禮。「秦老爺，王爺派我過來搬東西。」

秦庭韞笑道：「東西就在裡面，辛苦你們了！裡面請！」

侍衛恭敬道：「秦老爺客氣了，這是在下職責所在。」

說完他便對身後的手下招了招手，示意大家跟上去搬東西。

秦庭韞指揮下人們幫忙，甚至親自動手。

秦晟文立刻跟上去。「大人，我和你們一起搬。」是時候展現他力大如牛的時候了，說不定能入了百夫長的眼，被他招入軍營，以後都不用去書院上學了。

於是他迅速跑去搬木箱子。

第一下沒搬動。這裡面裝的是石頭嗎？怎麼這麼重？幸好他力氣大！

他一使勁，搬起一個沈甸甸的木箱子抬腳便往外走，假裝很輕鬆的樣子。好不容易他剛將木箱子放在馬車上，回頭一看，卻發現身後每一位侍衛都是兩個木箱一起搬的。

秦晟文一下子自信心都垮了。

秦汐知道他的心願，拍了拍他的肩膀，安慰道：「明天跟姊一起鍛鍊吧！」

晉王派來的侍衛很多，秦家也有許多下人幫忙搬箱子，不必秦汐幫忙。

院子裡站太多人反而礙事，秦汐便回了自己的院子。她想到蕭暻玹剛才全身發紅，在他抓著西戎探子翻身上馬離開的時候，她還看見了他手腕以上的位置有紅疹。

應該是碰到毒粉過敏了。

難怪他剛才的表情那麼痛苦，估計是搔癢難耐。就那麼一瞬間的時間，他居然整個人發紅發癢，足以見得那藥粉的毒性有多強。

「玉桃，去拿一個小木箱給我。」

「是，姑娘。不知姑娘要多大的木箱？有何用？」

「不用太大，這麼大就行了。我給暻郡王送點東西。」秦汐用手比劃了一下。

玉桃聽了眼睛一亮。「好的，奴婢這就去準備。」

給暻郡王送東西當然要挑一個精美的，只是不知道姑娘打算送什麼？

很快玉桃便按秦汐的要求取來了一個精美的小木箱。而趁著玉桃去取木箱子的時間，秦汐簡單地寫好了一封信。

「姑娘打算送什麼？要不奴婢去取一些東西出來給姑娘挑選？」

她覺得送玉珮好。庫房裡有許多成雙成對的鴛鴦玉珮，正好姑娘和暻郡王一人佩戴一個，老爺和夫人就是這樣，他們身上佩戴的玉珮都是成雙成對的，別人一看兩人身上的穿戴就知道兩人是夫妻。

不過這箱子有些大，應該不是用來裝玉珮的。

「不用，我自己去挑就好。」秦汐接過木箱，進了自己的小私庫，順便將門關上。

玉桃笑了笑，姑娘也知道害羞了，真好！

秦汐進了庫房後，就進了海島。她直接用海島的藥材，給蕭暻玹配了一劑抗過敏的藥。

作為一個帶著前世記憶在現代生活了二十八年的人，她在現代除了拚命學習就是拚命學習，除去睡覺的時間，連吃飯都在學習。

她用二十八年的時間拿了六個博士學位，還有兩個博士在讀。如此拚命就是希望，萬一有遭一日她穿回古代，就能把握機會，沒想到真的穿回來了。

她在現代有一個稱號是國醫聖手，是因為她精通中西醫，並且在藥學上有很大的成就。

秦汐熟練地在一袋袋藥材裡，揀了一劑抗過敏的藥和一劑治療和預防鼠疫的藥，甚至不用秤重，就知道多少藥量。然後又挑了一些有抗過敏作用的水果，蘋果、橘子、杏桃等，連同兩劑藥一起裝在木箱裡，最後她又將信放在上面，合上木箱。

秦汐捧著木箱出了庫房，將木箱給了玉桃。「將東西交給王府的侍衛，讓他帶給暻郡王。」

「是，奴婢這就去。」玉桃小心翼翼地接過木箱。

還挺沈的，也不知道是什麼。但是姑娘庫房裡的東西，每一樣都是老爺搜羅回來的奇珍異寶，說是價值連城也不過分。

玉桃匆匆地來到前院，親手將東西交給侍衛首領。

「這是我家姑娘給暻郡王的謝禮，麻煩大人幫我家姑娘轉交給郡王爺。奴婢替我家姑娘謝過大人！

「這是我家姑娘請大人和大家喝茶的。」玉桃還遞給他一個荷包。

侍衛見箱子如此精美，小心翼翼地接過來，荷包他卻堅決沒有接。「秦姑娘客氣了，在下一定幫秦姑娘送到。」

這木箱太精美貴重了，竟是用千金一方的烏木做成的，正所謂「家有烏木半方，勝過財寶一箱」，秦家不愧為首富之家，別人用烏木製作工藝品、佛像、護身符掛件，用以辟邪，而秦家居然財大氣粗到用烏木做木箱子。

也不知道裡面裝的是何等貴重的寶物，才配得上這個烏木打造的箱子。

這樣想著，侍衛離開的時候都緊緊地抱著木箱，不敢放下。

——未完，待續，請看文創風1233《夫人請保持距離》2

2024年2月出版

請進！美味飯館

文創風 1229～1231

他是個不可多得的好男人，許多女人都想要，她也想，
可是，這份感情終究不是給她的，而是給另一個女人的，
她不能奪走屬於原身的深情，不然，她與小偷有何區別？
然而，他正在蠶食鯨吞她的心，她無法控制被他吸引，
如果他繼續守在自己身邊，她不知還能不能守住這顆心……

借問美味何處尋？
路人遙指楊柳巷／一筆生歌

孤兒出身的米味因從小就對廚藝極有興趣，所以努力靠自己白手起家，
最終她自創品牌，成立了世界知名的食府，站在美食金字塔的頂端，
因有感於生活太忙碌，她想好好放個假，便把事業交託給徒弟打理，
不料還沒享受人生，她就意外地車禍喪命，再睜眼已穿成個古代姑娘，
而且頭部受傷又懷有身孕，偏偏她腦中對這原身的一絲記憶都沒有！
幸好寺廟的住持慈悲收留，母子倆一住四年，過上夢想中的鹹魚生活，
可惜好景不常，為了兒子的小命著想，母子倆不得不離開，踏上尋親之旅，
只因兒子自出生起，每月便要發病一次，發作時會全身顫抖、疼痛一整天，
住持說孩子身中奇毒，既然她很健康，那問題顯然出在生父身上啊，
想著孩子的爹或許知道如何解毒，母子倆便循著住持占卜的方向一路向北，
哪怕人海茫茫，她也要帶著孩子找到他爹！
為了養活娘倆，看來她得重操舊業賣拿手的美食佳餚才能快速賺錢了，
貪多嚼不爛，她先弄了個小攤子賣吃食，打算日後攢夠錢了再開間飯館，
期間聽客人說，曾在京城看過跟她兒子長得很像的人，那肯定是孩子生父啊！
於是她二話不說，包袱款款就帶著孩兒直接北上進京尋父救命去了……

2/1(8:30)~2/21(23:59)

2024
過年書展
狗屋

金春弄喜 一六八

全館結帳單筆滿888元，現折66元

◆ **新書報報 75折尚讚**

文創風 1229-1231 一筆生歌《**請進！美味飯館**》全三冊

文創風 1232-1234 拾全酒美《**夫人請保持距離**》全三冊

◆ **金點風靡不敗 最低8元起**

- **7 折**。 文創風1183～1228
- **66折**。 文創風1087～1182

小狗章專區

- **5 折**。 文創風870～1086
- **60元**。 文創風001～869
- **48元**。 花蝶/采花/橘子說全系列（典心、樓雨晴除外）
- **8 元**。 小情書/Puppy全系列

2024
過年書展
狗屋

一筆生歌 著

借問美味何處尋？
路人遙指楊柳巷

2/6
出版

他是個不可多得的好男人，許多女人都想要，她也想，
可是，這份感情終究不是給她的，而是給另一個女人的，
她不能奪走屬於原身的深情，不然，她與小偷有何區別？
然而，他正在蠶食鯨吞她的心，她無法控制被他吸引，
如果他繼續守在自己身邊，她不知還能不能守住這顆心……

文創風 1229-1231

《請進！美味飯館》 全三冊

孤兒出身的米味因從小就對廚藝極有興趣，所以努力靠自己白手起家，
最終她自創品牌，成立了世界知名的食府，站在美食金字塔的頂端，
因有感於生活太忙碌，她想好好放個假，便把事業交託給徒弟打理，
不料還沒享受人生，她就意外地車禍喪命，再睜眼已穿成個古代姑娘，
而且頭部受傷又懷有身孕，偏偏她腦中對這原身的一絲記憶都沒有！
幸好寺廟的住持慈悲收留，母子倆一住四年，過上夢想中的鹹魚生活，
可惜好景不常，為了兒子的小命著想，母子倆不得不離開，踏上尋親之旅，
只因兒子自出生起，每月便要發病一次，發作時會全身顫抖、疼痛一整天，
住持說孩子身中奇毒，既然她很健康，那問題顯然出在生父身上啊，
想著孩子的爹或許知道如何解毒，母子倆便循著住持占卜的方向一路向北，
哪怕人海茫茫，她也要帶著孩子找到他爹！
為了養活娘倆，看來她得重操舊業賣拿手的美食佳餚才能快速賺錢了，
貪多嚼不爛，她先弄了個小攤子賣吃食，打算日後攢夠錢了再開間飯館，
期間聽客人說，曾在京城看過跟她兒子長得很像的人，那肯定是孩子生父啊！
於是她二話不說，包袱款款就帶著孩兒直接北上進京尋父救命去了……

加購價88元

文創風 697-698 《胖妞秀色可餐》 全二冊

嗚嗚，她李何華出身廚神世家，被視為難得一見的美食天才，
如今卻穿成一個十惡不赦的大胖妞，連小孩都唾棄！
聽說原主好吃懶做、蠻橫霸道，不僅會欺負婆家人，還把兒子虐待成自閉症！
這下可好了，鐵面冷酷的夫君直接扔了紙休書給她，要她滾蛋！
不不，她才剛穿來，身無分文，好求歹求才換來暫住，
可這寄人籬下的滋味實在苦，讓她決定要自立自強，另謀生路，
自古「民以食為天」，靠她的絕活，還怕收服不了吃貨們的舌頭？

拾全酒美㊕

預料之外的婚約，
握入掌心的鍾情

2/20
出版

這些人總鄙視商户貶低她名聲，
但這名聲好壞於她來說又不值錢，
縱使他們擁有一身清譽，
可真正能辦好事情的是她家的財富！

文創風 1232-1234

《夫人請保持距離》全三冊

首富千金秦汐帶著金手指，回到家中受誣陷而家破人亡前，
她一掃上輩子的迷障，看清環繞秦家周遭的魑魅魍魎，
並加快腳步，為甩開針對她家的陰謀詭計做準備。
暗示商隊可能被塞了通敵信函，學會漠視虛情假意的親戚，
並利用空間裡的水產，與貴人結下善緣，爭取靠山。
多項事務同時進行下，蝴蝶翅膀竟搧出前世不存在的婚約，
對象是赫赫有名不近女色的小戰神曝郡王——蕭曝玹。
儘管她不願早早嫁人，卻也不擔心這門婚事能談成，
對於外頭頻傳秦家挾恩逼王爺娶商女的流言，她更不在意。
誰知不但惹來皇上賜婚，那前世敢抗旨的小戰神也一反常態，
提議先假成親，待一年後他自污和離，以維護她名聲。
這條件對她皆是有利的，而且秦家與他也有更多合作空間，
且思及上輩子此人無論是行事作風及人品，皆可信賴，
不就是一種契約婚姻？他既然願意，她又怕什麼呢？

2024
過年書展
狗屋

Gift

來自 龍江路 LongJiang Rd. 的開運禮

據說隱於市區巷弄裡的神秘出版社，
只在良辰吉時悄悄送出好康……

活動1 ▶ 金口嚇嚇叫

抽獎辦法 活動期間內，請至 f 狗屋天地 回覆貼文，回答完整者可參加抽獎。

得獎公佈 3/1(五)於 f 狗屋天地 公佈得獎名單

獎項 金實讚 3名
文創風 1235-1237《嗆辣廚娘真千金》全三冊

活動2 ▶ 購書藏金喜

抽獎辦法 活動期間內，只要在官網購書並成功付款，系統會發e-mail給您，並附上抽獎專用之流水編號，買一本就送一組，買十本就能抽十次，不須拆單，買越多中獎機率越大。

得獎公佈 3/11(一)於狗屋官網公佈得獎名單

獎項
六六大順 2名 紅利金 666元
三陽開泰 5名 紅利金 300元

過年書展 購書注意事項：

(1)請於訂購後**三日內**完成付款，最後訂購於2024/2/23前完成付款才算有效訂單喔！
(2)寄送時間：若欲在過年前收到書，請於**2/1前下訂並完成付款**。
2/2後的訂單將會在2/15上班日依序寄出。
(3)購書滿千元(含)以上免郵資。未滿千元部分：
郵資65元(2本以下郵資50元)／超商取貨70元(限7本以內)／宅配100元。
(4)特賣書籍因出書時間較久，雖經擦拭、整理，仍有褪色或整飾痕跡，故難免不如新書亮麗。
除缺頁、倒裝外無法換書，因實在無書可換，但一定會優先提供書況較良好的書給大家。
若有個人原因需要換書，需自付來回郵資。
(5)各書籍庫存不一，若遇缺書情形可選擇換書或退款。
(6)歡迎海外讀者參與(郵資另計)，請上網訂購或是mail至love小姐信箱
(love@doghouse.com.tw)詢問相關訊息。

狗屋有權修改優惠活動的實施權益及辦法。

為流浪貓狗加油 和貓寶貝 狗寶貝 廝守終生(一定要終生喔！)的幸福機會

對人來說，貓寶貝狗寶貝只是生活的一部分，但妳（你）對牠們來說，卻是生活的全部，領養前請一定要考慮清楚——

▲ 自找樂子的生活大師——爆爆王

性　別：男生
品　種：米克斯
年　紀：3歲
個　性：親貓親人、膽小慢熟
健康狀況：已結紮，全口剩左上犬齒
目前住所：桃園市桃園區（新屋貓舍市區送養中心）

本期資料來源：新屋貓舍義工團

『爆爆王』的故事：

親人但慢熟的爆爆王有著圓滾滾的大眼睛，從收容所救援時的名牌上註記著「攻擊性凶貓」，大家都說這樣的貓不適合走入家庭，送不出去的。然而看著牠的眼神，我們知道牠只是害怕，害怕曾經傷害牠的人類會再出現，只有將自己偽裝成不友善才不會被欺負。

由於爆爆王在外流浪時營養不良，以致健康狀況差，全口的牙根都蛀爛了，就醫拔牙後僅剩左上的一顆犬齒，但這並不妨礙牠日常進食，牠照樣能吃吃喝喝，也可吃飼料，最愛罐頭。發呆時會不自覺地吐舌頭，自得其樂的模樣令人莞爾。

爆爆王因為慢熟需要時間磨合，又因為害羞，每次開放領養人參觀時，總是躲得不見蹤影。若您平時不喜歡吵鬧，也沒有太多的時間陪玩，卻又希望能有隻偶爾現身的可愛貓咪來療癒身心，那麼真心推薦經由Line ID：@emo2390r就鎖定爆爆王吧。親貓又熟人可擼的角落小生物，即刻入厝啦！

認養資格：

1. 認養人須年滿20歲，經濟獨立。
2. 須同意簽認養寵物切結書。
3. 須同意送養人日後之追蹤探訪，對待爆爆王不離不棄。

來信請說明：

a. 個人基本資料：姓名、性別、年齡、家庭狀況、職業與經濟來源等。
b. 想認養爆爆王的理由。
c. 過去養寵物的經驗，及簡介一下您的飼養環境。
d. 若未來有結婚、懷孕、出國或搬家等計劃，將如何安置爆爆王？

love.doghouse.com.tw 狗屋誠心企劃

文創風
1232

夫人請保持距離 1

國家圖書館出版品預行編目資料

夫人請保持距離 / 拾全酒美著. --
初版. -- 臺北市 : 狗屋出版社有限公司, 2024.02
冊 ; 公分. --（文創風 ; 1232-1234）
ISBN 978-986-509-493-5（第1冊 : 平裝）. --

857.7　　112022664

著作者　拾全酒美
編輯　林俐君
校對　沈毓萍
發行所　狗屋出版社有限公司
地址　台北市104中山區龍江路71巷15號1樓
電話　02-2776-5889～0
發行字號　局版台業字845號
法律顧問　蕭雄淋律師
總經銷　知遠文化事業有限公司
電話　02-2664-8800
初版　2024年2月
國際書碼　ISBN-13　978-986-509-493-5

本著作物由起點中文網（www.qidian.com）授權出版

定價290元
狗屋劃撥帳號：19001626
網址：love.doghouse.com.tw　E-mail：love@doghouse.com.tw

版權所有·翻印必究　倘有倒裝、缺頁、污損請寄回調換